我が驍勇にふるえよ天地
The Alexis Empire chronicle
―アレクシス帝国興隆記―
あわむら赤光
Illustration
卵の黄身

レオナート
クロード帝国第八皇子。
生き血をすすって逃げ延びた
卑しき吸血皇子《ノスフェラトゥ》と蔑まれるが、
その武勇はまさしく天下無双。
先陣を往く瞳は赤く燃え――。

髑髏騎士たちの突撃は止まらない!

麗しき乙女たちの休息。
女も羨む『料理のコツ』とは？
今度、教えてあげようか？
ティキ
動物と言葉を
交わす一族の娘。
レオの軍門に下る。

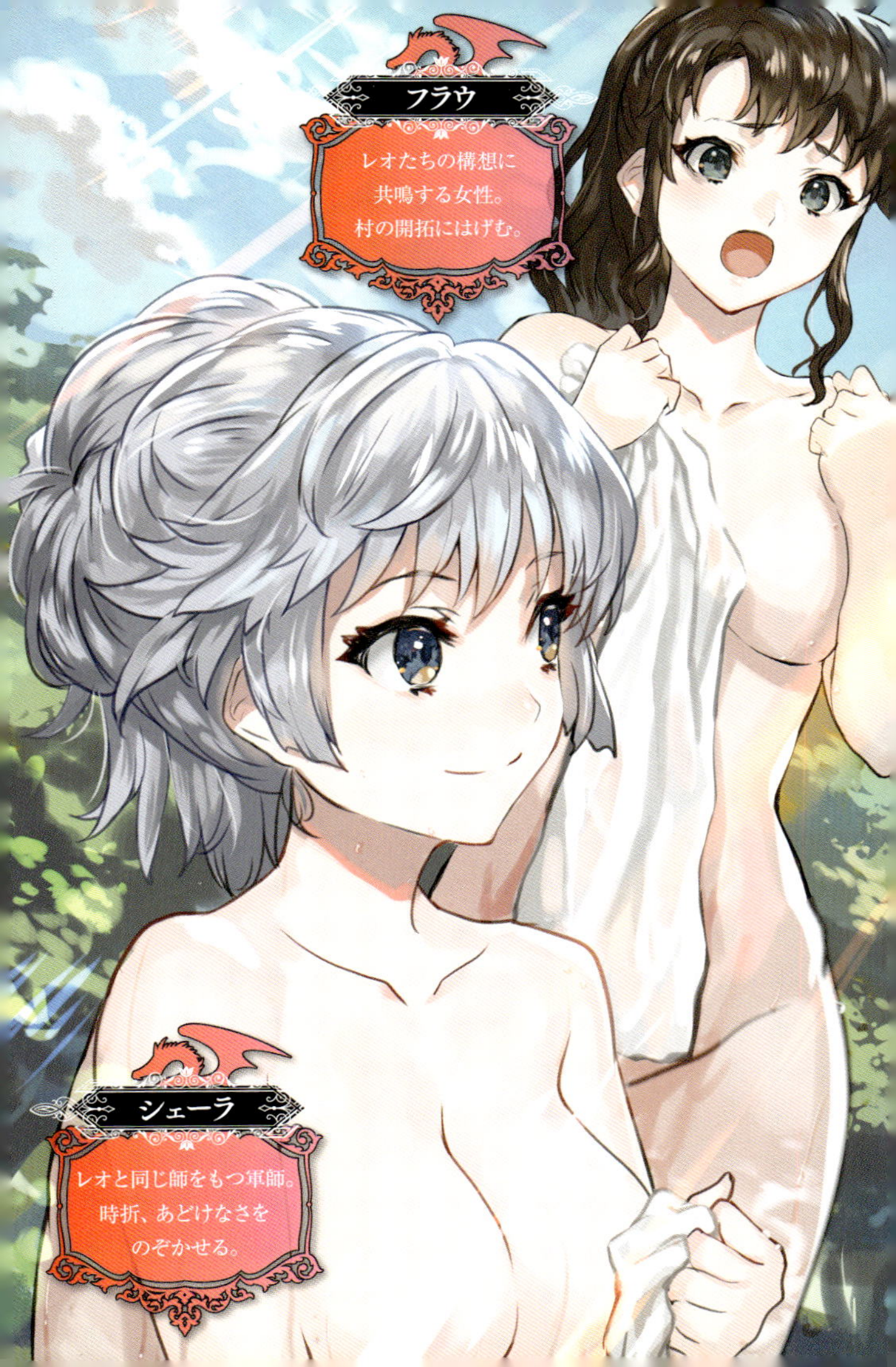
フラウ
レオたちの構想に
共鳴する女性。
村の開拓にはげむ。
シェーラ
レオと同じ師をもつ軍師。
時折、あどけなさを
のぞかせる。

「なってやるさ」
さあ、あなた様の帝国を創りましょう――

アラン
レオの気の置けない
親友。エイドニア州の
若き領主でもある。
ガライ
単眼巨人《サイクロプス》の異名をもつ
勇ましき射手。
エイナム
クルサンド州の伯爵。
その過去とは――？

我が驍勇にふるえよ天地
The Alexis Empire chronicle

―アレクシス帝国興隆記―

CONTENTS

我が驍勇にふるえよ天地
～アレクシス帝国興隆記～

あわむら赤光

GA文庫

レオナート
クロード帝国第八皇子。不名誉にも吸血皇子とあだ名されたが、亡き恩師の意志を継ぎ、仲間と共に決起する。
シェーラ
ロザリアに寵愛された才媛。百学に通じる美貌の軍師としてレオの傍に寄りそう。
ザンザス
皇帝より下賜された黒き剛馬。レオ以外には御することができない。
ロザリア
アレクシス侯爵夫人。レオの伯母にあたる。誰からも蔑まれたレオに生きる指標を与えた。

CHARACTER PROFILE

◆登場人物一覧◆

我が驍勇にふるえよ天地
―アレクシス帝国興隆記―

レオの親友。エイドニア州の若き領主としての顔も持つ。

鉱山都市の民を守る勇者。独特の射法を確立した恐るべき射手。

クロード帝国第二皇子。軍学校主席を修め、文武両道に秀でた英才。

四公家がシャルトに派遣した戦監。戦場で生き残る嗅覚が卓抜。

ロザリアに仕えた侍女の一人。レオたちの構想を影から支える。

ガライの恋人。南方帝国にルーツを持ち、動物と心を交わす。

クリメリア伯爵の息子。湖の利権をめぐりアランに因縁をつける。

クルサンド州の勇将。戦乱の中で生きる希望を失っていたが……。

illust. 卵の黄身

アドモフ帝国
アレクシス州
リント
クリメリア州
イア湖
グリンデ
エイドニア州
エイドン
ウズ山地
麦の道
ザーン州
クラドア
皇帝直轄領
帝都クラーケン
織の道
中枢区
ミネ河
港区
一般区

エンズ大森林
クルサンド州
ディンクウッド公爵領
屍ヶ原《ポロロロス》
レーム
海影街道
ライン銀山
大西海
N
W
E
S
クロード帝国
地勢図
CLAUDE EMPIRE MAP
クロード歴208年

クロード帝国第八皇子・レオナートが初めて戦《いくさ》に出たのは、十五の少年時だった。

敗け戦である。

槍を構えた敵兵が、無数に押し寄せてきていた。

アレクシス栗《くり》の大木鬱蒼《うっそう》たる森の中、貫くように走る街道に沿って喊声《かんせい》とともに迫り来る様は、まさに荒れ猛る怒涛《どとう》。北の軍事大国アドモフの経済力と結束力を誇示するように、一兵卒に至るまで揃いの青い軍装がまた、その印象をかき立てる。

追撃隊の数は千か。二千か。それ以上か……！

蹴立《けた》てる地鳴りの如《ごと》き足音が、遥《はる》か向こうからずっと続いて聞こえてくる。

それをレオナートたち殿軍《しんがり》は食い止めなくてはいけない。

寡兵《かへい》だ。

馬を失い、鎧《よろい》も血錆《ちさび》だらけで薄汚れた騎士たちを中核とする、三百にも満たぬ敗残兵たち。

激流に粉砕される寸前の、なんともみすぼらしい防波堤の如く待ち構える。

レオナートは陣の最前列中央にいた。

髪の色と同じ黒瞳に恐れの色は一切《いっさい》ない。

身の丈《たけ》一間（約一八〇センチ）を優に超える、恵まれた肉体に重甲冑《じゅうかっちゅう》を纏《まと》う。

一人だけ昂然《こうぜん》と胸を張り、仁王立ちしていた。

仲間たちが各々の信奉する軍神の名を唱え、加護を求める中、彼だけは寡黙に口を引き結ぶ。

「今日くらいは祈っておいた方がいいんじゃないのか、レオ？」

隣に立つ、四つ年長の親友が忠告してくれた。

手本を示すようにアテネの名を唱え、使い込んだ愛槍《あいそう》に口づけをしてみせる。そんなキザな振る舞いも鼻につかない、眉目秀麗《びもくしゅうれい》な男だ。戦埃《せんあい》と返り血に塗《まみ》れていても、貴公子然とした立ち居振る舞いにはいささかの曇りもなかった。

エイドニア伯爵《はくしゃく》家の長子で、アランという。

「不要」

レオナートは言葉少なに答えた。

まさに神の加護そのものを切り捨てるようなその態度に、アランが「おまえと一緒にいると、何も恐くなくなってくるよ」と苦笑をする。

その笑《え》みが伝播《でんぱ》するように、周りの男たちも空元気を出して笑い出す。

それでいい、とレオナートは首肯《しゅこう》した。

（神などおらん。活路は常に、己の力で開くしかない）

そして、敵軍の一番槍がもう目と鼻の先まで迫ってくると、我先にと突撃する。

剛剣、一閃《いっせん》。

それだけで敵兵を斬り伏せる。相手の方が先に槍を突き出していたが、それをかいくぐって斜めに剣を走らせたレオナートの動きの方がずっと速く、鋭い。

重甲冑を纏っていてすら、だ。

レオナートは返す刀でまた一人を両断。

さらに、横槍を入れてきた敵兵を、素早く転身して薙《な》ぎ払う。

瞬く間に三人を討ち、そこでようやく味方が追いついてきた。

「レオに遅れるな！」

アランが叫び、他の騎士たちとレオナートの脇を固める。

おかげでレオナートは前方の敵兵だけに集中できる。

一人を斜めに斬り伏せ、一人の脇腹をすれ違いざまに断ったところで、しかし剣が半ばからぽっきり折れた。レオナートの有り余る膂力《りょりょく》に、刀身の方が耐えられなかったのだ。

「ハハ、不運な奴め！」

敵兵が好機とばかり、嵩《かさ》にかかって槍を突いてくる。

レオナートはその穂先の根元を、無造作につかんで止めた。

どんな動体視力をしているのかと、敵兵の笑みが凍りつく。

離れ業を見せたレオナートは黙然とつかんだ槍を奪いとり、左手の中で柄《え》を一回転、敵兵の喉元に逆に突き入れる。突く力が強すぎて、その槍も柄の半ばで折れてしまう。

「レオ！」

アランが腰の剣を抜き、阿吽《あうん》の呼吸で投げ渡してくれる。レオナートはそちらを見もせずに宙で受け取り、その流れのまま剣を走らせ、新たな敵兵を斬って落とす。

「いつもすまんな」

「気にするなよ、友達だろ」

互いに、同時に敵を討ちながら、二人は不敵に笑った。

レオナートは雷光のような速さでさらに三人を斬る。アランに借りた剣も折れてしまうが、そのころには戦場に死体と武器がごろごろ転がっている。槍をひろって、突いて、殺して、槍が折れては剣をひろって、斬って、殺して、剣が折れてはまた槍を――

まるで殺戮《さつりく》の劇場だ。

目《ま》の当たりにしたアドモフ兵たちが、蒼褪《あおざ》めて怯《ひる》む。

止まることなき勢いに見えた敵追撃軍の攻勢が、レオナートのところで止まっていた。

むしろ、押し返していた。

レオナートの尋常なき武勇に引《ひ》っ張《ぱ》られるように、みすぼらしい防波堤もかくやだった殿軍が一転、万古泰然《ばんこたいぜん》たる風格で敵軍の追撃を受け止める。

「よくやった！　よく踏みとどまったよ、おまえたち！」

陣の最後方から激励《げきれい》が響く。

今年、六十歳になる老女の矍鑠《かくしゃく》たる声だった。背が高く、敢然《かんぜん》と騎馬を駆っている。

顔を斜めに走る古傷のせいもあり、その風貌《ふうぼう》は馬賊《ばぞく》の女頭領にしか見えない。

しかし、彼女は歴《れっき》とした大貴族。アレクシス侯爵《こうしゃく》夫人。

現皇帝の歳の離れた姉であり、レオナートの伯母《おば》に当たるロザリアだ。

「ここまで来ればクルサンドまであと一息だ！　アドモフの追撃だってここがいいとこ限界点だ！　あと一回、あと一踏《ひとふ》ん張《ば》り、戦い抜けば私らは全員生きて帰れる！」

声の限りに張り上げ、喉を嗄《か》らして味方を鼓舞し続ける。

祖国防衛の総大将であり――本来なら一抜けにクルサンド州まで脱出して、なんら誹《そし》られない立場なのに――殿軍に残って直卒《じきそつ》していた。

その意気にレオナートたちは応え、奮戦する。

この場にいる三百人弱のうち、どれだけが生還できるか、誰も楽観視はしていない。ロザリアが敢えて、希望を誇張してくれているだけだとわかっている。

彼らにとってその言葉の内容には、実は大して意味はない。

こんな地獄《じごく》に、一緒に残った将の言葉だから、彼らは奮起させられるのだ。

街道の先を撤退中の、重傷者だらけの本隊が――かけがえのない戦友たちが逃げおおせてくれれば、我らは捨て石として朽ち果てても本望。

この場で戦う男たちは皆、その覚悟で気炎を吐《は》き、干戈《かんか》を手に血で血を洗う。

一人が膝をつけば、一人が肩を貸して立たせ、ともに戦う。

腹に致命傷を受けた仲間が、亡者《もうじゃ》の如くアドモフ兵に抱きつき、諸共に斬れと叫ぶ。

そんな怒号と絶叫が飛び交う中を、また新たな悲鳴が劈《つんざ》いた。

「大変です、ロザリア様ぁ！」

まだ年端《としは》もいかぬ、銀髪の少女だった。

ロザリアの侍女《じじょ》の一人である。先を行く本隊と一緒にいたはずなのに。通った道を逆に馬で駆け戻ってきていた。

「なんで戻ってきたんだい、シェーラ！」

ロザリアが目を吊り上げて叱《しか》るが、銀髪の少女は聞かない。

馬を棹立《さおだ》ちにさせて止めながら、涙を堪《こら》えて気丈に報告する。

「本隊が奇襲を受けています！　恐ろしく馬術の達者な騎兵隊が、獣道を突破してきてっ」

「畜生め！」

ロザリアは呪《のろ》いを吐いた。

「レオナート！　この場はしばし、あんたに任す！　いいねっ？」

シェーラとともに馬首を巡らせながら、最前線へ大声で命じる。

「おおッ」

レオナートは返事をせず、ただ咆《ほ》え、また一人を斬り伏せた。

陣後方を振り返ることもなく、ここは任せろと、大きな背中で語ってみせた。

静かに燃え上がるような鬼気を立ち昇らせていた。

(伯母上に任すと言われたのだからな……)

退くことは当然、敵を道連れに斬り果てることももう許されない。

レオナート自身が自分を許さない。

彼にとって伯母の言葉はそれくらい絶対であった——


レオナートが五歳の折、母が胸を患《わずら》って死んだ。

時にクロード歴一九八年七月。

歴代皇帝の居城たる帝宮は荘厳極まり、絢爛《けんらん》さに相応《ふさわ》しい広大な庭園を持つ。その一隅に聖堂はひっそりとあった。飾りを極力排した重厚な石造り。帝宮が「俗」の極みとすればまさしく対極。風通しもろくにない聖堂の中は、来る猛暑を予感させる熱をじっとりと孕《はら》んでいた。

葬儀は笑い声が絶えないものとなった。

式場となった聖堂に、列席した帝族貴族どもの嘲笑《ちょうしょう》が渦を巻く。

「あの女が死んで、本当にせいせいしたわ」「平民の分際で第六皇妃だなんて」「よほど閨《ねや》で男に跨《また》がるのがお上手だったのでしょうよ」「高貴な生まれの私たちには到底、真似できないわね」「とまれ、世の間違いがようやく正されたではないか」「めでたい」「めでたい」

憚《はばか》ることもない連中の声を、下劣な言葉を、レオナートは聖堂の隅っこで聞かされていた。

母の死に、泣いているのは自分一人だけだった。

父親であるはずの皇帝は病気を理由に欠席していた。

帝族貴族どもは我がもの顔で亡き母を罵《ののし》り、またレオナートに害虫でも見るような視線を突き刺す。「あの雑種もついでに死ねばよかったのに」と陰口が聞こえる。

彼らの狼藉《ろうぜき》は留まることを知らず、しまいには国歌「クロード万歳」の大合唱まで始めた。

一番盛り上がる小節に達し、景気のいい歌声も最高潮となったその時だ。

ロザリアが聖堂に姿を現したのは。

「騒がしい奴らだね。葬儀じゃあお行儀よくしろと習わなかったのかい。ク、クズども」

彼女のがらっぱちな声は、誰より大きく通った。

ぴしゃりと言われた帝族貴族どもが、一斉に口をつぐむ。

痛罵《つうば》され、虚栄心の強い彼らは屈辱で震えたが、クロード帝国でも最大の実力者の一人であるアレクシス侯爵《こうしゃく》夫人に、面と向かって逆らう気概を持つ者はこの場にいなかった。

初めて、葬儀に相応しい静謐《せいひつ》に満ちた聖堂の中を、ロザリアは粛々《しゅくしゅく》と進む。

棺《ひつぎ》の前に立つと、言葉少なに「ごめんよ。間に合わなかった」と呟《つぶや》く。

彼女は旅の埃《ほこり》に塗れた格好のままで、この場へ来ていた。

亡き母の最期に一目立ち会うため、アレクシス州から百五十里（約六百キロメートル）もの距離を駆けてきてくれたのだと、レオナートが知ったのは後のことである。

ロザリアは棺をひと撫でするると、それだけでもう、さっと踵《きびす》を返す。

帝族貴族どもの、怯《おび》えの交じった御機嫌伺いの視線を傲然《ごうぜん》と弾いて闊歩《かっぽ》すると——真っ直《ます》ぐ、レオナートの方へ向かってきた。

隅っこの席で泣きじゃくる彼の前に、ぶっきらぼうに突っ立った。

居並ぶ「恐いオトナ」たちを一声で萎縮《いしゅく》させた、「もっと怖ろしい老婆」。

顔の大きな傷が凄味《すごみ》を醸し出している。

威圧的なまでに背が高い。

でも——

「おまえは母ちゃんが泣いてるところを、見たことがあるかい？」

その声音《こわね》には、厳しさの中にも優しさが揺蕩《たゆた》っていた。

レオナートはハッとなって首を左右にする。

「……不幸の……苗に……水をやっちゃ、いけないから」

その昔、母が教えてくれた言葉を思い出して、目元を服の袖で思いきり拭《ぬぐ》う。それで母を失った涙が枯れるものではなかったが、ロザリアはレオナートの頭に大きな手を置いてくれた。

「そうだよ。私があの子に教えてやった言葉だ」

彼女はどこか自慢げだった。

それがこの伯母との出会いだ。

「ついてきな」

ロザリアが聖堂を後にし、レオナートはわずかに逡巡《しゅんじゅん》した後、従った。

彼女の大きな背中を追いかけた。

歩きながら、ロザリアは言う。

「この帝国にあんたの味方はもう一人もいない。だからあんたは、自分の身くらい自分で守れるようにならなくちゃいけない」

そして、彼女はレオナートに二つのものを与えてくれた。

対照的な二つだった。


一つは冷たいもの。

最初の剣。

大人用に作られた鉄塊《てっかい》のズシリとした重みが、子どもだからといってなんら斟酌《しんしゃく》する気がないことを、何よりも雄弁に伝えていた。

ロザリアのお付きの騎士を師と仰ぎ、剣に槍に馬にと、武者修行に打ち込む日々が始まった。


もう一つは温かいもの。

第二の故郷。

レオナートはロザリアに連れられ、彼女の領地であるアレクシス州まで旅した。

緑豊かな土地だった。

見渡す限りの、色鮮やかな若葉を茂らせた木々。馬車を使って街道を行けども森が果てない。

開けた場所を通りがかるとそこには湖があって、陽光が水面をきららかに跳ねる。

湖水の青、木々の碧《あお》、大空の蒼《あお》——正しく絶景だ。

それらを眺めながら胸いっぱいに空気を吸うと、洗われたような気分になる。

しかも、ただの田舎《いなか》と侮《あなど》ったら大間違いだ。

交易の要衝《ようしょう》だというアレクシス州都、リントのにぎやかさは尋常ではなかった。

広大さや煌《きら》びやかさでは帝都に劣っているかもしれないが、街行く人々の目が輝いているのだ。それもあらゆる階層の。今日からこの町に住むのかと思うとレオナートはわくわくが止まらなくて、城を目指す道すがら、馬車の窓からあちこちを見回した。

それら二つのものが、レオナートの血肉となった。

帝都から遠く離れたアレクシスの地で、誰にも「雑種」と蔑《さげす》まれることなき毎日。

ロザリアが召し抱える千人の騎士たちに交じって、飽きもせず剣を交える。アランと出会ったのもこの時だ。エイドニア州から留学に来ていた彼と二人で、高潔にして勇猛なアレクシス騎士たちから、水を吸う綿の如く吸収した。

「いくら強くても馬鹿《ばか》な男はダメさ。色気ってものが出ないからね」

また伯母はそう言って、自ら学問も教えてくれた。

夕暮れ、へとへとになったレオナートを、街へ連れていってくれることもある。

行きつけの、ざっかけない酒場《さかば》。マシューおじさんの作る料理はなんでも美味《おい》しい。特にシチューは格別で。この店にいる時だけ、ロザリアは大酒を飲んで正体をなくす。

「私がここに嫁《とつ》がされた時、リントは掘っ立て小屋ばかりのド田舎だったんだ！」

ろれつの回らなくなった口から、毎回同じ話が始まる。

「周りからは笑われたもんさ。だけど、貧乏くじだなんて絶対に思ってやるもんかって、そう誓ったんだ。アレクシスを帝都より豊かにして、周りを羨ましがらせてやるんだって、それが私の生き甲斐さ」

愚痴《ぐち》と自慢に満ちた、彼女の人生譚《たん》。

でもレオナートはいつも楽しくそれを聞いた。

酔《よ》っ払《ぱら》った伯母の話は長く、夜も更けるが構わない。ごく常識的に迷信深い給仕娘が、「子どもが夜道を歩いたら、お化《ば》けにさらわれちゃうんだよ?」と本気で心配してくれることもあるが、レオナートはへっちゃら。「そんなのは実在しないのさ」と日ごろから説いてくれる、開明的な伯母の言葉こそを子ども心にも信じていた。

最後は酒に潰れた伯母を背負って、ほとんど引きずるように城へ帰る最中、うわごとになってもまだ続く彼女の話を、耳元で聞く。

月明りだけの夜道、ロザリアの声だけが聞こえる静寂《しじま》——その時間が大好きだった。

幸せな日々は矢の如く過ぎ去っていった。

レオナートの体は見る見る大きくなり、背負ったロザリアを引きずることもなくなった。

そして、運命のクロード歴二〇八年。三月。

風に混じる晩冬の残滓《ざんし》が頬切《ほおぎ》るような戦場へ、レオナートは赴《おもむ》いた。

北の軍事大国アドモフが、クロード最北領であるアレクシス州に攻め込んできたのだ。

およそ十年ごとの恒例事であった。

これにロザリアは麾下《きか》の騎士隊と常備兵を以って防衛に当たる。

直卒指揮を執《と》る彼女に気負いはない。彼女こそがアレクシス侯爵夫人。過去三度のアドモフ侵略を跳ね返し、およそ四十年に渡って帝国北領を守ってきた機略縦横の名将であるからだ。

彼女にとってはこれが四度目の防衛戦。

アランと轡《くつわ》を並べ、初陣《ういじん》に臨むレオナートは意気込んでいた。

(俺《おれ》は伯母上に鍛えられたこの武技を、伯母上のために用いたい)

騎士隊に組み込まれた彼は、先頭切って騎馬を駆り、押し寄せる敵軍勢に斬り込んだ。

結果は落胆させられるものだった。

自分より強い武人など、どこにも見当たらない。

挙げた首級は十に収まらない。

おかげでアランや仲間の騎士たちから、嵐のような称賛を浴びる。

でも、それだけだ。戦の大局からすれば、とるに足らぬ戦果。

「どんなに強くたって、一個人の武勇でできることなんて、たかが知れてるだろう?」

意地の悪い笑みを浮かべたロザリアに、レオナートは一言も返せなかった。

大勢に全く影響のない武勇など、塵芥《ちりあくた》に等しいではないか。

「あんたはまず兵法を覚えな。軍を動かして、味方を活かす術を識《し》るんだ。そうすれば回り回って、あんたのその武勇を活かす〝機〟ってやつがわかってくる」

伯母の言葉を、レオナートはいちいちうなずいて聞いた。

ロザリアのやり方を見逃さず、兵理を学びとろうと決めた。

戦場においても伯母の背中を追い続けたのだ。

実際、ロザリアは戦上手だった。

アドモフの侵略軍の数は、輜重《しちょう》等の後方部隊を除いた正味の数で三万。大軍である。

対するアレクシス軍は騎士隊、常備兵、傭兵を合わせて正味一万。

三倍もの敵軍を相手にロザリアは一歩も退かず、むしろ機略縦横の采配《さいはい》で圧倒した。

そもそもアレクシス州は、領地の大半を森林に覆われた天然の要害。アドモフは陣を充分に展開することができず、森の中を南北に貫く街道の形に従って、だらしなく間延びした縦隊で進軍するしかない。アレクシス軍は街道に栓を詰めるが如く布陣するだけで、寡兵であっても簡単に拮抗《きっこう》することができる。

「でも、五分で殴り合ってちゃダメさ。先にジリ貧になるのは無勢《わたしら》さ」

ただ膠着《こうちゃく》状態でよしとするなら、それこそ城壁を頼りに籠城《ろうじょう》戦でもした方がマシだ。

ロザリアが望むのは、果敢なまでの積極的防衛戦である。

少数精鋭の部隊をいくつも組んで、神出鬼没に動かすのを彼女は好んだ。

地図にも載っていない森の間道や獣道を行かせ、アドモフ軍の後背に回り込んで、輜重部隊を絶えず、徹底的に襲わせたのだ。

物資と糧秣《りょうまつ》に貧窮したアドモフ軍は士気を失い、大軍にもかかわらず攻勢は低迷。逃亡兵の問題が慢性化し、アレクシス軍が剣を振るわずとも兵数を減らしていった。

「正面から斬り結ぶだけが戦じゃないよ」ロザリアの笑みは名将然としているというよりは、やはり馬賊のように不敵で悪辣《あくらつ》だった。「定食屋アレクシスは、乱暴なお客様の入店はお断りだ。腹を空かせて帰ってもらいな」

この時代の戦といえば、兵の数を揃えて陣形をしっかり組み、真っ向からぶつかる会戦主義が常識であったから、ロザリアの構想は極めて進歩的だったと後世の史家は讃える。

レオナートは時に幕舎のすぐ傍《そば》で、時に直接指揮の下で刀槍を振るって、そんな彼女の持つ優れた武略を吸収した。


春が去り、夏が来て、アドモフ軍は戦を続けたが、彼らの攻勢は死を待つばかりの老いた驢馬《ろば》のようなもので、アレクシス軍の防衛線をまるで突破できなかった。

撤退していかないのは、ひとえに彼ら上層部の意地であろう。三万の大軍を動かすための兵站《へいたん》を整えるのに、アドモフは莫大な出費をしたのだ。簡単に後には退けぬ。

末端の兵には関係のない事情であり、満足に飯も食べられない彼らの目は濁っていた。

(敵ながら哀れなものだ)レオナートはそう思った。(伯母上に敵うわけもないのだから、早く撤退すればよいのに)

どんなに武勇優れても、未だ十五の少年である彼は、無邪気に思っていた。

やがてアレクシス軍もまた、彼らと同じ境遇に陥《おちい》ることになるのだと――
そんな未来など露も知らずに。

ロザリアは常々、一万の軍が一年間賄《まかな》えるだけの物糧を、州都リントに備蓄している。戦が起こればアレクシス軍が矢面に立って国土防衛に当たる代わりに、クロード全土からさらに支援の物糧が送られてくる決まりである。

ところが、今回の戦が始まってからは、ただの一度も届いていない。

その不可解をロザリアは胸にしまっていた。もちろん、戦略や兵站構想に関わる参謀団は承知していたが、レオナートら前線で戦う者たちに無用な心配はさせなかった。

ロザリアは戦の傍ら人をやって原因を調べたが、どこそこで荷を積んだ船が沈んでしまっただの、匪賊《ひぞく》に奪われたのだの、運搬中の「事故」の情報が集まるばかりだった。

たまたま不運が連続しているだけなのか？　あるいは――ロザリアは疑念を抱き、さらに調査を続けさせた。しかし、戦中の不自由な折だ。芳《かんば》しくいかない。

原因が判明したのは八月も末のことだった。戦が始まってから五か月を数える。

兵三百人という国内輸送には物々しいほどの部隊が、エイドニア州から全国最初の支援物資を運んでくれた。同時に、アランの父親からの親書が届けられた。

それによれば――クロード貴族たちの元締めである四公家《しこうけ》が、各州の領主に圧力をかけ、事故を装って支援物資がアレクシスへ届かぬようにと画策していたのだ。

また、アランの父親のように圧力に屈さなかった領主もごく少数いるが、彼らが送った支援物資も全て、四公家の工作により輸送途中で「事故」に遭うという始末だった。

ロザリアは信用できる者たちを幕舎に集め、この事実を打ち明けた。

レオナートも当然、呼ばれている。

「なぜ、連中はそんな真似を……？」

当然の疑問を口にする。

謂《い》わば祖国の盾となって戦っている味方を損ねて、連中にいったいなんの得があるのか？

「アレクシスをこんなに豊かにしちまった私は、連中にとって出る杭だからねえ」ロザリアは鼻を鳴らした。「今までは北を守る番犬として私が必要だった。でも、次にまたアドモフが侵略してくるころには、私ももう耄碌《もうろく》してるだろう。だから、今回の戦を最後に用済み。いっそここで敗死してくれってことなんだろう」

我がことにもかかわらず冷淡に分析し、結論する。

「まあいい。最悪に長引いても、冬になれば戦は終《しま》いさ。馬鹿をやらかさなきゃ、今あるだけで充分間に合う」

冬季は兵站の維持が困難になる。物糧を運ぶ馬車は雪でぬかるんだ道に足をとられ、夜に焚《た》く薪の数は膨大になる。その不利は侵略軍の方にこそ直撃する。冬までに決着がつかなかったら、アドモフ軍は撤退していくのは大いに予想できた。

その予想は大きく外れた。

陰謀の存在を知ったロザリアは、可能な限りの早期決着を望んでいた。その用兵はさらに苛烈《かれつ》を極めた。秋が終わるころにはアドモフ軍は死傷者と逃亡者《とうぼうしゃ》で一万にまで減っていた。しかも冬。本来ならとっくに撤退しているべき状況に、追い込んだというのに。アドモフ軍は冬将軍の凍える息吹を物ともせず、亡者を彷彿《ほうふつ》させるしぶとさで攻め続けてきた。

こちらの糧食が一年で尽きることを、四公家が密告したからだと——後日、親書で判明した。

「そこまでするか！」

レオナートは目の前にいない敵に向けて絶叫したが、もうどうにもならなかった。

三食の量が週ごとに減らされていく。減らさなければ尽きてしまう。

騎士たちはともかく、兵たちの士気が目に見えて落ちていく。

あれだけ優勢だったアレクシス軍が連戦連敗を続ける。

士気を失った軍とはこれほど脆《もろ》いものかと、我がことになってレオナートは思い知らされる。

アレクシス軍はとうとうリントまで追い込まれ、籠城戦を断行。

民衆に武器を持たせ、城砦《じょうさい》の護りでどうにか敵の攻勢を凌《しの》ぎつつ——以前からも続けていたが――他貴族への使者派遣をより強化し、戦後の多大な見返りを条件に援助を求めた。

しかし四公家に憚《はばか》って、誰も助けてはくれなかった。

城郭の内外が地獄と化す――

外は干戈を交え、血で一面が染まる修羅の絵図。

内は食物の奪い合いが頻発する餓鬼《がき》の絵図。

大食らいの馬はもう役に立たないと見做《みな》され、皆で肉を食《は》み、血で喉を潤した。

レオナートとて生き延びるためにそうした。

愛馬に手をかけるしかなかった騎士たちが、四公家を呪《のろ》って悔し涙を流す。

レオナートはぐっと堪えた。

気持ちは皆と同じだけれど。涙は、不幸という苗への水やりだから。


籠城戦《じごく》は続いた。

誰もが人生最悪の新年を迎え、さらに三か月近くもだ。

クロード歴二〇九年四月一日。

ロザリアはアレクシス州を放棄するとついに決断した。

これ以上は人が人を食う事態になるという判断だった。城下の者に難民として先の見えない辛苦を強いることになってしまうが、背に腹は代えられない。まずは領民を隣州まで脱出させ、アレクシス軍はさらに二週間、徹底抗戦して時間を稼いだ後に撤退を開始する。

長年慈《いつく》しみ、育てた土地に背を向けて、ロザリアは苦渋の想いで城を捨てた。

捨てて地獄から解放されるわけではない。

撤退戦の苦しさ、凄まじさは酸鼻を極めた。

手塩にかけて育てた兵が背中から斬られ、麦穂を刈り取るように殺されていく。

ロザリアは常に殿軍《しんがり》で指揮を執《と》った。

「伯母上っ。そんなものは俺に任せて、先にお逃げください」

レオナートがそう訴えたが、頑《がん》として聞かなかった。

「将軍サマってのは、聞こえはいいがね。言ってみれば、敵だけじゃなくて味方までも殺す、ろくでもない稼業だよ。だから……せめて、私は、私の命令で死んでいく、私の臣下たちの死に様を、私の目に焼き付けなくちゃいけない……！　それすらできない奴は将軍ですらない。帝都の豚《ぶた》どもと変わりゃしないんだっ」

目を剝《む》いて叱りつけた。

一言も返せなかったレオナートは、ロザリアの前を辞し、ただ肚《はら》を決めた。

獅子奮迅の死闘を続け、最も危険な死地で体を張り、伯母と仲間たちを守ろうとした。

しかし、彼の目の届かぬところで一人、また一人と斃《たお》れていった。

そして、もうあと少しでアドモフ軍から逃れられるというところで。

レオナートらたった三百人足らずの騎士と兵が隘路《あいろ》に布陣し、千を超えるアドモフの追撃隊を見事、塞ぎ止めたというところで。

街道の先へと逃がしていた本隊が、アドモフの別動隊の奇襲を受けていた。

殿軍を指揮していたロザリアは、この場をレオナートに任せ、本隊の指揮に向かった。

任されたレオナートは、剣を折っては槍をひろって串刺しにする、鬼気迫る戦いぶりで味方を鼓舞し、敵兵の士気をくじく。

「失せい！」

咆《ほ》える。

怒声がビリビリと衝撃となって走り、それだけでアドモフ兵たちが浮き足立つ。

「せっかくの勝ち戦を、己の死で飾りたいか!?」

獅子が唸るような声で脅しつけるレオナート。

しかし、敵兵の方がまだまだ多勢で、尻尾を巻く気配はない。

「ならばお望み通り、千でも二千でも俺が斬り殺してやる！」

レオナートが饒舌《じょうぜつ》になっているのはその実、焦っているからだった。

ロザリアが直卒に向かった、本隊の方が気になって仕方がない。

あちらはもうろくに戦えない、怪我人ばかりなのだ。

敵の別動隊の規模もわからない。
早く。早くこの場をなんとかして、あちらに駆けつけたい。
そんなレオナートの必死の想いも虚しく——
「おおっ。来たか、弓兵！」
敵指揮官らしい男の、歓声が聞こえた。
追撃軍の後続、弓兵の一隊が前線に追いついていた。
「あの陣頭真ん中にいる猛者《もさ》へ、全力で射かけい！」
男の号令一下、数十本の矢がレオナートに向けて飛来した。
多くは狙いを逸れ、あらぬ方へ外れ、またアランや仲間たちを傷つけた。
レオナートの体には肩と腿《もも》、二本が突き立った。
痛みを気力でねじ伏せ、敵弓兵隊を睨み据える。
敵歩兵たちがにわかに作った槍衾《やりぶすま》の向こうで、早や次の矢を番《つが》えていた。
再び数十の矢が飛んできた。
「殿下ぁ！」
味方の騎士が絶叫する。
飴《あめ》のように伸びた時間感覚の中で、レオナートはそれを聞いた。

極限まで高まった集中力は、飛来する矢の全ての軌道を見切っている。

思考とも呼べぬような戦勘《いくさかん》で考えた。

剣で甲冑《かっちゅう》を断つのは簡単なことではない。しかし、矢が貫通することは珍しくない。

なぜだ？

弓矢の方が破壊の力を一点に集約させているからだ。

ならば、その一点をずらしてやればいい。


レオナートは矢に対して身構え、全身をわずかに身動《みじろ》ぎさせた。

その最小動作で、腕と胸と脛に突き立つはずだった矢の軌道の軸線をずらし、甲冑の上を滑らせて、矢の雨を凌ぎきった。

「馬鹿な。あり得ん」

敵指揮官は途方に暮れたような顔をした。

「レオ！」「「殿下！」」

アランや仲間の騎士、兵たちが歓喜を叫んだ。

レオナートは委細構わず、呆然となった敵槍兵の真っ只中に斬り込んだ。

槍衾を斬り払ってこじ開け、当たるに幸い歩兵たちを薙ぎ払い、弓兵隊へ突撃した。

近接武器を持たぬ連中を瞬く間に五人、惨殺した。

「悪鬼《オウガ》だ……」

敵兵が愕然《がくぜん》と呟く。

「悪鬼《オウガ》が出たぞぉ！」

武器を置いて逃げ出す者が現れる。

誇大な比喩とは言えなかった。レオナートが剣を一振りするたび、アドモフ兵の首が落ちる。もう折れたままの刀身でそれをやる。返り血に返り血を浴び、甲冑がまるで漆喰《しっくい》塗りの如くより赤く染まっていく。誰もその突撃を阻むことはできない。矢すら甲冑の上で逸らしてしまう。

その双眼には、まるで鬼火の如き凶悪な真紅の光が、一切の比喩なく灯っていた。

対峙する者たちからすれば、まさしく伝承に言う魔物が現れたように見えただろう。

アドモフ兵たちは恐慌《きょうこう》状態に陥った。こうなると多勢も意味なく、とうとう逃げ散っていく。

彼らは本隊に合流を果たした後も心に傷を負い、使い物にならなくなった。

「急いで伯母上たちに追いつくぞ」

レオナートはそれで安心することなく、駆け足で向かう。

伯母の背中を追いかけるように街道をひた走る。

アラン然り、仲間たちも疲れ果てていたが、音を上げる者は一人もいなかった。

そして、本隊に追いつき——凄惨な光景を目の当たりにした。

街道に兵たちの死体が、ごろごろと転がっている。

アドモフ兵のものよりも、味方のそれの方が多い。

レオナートは唇を噛む。

ただ、さすがロザリアが直卒に戻っただけあり、敵奇襲の撃退そのものには成功したようで、アドモフ軍の姿はもう見えず、味方の本隊は小休止をとっていた。

「伯母上！　伯母上はいずこにおわす！」

大きな傷を抱え、精も根も尽き果ててうずくまる味方の間を、レオナートは気をつけてかきわけながらロザリアの姿を探す。

「その声……レオナートかい？」

伯母の返事が聞こえた。

本隊の中ほどに人垣ができていて、その向こうからだった。

「ご無事で何よりです、伯母上！」

レオナートは喜び勇んでそちらへ向かう。

対面して――立ち尽くすことになった。

伯母が一番目をかけていた銀髪の侍女、シェーラが傍についていた。

ロザリアは彼女の膝を枕に横たわっていた。

「ハハ、無事なもんかね」

馬賊の女頭領のような笑みを浮かべるその口元は、真っ赤《まか》に濡れていた。

その右胸には矢が深々と刺さっていた。

涙でくしゃくしゃのシェーラが、黙って首を左右に振る。

抜くわけにはいかなくて、矢を放置している。抜けば、血が噴き出して止まらなくなる。


つまり、致命傷だ。


「レオナートよ……」

伯母があらぬ方を見たまま言った。失血でもう目が見えないのだ。

「はい、伯母上っ。……ここにおります、伯母上っ」

レオナートは傍らに跪《ひざまず》いた。

矢を胸に受けてなお、伯母は気丈な口調で言い出した。

「この一年、あんたには兵法のへいくらいは叩き込んだ。私から見ればまだ半人前ってこった。武術同様、ゆめゆめ研鑽《けんさん》を怠るんじゃないよ」

この期に及んでも、伯母は厳しかった。

「軍を動かし、味方を活かすことができるようになれば、回り回ってあんたの武勇を活かす〝機〟ってやつがわかってくる――その時こそあんたは晴れて、天下無双となるだろう」

そして、優しかった。

レオナートは声と体を震わせながら答える。

「伯母上から見れば半人前でも、俺はもう自分の身くらい守ることはできます。いつまでも伯母上に守ってもらわなければ生きられない、子どもではありません」

「そうかい。そりゃあよかった」

ロザリアは口元を歪《ゆが》めた。

満足げに。誇らしげに。

「……最後に一目、リントを見たいねえ」

レオナートは一瞬、息を呑んだ。目を閉じ、打ち震えて「はい、伯母上」と。

シェーラから受けとり、宝物のように伯母を抱え上げた。

涙を堪えながら、彼女の体を北の方へ向ける。

ここから見えるものなど、街道脇の森ばかりだ。

「見えますか？」

レオナートは嗚咽《おえつ》を呑み込みながら訊《たず》ねた。

「ああ……よく見えるよ」伯母は感嘆した。「綺麗だねえ、私の都は」

「ええ。ええ……っ。帝都などよりも。遥かに」

「……最後に一口、マシューのシチューを食べたいねえ」

「はい、伯母上。俺も……お供させてください」

「……最後に、最後に。……ハハッ、いくらでも思いついてしまう。これから死のうってのに、私も浅ましい女だよ、畜生め……」

「何が浅ましいものですか。俺が……このっ、俺が……つき合い、ます。……どこまでもっ」

「ハハッ。こんなバアサンがくたばるくらいで、いちいち泣くんじゃないよ」

「無理です……っ」

「不幸の苗に水をやるなって、教えてやっただろう？」

「……無理……です……っ」

「そうかい。じゃあ、これが最後におし」

「…………はいっ」

「……レオ、ナート」

伯母は最後に一度、レオナートの胸に触れようと手を伸ばしてくれた。

「……おまえは、あの子の、ように、なるんじゃない、よ」

しかし、その手は、届く前に力尽きた。

レオナートはロザリアを抱えたまま、慌ててつかみとる。

枯れ木のように細い腕だった。こんな腕で祖国を守っていたのだ。

「はい……っ。伯母上……っ」

「見返して……おやり……。幸せ……に……お……なり……」

その言葉を最後に、伯母は腕の中でこと切れた。


アレクシス軍一万のうち、結局、クルサンド州に辿り着けたのはたった二千人だった。

休む間などない。事の次第を報告するため、レオナートは騎士たちを連れて帝都へ旅立つ。

帝都の北門をくぐった彼ら一行を、群衆が大声を上げて迎え入れた。

温かい歓声の類ではなかった。およそ存在する限りの語彙《ごい》を尽くした罵声だ。

「この吸血皇子《ノスフェラトウ》！」

そう叫んで、石をぶつけてくる子どももすらいた。

八方から浴びせられる面罵に耳を傾け、レオナートもおおよその事情を知る。

どうやら自分は馬ではなく、人の血を啜《すす》って渇きを凌ぎ、あまつさえ味方を捨てて、のうのうと生き延びたことにされているらしい。

人の噂《うわさ》につく尾鰭《おひれ》とはこういうものか。

あるいは誰かが意図的に流言を放ったか。

アランたちが声を大にして弁護してくれるが、群衆の数の前には勝てず、かき消されるだけ。

レオナートは口を真一文字に引き結んで、好きにさせた。

目を閉じれば今も、伯母の遺言を思い起こす。

幸せになれと言ってくれた。

厳しくも優しかった伯母や、美しいアレクシス州や、仲間の多くを失って、どうやって幸せになれというのだ？

わからない。でも、こうも思う。もう取り戻すことができないものはたくさんあっても、そうでもないものは確かにある。

レオナートの幸福は全て、第二の故郷《アレクシス》にあった。

ならば、あの地を取り戻す。せめて。

もう追いかける背中もない、前だけを見据えて。

二度と涙は流さぬと、誓いを胸に。

そして、さらに二年の歳月が経ち、レオナートは十八となった。

時にクロード歴二一一年。

暁の帝国がその異名の如く、沈み落ちようとしていた。

その男の名は、クロードにまつわるあらゆる史書に記載されていない。

容貌魁偉《ようぼうかいい》で、腕っぷしには自信があった。

しかも小知恵が利く。

周りには大親分と呼ばせていた。

このごろザーン州を荒らし回る、匪賊《ひぞく》四百人の頭目《とうもく》だ。

ザーンは帝都から見て北東の州で、領地の真ん中を南北になだらかな山々が連なり、その両脇を街道が走っている。

その男は打ち捨てられていた山村を拠点に、東西の街道へ下りては隊商を襲う。

奪う、殺す、犯すの悪行三昧《あくぎょうざんまい》。

それが一向に取り締まられない。

民は領主に討伐を求めたが、五年前に伯爵《はくしゃく》家を継いだ若僧は、戦《いくさ》なんて考えるだけで恐ろしいという臆病者。どころか過剰な贅沢《ぜいたく》に耽《ふけ》り、金に困って、州を守る常備兵の数を減らしにかかる大馬鹿《ばか》者。まさに腐敗貴族の鑑《かがみ》である。

これでは無法もいいところで、大親分はますますつけあがる。

宿場町を襲って火の海に変えるなど、やり口がだんだん過激になってくる。


その日、大親分はたいそう上機嫌だった。

クロードの春は早く、二月中旬にはもう地面から虫が顔を出す、そんな日である。

町でさらってきた女を寝床に連れ込むや、顔を引っかかれ、腕に噛みつかれた。

気の強い女だと感心させられた。

匪賊の根城で、自分のような強面《こわもて》を相手に、そこまでできる女はそうはいない。

「おめえみたいな女は好きだぞ」

大親分は笑顔でその女を、子分たち七人がかりで嬲《なぶ》らせた。

山村の広場で、皆と夕飯をかっくらいながらその惨《むご》い暴行を見世物にした。

「どれくらいこの女が強がってられるか、みんなで賭けようや。なあ？」

豪快に笑いながら、皆を煽《あお》る。

反応する者は皆無だった。

大親分に言われるままこの場へ集まりつつも、誰もが暴行の現場から目を背けていたのだ。

喜々として凌辱《りょうじょく》を働く七人——大親分の側近たち——を別として、彼らは皆やむにやまれず匪賊に身をやつした者たちだった。

ザーン伯が年々激増させる税に耐えかねていたところへ、大親分に唆《そそのか》され、一味に入った。裕福な者から、食える分だけ財をいただければそれでよかったのだ。殺しなんて真《ま》っ平《ぴら》だ。女をいたぶるなんて下種《げす》のすることだ。

そう思えど、大親分が怖くて誰も逆らえない。

前に一度、勇気ある若者が意見したが、大親分は返事の代わりに剣を抜いた。若者も応戦したがまるで歯が立たなかった。大親分は敢えてすぐに殺さず、手足を一本ずつ切りとる残忍なやり方で斬殺した。見せしめだ。

「さあさあ、張った張った！」

大親分が囃《はや》し立てる。

悪人になりきれない子分たちの手を、無理矢理にでも悪事に染めさせ、更生だとか考えられない、もう後戻りできないようにさせるのが彼の人心掌握術だった。

「あのう……大親分」

「おう。おめえか。いくら賭ける？」

「そうじゃなくて……今日、襲った町で聞いた話なんですが……」

露骨な話題逸らしだと大親分は思ったが、聞いてやる。

「なんでも腰抜け領主に代わって、帝都からわしらぁを討伐しに騎士隊が来るとかで……」

その話は大親分も耳にしていた。

彼が斬った宿場の町長が、今わの際に「貴様らの悪事もこれまでだぞ！」と遠吠えしたのだ。

「怖気《おじけ》づいてんじゃねえぞ」大親分はせせら笑った。「ザーン伯《はく》だけじゃねえ、官軍なんざ腰抜けだらけよ。現にアレクシスをとられたまんま、やり返すこともできずに泣き寝入りよ」

半分は本音で、半分は子分の前での示威行為である。

彼も騎士隊が来ると耳に挟んで、もちろん聞き捨てならず、宿場の役人たちを吊し上げ、連中が知っているだけの情報を聞き出していた。

「騎士隊っても二百人かそこらって話じゃねえか。四百いるオレらの敵じゃねえ」

「でも、そいつらを率いてるのは吸血皇子《ノスフェラトウ》とかいう、そりゃあ残忍な奴だそうで」

「ハハハハッ、その皇子こそがさっき言った腰抜けの代表よぉ。アドモフに負けた上に、仲間の血を吸って一人で生き延びたっていう、人間の風上《かざかみ》に置けねえ野郎よ」

「そう……なんですかい？　なんでも、あちこちの匪賊を討伐して回ってる皇子だとかで、戦ったら相手は必ず皆殺しにするって噂《うわさ》を……」

「おいおい、オレとおめえで随分、聞いた話が違うなあ」

大親分は真剣に首を捻った。

でもすぐに、噂話なんてそんなものだろうと結論した。

「尾鰭がつくってな、こういうことなんだろうぜ。おめえらもいちいち真に受けるんじゃねえ」

大親分は鼻で笑い飛ばしたが、子分たちは不承不承《ふしょうぶしょう》という顔色だった。

まあいい、と捨て置く。

戦ってみて、実際大したことないとわかれば、こいつらも納得する、と。


その五日後、件《くだん》の吸血皇子《ノスフェラトウ》率いる騎士隊が攻めてきた。

大親分たちは山の中腹に陣取って待ち構える。

騎兵は馬を使った突破力が自慢。しかし、馬ってやつは意外と体力がない。坂を全速で上り続けたらすぐに潰れてしまう。ご自慢の突破力を発揮するどころじゃない。

だから連中は、徒歩で攻めてくるだろう。

騎士は甲冑《かっちゅう》を纏《まと》った防御力が自慢。しかし、重い鎧《よろい》をつけて山登りなんかできるもんじゃない。やっても戦う前からへとへとだ。

だから連中は、軽装で攻めてくるだろう。

そして、戦はより勢いに勝る方が勝つ。皆で一斉にドッカンぶつかり合って、一発かましてやれば相手はたじろぐ。一回、及び腰になったらもうダメ。弱気が全体に伝わって、いつ逃げようかって考えばかりが脳裏を占める雑兵《ぞうひょう》と化す。

(坂の上から攻める方と、下から攻める方。どっちが勢いあるか、考えるまでもねえ)

大親分はそんな、粗野ながらも自分なりの兵法を持っていた。

麓《ふもと》を見張らせていた側近の報告では、一時間ほど前に騎士どもが現れたそうなので、そろそろここまで登ってくるだろうと予測する。

こちらの数の利を活かすため、山道の開けたところで手ぐすねを引く。

ところがである。

ザーン楠《くす》が疎《まば》らに立つ山林の中、思い思いの武器を手にした子分たちを雑然と自分の前に並べ、待ち惚《ぼう》けることどれほどか――騎士どもは一向にやってくる様子がない。

おかげで痺《しび》れを切らす者が続出する。

最たるは大親分だった。

いい大人の足で、どうしてそんなに時間がかかるのか。都の人間は鍛え方が足りないのではないか。そんな内容の愚痴《ぐち》を側近たちに当たり散らす。

なだらかな山道の麓から、騎士どもの姿がようやく見えたのはさらに一時間後だった。

事前情報通り、数は二百人ほど。

大親分の見立て通り、全員が徒歩だ。鎧も全く着用していない。

だが、一つ目論見が外れた。

騎士どもも全員、馬を連れてきていた。騎乗していないだけで、手綱を引いて登ってくる。

そして、あちらもこちらの姿に気づくや、全員が悠然と鞍《くら》に跨《また》がる。

小憎らしいほどの余裕風を吹かせて、ゆっくりと馬を進ませる。

「お、大親分……?」

側近の一人が、やや蒼褪《あおざ》めた顔でお伺いを立ててきた。

他の子分たちも見るからに動揺している。

立派な軍馬に騎乗し、「これが戦の手本だ」とばかりの整然とした横隊で、粛々とこちらへ迫り来る様は、ただ馬を歩かせているだけにもかかわらず、それほどの威圧感があった。

大親分も対処に窮する。彼我《ひが》の距離はまだまだあり、こっちから突撃すべきなのか、否か、こんなことは初めてで判断がつかない。

小知恵が回るだけの男の、粗野な我流の兵法ではそれが限界。

まごまごしているうちに騎士どもとの距離が詰まった。

もう一町（約百メートル）もない。

その時、騎士隊の前列中央にいる男が片手を挙げた。

その男だけが全身に甲冑を纏っている。漆黒の悪魔めいた、恐ろしげな意匠の鎧だ。

しかも、乗っている馬にまで鎧《よろ》わせている。

大親分は直感した。あれが〝吸血皇子《ノスフエラトウ》〟レオナートだと。

そして、その吸血皇子《ノスフエラトウ》の合図で、隣にいた副官らしき騎士が腹の底から声を出す。

「天地にあまねく軍神《かみがみ》よ、ご照覧あれ！　総員突撃！」

騎士どもが一斉に馬腹を蹴った。

軍馬どもが一斉に駆け出した。

その迫力や筆舌に尽くし難かった。

数百の馬蹄《ばてい》を蹴立《けた》てる音は、まるで地崩れが起きたよう。

そう、まさに地崩れだ、下から上への逆流ということを除けば。人間よりも遥《はる》かに大きく、遥かに強靭《きょうじん》な肉体を持つ生き物が、群れをなして突進してくる様はそれほどに恐ろしかった。

まさか、山で騎兵突撃だなんて！

「ば、馬鹿な……っ」と大親分は浮き足立つ。

子分たちなど、意気地のないものから早や逃げ出す。「止まれ！　ぶち殺すぞ！」と大親分が怒鳴りつけても聞きはしない。

「命が惜しくば投降しろ！」敵副官がよく通る声で勧告してきた。「諸君らに、やむにやまれぬ事情があったこと察するに余りある！　だから、話を聞いてやる！　罪に応じた刑に服し、更生する機会も与える！　今すぐ武器を捨てよ！」

ここぞとばかりにそんな言葉を並べ立てる。

子分たちが次々と武器を捨てていく。

顔面蒼白になったのは、大親分と側近たちだ。他の連中はともかく、己らがやってきた悪逆非道を省みれば、降伏したところで斬首以外ありえないのがわかりきっている。

（官軍なんざ、腰抜けばかりだと思っていたのに……っ）

大親分は内心で狼狽《ろうばい》した。

（……いや。オレはなんでそう思っていたんだ？　……決まってる。あいつのせいだ！）

脳裏に思い返す。

少女と見紛《みまご》う姿をした怪しげな武器商人。

官軍など何も恐くない。こんなご時世、汗水垂らして働く人間は阿呆《あほう》。匪賊稼業で面白おかしく暮らした方が勝ち。そう懇々と唆してくれた男。

子分を集める方法を丁寧に教えてくれ、後金の口約束で武器の供与までしてくれた。

何が本当の目的だったかは想像もつかないが――

（オレは……オレはっ、あいつにだまされたんじゃないのか!?）

そう気づいたところでもう遅かった。


大親分は破れかぶれになって叫んだ。

「止まれって言っただろうが、おめえらぁ!!」

逃げ出す子分や武器を捨てた子分を、その場で切り捨てる。

「死にたくなかったらオレに続けぇ！」

恐怖により、他の子分たちを掌握し直す。その数は四百の一割程度だったが、この混乱の中で贅沢は言っていられない。前へと急《せ》き立てて、諸共に突撃する。

すると、騎士どもの中からも、単騎で突出する者がいた。

例の吸血皇子《ノスフェラトウ》だ。

とんでもない化物《ばけもの》馬を駆っていた。人馬ともに鎧で覆われた重武装にもかかわらず、この斜面を、しかも他の馬よりも速く、力強く駆けあがってくる。

だが、乗っている人間こそが真の化物だった。

剣も抜かず、槍も携えず、ただ長い棒を右手に構える。

樫《かし》の木から真《ま》っ直《す》ぐ綺麗に削り出された、六尺棒《クオータースタッフ》だ。

こちらの一団に真っ向から突っ込んでくると、子分たちをその棒で打ち据えた。武器を持つ右腕だけを正確に。痺れさせて無力化。決して命をとらない。単騎で数十人に囲まれてもそれをやってのける。

一言、恐るべき武人だった。

もしその手に持つのが槍であったら、大親分は一も二もなく逃走していただろう。

しかし、ただの棒なら！　負けたとしても命まではとられぬのなら！

大親分は恐怖に竦《すく》むことなく、剣を振り上げて吸血皇子《ノスフェラトウ》に躍りかかった。

途端、吸血皇子《ノスフェラトウ》の両眼が赤々と、爛々《らんらん》と光り輝いた。

なんたる凶相か！　それが大親分の目に焼き付いた最期の光景だった。

剣を振り下ろすより早く、彼の脳天へ六尺棒が叩き落とされ、頭蓋が砕けた。

絶命だ。吸血皇子《ノスフェラトウ》の膂力《りょりょく》を以ってすれば、たとえ木の棒でも必殺の武器足りえるのだと、彼は知ることなく冥途《めいど》へ旅立った。

子分たちを打った時は、力加減を緩めていたにすぎない。

腕っぷしの強さで支配していた、その大親分があっさりと討たれ、まだ抵抗しようという勇気の持ち主は誰もいなかった。

このごろザーン州を荒らし回った匪賊の一党は、これにて瓦解《がかい》したのである。


匪賊討伐を終えたレオナートは、麾下《きか》の騎士隊を伴ってザーンの州都クラドアへ赴《おもむ》いた。

途上、隣で馬を進める副官が上機嫌で言った。

「いやあ、楽な戦《いくさ》でござったなあ！」

平凡な顔つきの小柄な騎士だ。今年で三十二歳のまめまめしい男で、腰に帯びた剣はよく使いこまれ、よく手入れされている。笑うと上下揃いで一本ずつ欠けた前歯が見えて、なんとも愛敬のある顔になる。

名をバウマンといい、アレクシス時代からよく支えてくれていた。

そして、二人に続く騎士たちも皆、かつてはロザリアに仕えた勇者たちだった。

二年前のアドモフに敗れた折、千人いた騎士の半数が死に、また行方不明となった。

残った五〇七騎は全員、ロザリアに代わってレオナートへ仕えてくれている。

この二年間、レオナートはとある〝構想〟を秘め、皇帝の勅命《ちょくめい》をもぎとってはクロード各地に跋扈《ばっこ》する匪賊退治を続けていた。

今回もその一環だ。戦には金がかかり、予算の問題で五百騎総員が出撃というわけにはいかず、多くを帝都等に残してきたが、全員の意志が一つなのは疑いもない。

自分たちの手でもう一度、魂の故郷《アレクシス》を取り戻すのだ。


「軍師殿のご意見がぴしゃりでしたなあ！」

しきりに感心するバウマンに、レオナートは押し黙ったまま首肯《しゅこう》した。

生来《せいらい》、口数の少ないたちであったが、ロザリアとアレクシスを失って以来、ますます寡黙はひどくなっている。

一方、甲冑の下の肉体はさらに逞《たくま》しくなり、それでいて鋼の槍の如《ごと》く引き絞られている。

ロザリアの遺言を守り、弛《たゆ》まず鍛錬を続けているのだ。

「殿下といい、軍師殿といい、まだお若いのにさすがさすが」

阿諛追従《あゆついしょう》などではないバウマンの衷心《ちゅうしん》からの賞賛に、レオナートは真面目腐って相槌打つ。

戦前、「馬を使いましょう♪」と言い出したのが、その〝軍師殿〟だ。

山攻めに馬。

レオナートは最初首を傾げたが、すぐに思い至った。

ザーン州にある山々はどれもなだらかである。レオナートも〝軍師殿〟もそれくらいの地理は頭に入っている。兵法の初歩だ。

そして、騎士隊を率いたレオナートが実際に行って、匪賊どもが立て籠もる山を見て、「この程度の勾配《こうばい》なら騎兵突撃は可能だ」と判断した。

さらに、突撃中に馬が坂でへばることのないよう配慮を重ね、騎士たちは鎧を身につけなかったし、匪賊どもを発見するまでは騎乗しなかった。登山中も何度となく小休止を挟んだ。いざ戦となっても、馬の足が保つだろうぎりぎりの間合いに入るまで、レオナートは突撃命令を下さなかった。

そういう作戦と準備があった上で、山攻めでの騎兵突撃に成功させ、匪賊どもの大半をぶつかる前から戦意喪失させ、結果、完勝したわけである。

この傾斜なら行けると踏んだ見立ても、突撃を開始する間合いの見切りも、レオナートがこの二年間、匪賊討伐に明け暮れ、培った兵法というものである。

弱者を襲うばかりでまともに戦をしたことのない、匪賊には到底真似できるものではない。

州都クラドアに到着すると早速、ザーン伯爵の屋敷へ向かう。

庭まで出迎えてくれたのは、実直そうな初老の男だった。

伯爵自身ではなく、州の行政を一任されている代官である。

「匪賊討伐、誠にお疲れ様でございます、殿下！　なんとお礼を申せばよいかっ」

下馬したレオナートの手を両手にとって、感謝の言葉を言い募る。

レオナートはしばしむっつりと、されるがままになった後、

「ザーン伯はいかがした？」

「それが……申し訳ございません。朝方まで深酒をなさって、まだお休みになっておられます。私も先ほど起こしに参ったのですが……」

レオナートたちが討伐に赴いていた間も、遊び惚《ほう》けていたというわけか。

「そういうことならば構わん」

呆《あき》れつつも、報告はこの代官にしておけば大丈夫そうだと判断する。

「首領と側近の首だ」

バウマンに命じ、網で纏めた八つの生首を提げてこさせる。

生粋《きっすい》の文人らしい代官は、それを見てやや顔色を失いつつも、

「子分が四百人ほどいたそうですが、彼らはどうなりましたでしょうか？」

「それだけの数を、持っては帰れない」

「み、皆殺しですか……っ」

代官はついに蒼白となった。その顔に「噂は本当だったのか」と畏《おそ》れの色が浮かんでいる。

レオナートはそれ以上は言わず、口をむっつりとつぐんだ。

代官はため息をつき、遠くを見つめながら詠嘆した。

「匪賊とはいえ、哀れなものにございますなあ」

それをバウマンが聞き咎《とが》め、咳払いをする。

「殿下のやりようが非道だと仰《おっしゃ》りたいか？」

代官もハッとなって、慌てて謝った。

「もちろん、殿下を責めておるわけではございませんっ。当然の成敗をなさっただけでっ」

「よい。俺《おれ》も哀れに思っている」

レオナートは代官を安心させる。バウマンに視線で「つまらん目くじらを立てるな」と釘を刺しておきながら。

それでバウマンも犬のようにしょげて、すごすご引っ込んだ。

代官が改めて、大きく肩を落としながら内心を吐露《とろ》する。

「彼らがなぜ匪賊に身をやつさねばならなかったか、想像はつきます。彼らの凶行を自分たちの手で掣肘《せいちゅう》できなかった情けなさも身に沁《し》みます。私もこのたびは深く反省をいたしました。伯爵さまにご自重いただけるよう、より一層お諫《いさ》めしていく所存です。すぐには無理でも。どれほど時間がかかっても」

彼が私腹を肥やしたわけではなかろうに、切々と懺悔《ざんげ》をする代官。

ほう、とレオナートは感心の目で見る。

時々こういう男を見つけることができるから、地方遠征も悪くない。

「俺も、自分の無力さを痛感することは多々ある」

レオナートは重い口を開いた。

バウマンが「なんと珍しい」とうめいたが、気にせず続ける。

「だからこそ、もっと力をつけねばと奮起できる。諦めなければいつか、どんなに難しいことだって成し遂げられるのだと、信じる。信じられなければ、生きている意味がない」

「……ええ。……ええ、仰る通りですなあ」

噛みしめるようにうなずく代官のことを、レオナートは記憶に刻みつけた。

いつかアレクシスを取り戻した時に、こういう男を招聘《しょうへい》できるよう期して。


代官に見送られて、レオナートら騎士隊は領主館を辞した。

戦事には疎《うと》い代官は気づかなかった。レオナートは二百人の騎士を引きつれているはずなのに、今いるのはその半数にも満たないことを。

彼らには別働で任務を与えている。

投降した匪賊四百人の後処理だ。

そう、彼らはちゃんと生きているのだ。皆殺しになったと代官に勘違いさせただけで。

この二年間、討伐のたびにいつもレオナートは同じことを続けていた。匪賊といえど情状酌量《しゃくりょう》の余地がある者たちはこっそり命を助け、とある場所で罪に服させている。

無論、アレクシスを取り戻すための〝構想〟の一環なのだが、その事情が語られるのはもっと後のことである。


州都クラドアの目抜き通りを、騎馬で粛々と行進していくレオナートたちは、民らにもまた熱烈な歓呼とともに見送られた。

匪賊の害は物流を荒らし、多くの民の生活にも悪影響を与えていたのだ。それを討伐したレオナートたちは、ザーンの民らにとっての英雄であった。

町娘たちはこぞって通りにやってきて、あの騎士が格好いいだの、この騎士が好みだの、黄色い声で相談し合う。はしゃぎすぎて、口紅の跡のついたハンカチを手渡すお調子者まで出る。

彼女らの口に上っているのは、レオナートも例外でなかった。

「吸血皇子《ノスフェラトウ》なんていうから、どんな恐ろしい人かと思ったら！」

「見て、あの横顔！　凛々《りり》しくて涼しげで！」

「噂話なんてアテにならないものねえ！」

レオナートの仏頂面は客観的に見て二枚目とは言い難かったが、乙女の色眼鏡にかかれば黒馬に跨っていても白馬の皇子様だ。

また、日頃から床屋政談が大好きな、事情通ぶる男たちからも、

「アドモフに負けて、味方を犠牲に一人で逃げ帰ってきた御仁には到底見えんなあ」

「もしかしたら、敵方が畏れてつけたあだ名じゃないのか？」

「なるほど！　吸ったのは味方の血じゃなくてそっちか」

「今さらわかるだなんて、おまえさんらも大したことないねえ。各地の匪賊どもを討伐して回ってらっしゃる御方なんだぜ？　本物の英雄様だとおれっちは最初からわかってたよ」

「違いない。偉いお人だあ」

「ふんぞり返ってるだけの、他の帝族サマや貴族サマとは一線を画してらあ」

――などなど。

それらの声はレオナートの耳にも届いていた。

おかげでむずがゆくて、真正面しか見てられない。

口元なんてもう変な形に歪《ゆが》んでしまっている。

「ふふっ。なんて顔をしてらっしゃるんですか」

それを指摘され、笑われた。

声をかけてきたのは、知己の少女。

馬に乗り、横道から現れて、レオナートの隣へ寄せる。

青い瞳にいたずらっぽい光を湛《たた》えて、こちらをじっと見つめてくる。

銀色の長い髪が風で靡《なび》き、陽光を浴びて煌《きらめ》いていた。騎士サマ目当てで見送りに来たはずの町娘でさえ、思わず嘆息させるほどだ。

世界中の美神の、えこひいきを一身に集めたような、魅惑的な少女なのだ。どこまでも可憐なのに、馬の闊歩《かっぽ》に合わせて揺れる胸のふくらみだけは妖艶《ようえん》極まる、例えばそんな反則的な。

もちろん、町娘などではない。

レオナートは仏頂面のまま返事をした。

「笑わずともよかろう、軍師殿」

たちまち少女はむくれた。

「シェーラと呼んでください、レオ様。そんな他人行儀な呼び方はいやですよーだ」

そのふくれっ面は、十六の年相応《そうおう》にあどけないものだった。

しかし、彼女の頭の中には叡智《えいち》が詰まっていることをレオナートは知っていた――

アドモフに敗れ、悄然《しょうぜん》と帝都に赴いた直後のことである。

アレクシス奪還を誓ったレオナートは、生き残ったアレクシス騎士たちに向かい、改めて意志を表明し、協力を求めた。

彼らは一人残らず快諾してくれた。

そして彼らの他に、自ら協力を願い出てくれた者がいた。

それがロザリアの侍女《じじょ》の一人だった、このシェーラだ。

「私にも手伝わせてください！　私にも仇《あだ》を討たせてください！　私だってアレクシスに……リントに帰りたい！　何よりロザリア様だってそう願っておられるはずです！」

この時まだ十四だったシェーラが、ロザリアの遺髪を抱えて必死の形相で訴えた。

小娘が何をと、笑う者などいなかった。

レオナートもアレクシス騎士たちもよく知っていたからだ。

ロザリアが侍女にとりたてるのは、アレクシス中から広く求め、これぞと見込んだ才媛《さいえん》たち。

いつでも侍女服を脱ぎ捨てて、官僚にも幕僚にもなれるよう侯爵《こうしやく》夫人が仕込んだ知恵者たち。

中でもこのシェーラは、ロザリアが一番に目をかけた天賦《てんぷ》の持ち主なのだ。

レオナートがロザリアの薫陶《くんとう》を受けた、武の申し子ならば。

シェーラはロザリアに見い出された、智の申し子。

「私には考えがあります」

シェーラは胸に手を当て、きっぱりと宣言した。

騎士たちを前に気後《おとな》れした様子は全くない。

レオナートは帝都にあるアレクシス州上屋敷へ、主だった騎士たちを集めた。滞在中にロザリアが愛用した会議室――質実剛健だった彼女の好みが内装や調度品に色濃く残るそこで、二十人ほどの男たちがしかつめらしく、当時まだ十四の少女の講義を拝聴する。

「アドモフ軍の侵略は、アレクシス州を得てそこで一旦、停止するはずです」

レオナートたち一同は深くうなずいた。

敗れはしたが彼らはロザリア指揮の下、アドモフ軍に大打撃を与えてやったのだ。

「兵数と兵站《へいたん》を回復させるまで、奴らも大人しくしているしかない」

「はい。再侵攻は五年後というのが、私の予測です」

妥当なところだろう。騎士たちの誰からも異論は出ない。

「一方、クロードの方からアレクシス州の奪還に動くこともないでしょう」

これにもレオナートたちは首肯した。

クロードは帝国といえど封建制を敷いている。アレクシス州はクロードの版図《はんと》の一部であったが、あくまでロザリア個人の領地という性格が強い。「クロードの威信に傷がついたではないか！」と考えるような忠義者でない限り、奪われたところで帝族貴族の誰も損をしないのだ。少なくとも目先の損得勘定なら確実に。

長い目で見れば話は変わってくるだろうが、クロードの帝族貴族どもは私腹を肥やすことばかりに熱心で、今の快楽を享受《きょうじゅ》できれば先のことなど考えない者が大半だ。

よってアレクシス州を取り戻そうと、働きかける貴族がいるとは思えない。言い出したが最後、奪還軍の将に祭り上げられ、私財と私兵を投じて戦わされるのが目に見えている。精強なアドモフ軍に勝って、アレクシスを所領に加えてやろうという自信の持ち主もおるまい。

何より、現皇帝は惰弱《だじやく》な男であり、いつも大貴族の顔色を窺って生きている。貴族たちの反感を買ってまで、「取り返してこい」と勅命《ちよくめい》を出す勇気などありはしない。

「しかし、五年後にアドモフが再侵攻してくれれば、貴族どもも日和見《ひよりみ》などしておられぬはず」

バウマンが手を挙げて意見を述べた。

「帝族貴族が一丸となって戦うしかない。その時こそ某《それがし》らもアドモフ撃滅の一翼を担い、仇敵《きゆうてき》を討ち果たし、余勢を駆ってアレクシスを取り戻せばよい。そうでござろう？」

バウマンの言葉はまさに、レオナートが抱く考えの全てを代弁していた。

それしか方法はないだろう――と、そんな雰囲気が他の騎士たちにもあった。

「い、い、い」

「勝てません」

しかしシェーラは悔しげにかぶりを振った。

「五年後、この国はアドモフに滅ぼされます」

唖然《あぜん》となったレオナートたちに、恐ろしい事実を突きつけた。

そのまま、誰も、すぐに、声を出せない。

それくらいシェーラの言葉は強烈だった。

「……まさか、だろう?」

いち早く立ち直ったレオナートが、何かの間違いではないかと確認する。

バウマンも続いて抗弁を始めた。

「ロザリア様も亡くなり、アドモフが強敵であるのも、某らとてわかってござる。しかし、クロードは大国! 今は私利私欲に走る貴族どものせいで国が乱れておっても、連中とて自分の尻に火が点けば目が醒《さ》めるはず。挙国一致で臨めば、アドモフ如きなんぞか恐れん!」

まくし立てるその大声に、騎士たちがしきりに首肯する。

「国が乱れているのが問題なのですっ」

シェーラは一歩も退かなかった。

「近年、帝国全土に匪賊が跳梁《ちょうりょう》し、民衆反乱が勃発する州すらあるのをご存知でしょうか?」

そう問い返すシェーラに、騎士らは鈍い反応を返す。

「まあ……」

「噂くらいは……」

これは仕方のないことだ。アドモフに攻め落とされる以前、アレクシス州はロザリアが立派に統治し、そのような問題は起きなかった。レオナートを含む彼らにとって、それらは対岸の火事という認識でしかない。

シェーラが説明を続ける。

「各州の領主たちが民に重税を課す一方で、軍事費を縮小して治安を軽んじる——そんな腐敗貴族たちのやり方が間接的原因となって、匪賊跋扈《ばっこ》や民衆反乱を招いています。しかし、ロザリア様は生前、懸念しておられました。直接的原因として、それらを扇動して回っている者がいるのではないかと」

「まさか、アドモフが裏で糸を引いていると？」

「その可能性は高いかと、殿下。発生頻度が多すぎるのです。異常なのです」

シェーラが用意していた紙束を、レオナートに手渡した。

ロザリアの覚書だった。筆跡でわかる。前々から調べていたようだった。伯母《おば》は発生頻度を比較統計し、ここ四年間で爆発的に増えている異常さに気づいていた。

納得したとレオナートがうなずいてみせると、シェーラが話を再開する。

「歴史を紐解《ひも》いても、ただ外敵のみによって滅ぼされた国はほとんどありません。内憂外患というやつです。国が乱れることで抵抗力を失い、攻め滅ぼされてしまうのが国家の常。五年をかけてアドモフは牙を研ぎ、クロードは病を重くする——これでは勝てません」

シェーラは確信を込めて結論した。

バウマンらももう反論はできない。

これは怪しげな予言などではない。理に基づいた予測だ。

「話が大きくなってきたな」レオナートは額に手を当てた。「つまるところ、俺たちがアレクシスを取り戻すためには、まずクロードを滅びの道から救わねばならないのか？」

「その通りです、殿下」

うむ、とレオナートは唸らされる。騎士たちも同様で、

「簡単に仰るが、シェーラ殿。その内憂《やまい》はどうにかなるものでござるか？」

アドモフによる扇動工作かもしれないが、本《もと》を正せば腐敗貴族たちの失政が原因。

「あの連中に自重を求めたところで、それこそ改心させるのに五年では足らんぞ？」

レオナートは断言する。

帝宮で連中の悪意にさらされた幼き日々。奴らの性根《しょうね》がどれだけ醜いか思い知っている。

そもそも、ロザリアとアレクシスと仲間たちを失う間接的原因となったのも、奴らの汚い陰謀ではないか。

「もちろん、貴族たちをただちにどうにかする方法なんて、私も思いつきません」

シェーラが遺憾《いかん》げに言った。

「ですから、どうにかするなら民の方です。貴族たちの専横によってこの国から、人心が急速に失われているのが現在の状況。だったらその人心を取り戻せばよいと思いませんか？」

「思う。だがどうやって？」

鋭く斬り込むようにレオナートは訊《たず》ねる。

ところが、シェーラは即答しなかった。黙り込んでしまった。

今まで打てば響くような、快活にして明朗な応答をしていた彼女が。

いきなりの変化に、レオナートは怪訝《けげん》を覚える。

「どうした？」と窺っても、「あの。その」とシェーラはもじもじするばかり。左右の指先をいじいじするばかり。まるで子どものような仕種《しぐさ》。

「聞いても、笑わないでくださいよ？」

その上目遣いもまたいたいけなもので。

彼女の才気煥発さに、レオナートはすっかり大の大人と相対しているような気分でいたが、シェーラが未だ年端《としは》もいかぬ少女であることを思い出した。

「無論、笑わんさ」

ぎこちなくはあるが、なるべく優しい口調を心がけて言う。

それでもシェーラはなお言い出しにくいようで、意を決するまでに、愛くるしい咳払いを何度も挟まなければならなかった。

そうしてから、冗談めかしたりおどけたりせず、真剣に告げる。

「英雄になってください、殿下」

レオナートは虚《きょ》を衝かれた。むしろ笑えないと思った。

「英雄など、結果そう呼ばれる者がいるだけで、なるならないの話か？」

「そこをがんばってなっちゃうんですよ！　民の心をグッとつかんで離さない英雄に！」

シェーラは小さな拳をグッと握り締める。意気込みは伝わるが……。

「どうやって？」レオナートは再度問うた。

シェーラはとっておきの秘密を打ち明けるように囁《ささや》いた。


「伝説伝承《フォークロア》です、殿下」


その唐突な言葉。単語。

ぽかんとさせられたレオナートに、シェーラが早口で言い募った。

「口伝《トラディション》、説話《フェイブル》、神話《ミース》、逸話《エピソード》、英雄伝説《レジェンド》、北方寓話《サーガ》、叙事詩《エピック》、御伽噺《フェアリーテール》——様々ありますけど、それらを総称して伝説伝承《フォークロア》」

「伝説伝承《フォークロア》……」

レオナートは口中で吟味《ぎんみ》するように、鸚鵡《おうむ》返しに呟く。

「この世に吟遊詩人や芝居役者なんて稼業が成立するのは、人々が対価を支払ってでもそれを求めてくれるからです。食べ物や睡眠と違い、それをとらなくとも人は死にません。なのに人はそれを求めずにいられない。これって、とても強い根源的欲求だと思いませんか？」

レオナートは首肯する。筋が通っている。

「例えば、殿下も他人事ではないですよね？　人の血を吸って生き延びたなんて脚色されて、吸血皇子《ノスフェラトウ》だなんてあだ名までつけられて、人の口から口へと面白おかしく伝えられて、今や帝都のみーんなが、殿下を恐くて酷い人だって思ってます。本当の殿下のことなんか誰も知らないくせにっ。でも、これが伝説伝承《フォークロア》の力なんです」

シェーラはまるで我がことのように悔しがり、憤慨《ふんがい》した様子で言った。

かと思えば拳を天に突き上げて朗々と、

「だったらその逆をすればよいのです！　この国の民を救うために立ち上がり、彼らの希望を一身に背負い、いつかアドモフをやっつける！　そんな実在の英雄を題材にした伝説を創り、伝承として流布《るふ》させるんです。人々がそれを耳にしただけで、その英雄の旗の下に集いたいってワクワクするようにっ。そうなればアレクシスを取り戻すことはできます！　ぜっっったいにできます!!」

すっかり興奮した様子でまくし立てるシェーラ。

「理屈はわからなくも――」

レオナートは皆まで言わせてもらえなかった。

「殿下ならできます!!　というより、この役は殿下という役者にしか演じることはできませんっ。ロザリア様の甥《おい》でロザリア様の薫陶よろしき殿下がロザリア様の仇を討つために立つ！　アレクシスで一敗地塗《いっぱいちまみ》れた殿下が再起してアレクシスを取り戻す!!　そして何より、殿下は素晴らしき武勇を持つ正真の勇者……！　ここまで揃えばこそ、民は伝説伝承《フォークロア》に真実を見ます！」

力説も力説だ。レオナートは圧倒されてしまう。

「……見込んでくれたものだが。……しかし」と反論の声も弱くなる。

「できます!!　自信を持ってくださいよ、だって――」

そこへシェーラはとどめとばかりに言い放った。


「殿下こそが私の理想の人なんですから！」


その一撃が会議室いっぱいに反響する。

男どもはしんと静まり返った。

だから、肩で息をするシェーラの乱れた呼吸音だけが聞こえるようになる。

大演説からの一転、静寂。

それを破ったのは果たしてバウマンだった。

「くくっ」と声に出して噴き出す。「理想の人でござるか。殿下が。シェーラ殿の」

「あっ」とシェーラは自分が何を口走ったか気づいた様子で、「もももモチロン、理想といっても男女のアレコレとかじゃなくてですね、あくまで私の〝構想〟にピッタンコという――」

何やら急にニヤつきだしたバウマンたちへ向け、しどろもどろになって言い訳を始める。

見かねてレオナートも助け船を出してやる。

「落ち着け、シェーラ。皆もそれくらいわかっているさ」

「殿下はわかってなーい！」

「……どういうことだ？」

「なんでもないでーす！」

シェーラは白い肌を首元まで真《ま》っ赤《か》にして叫んだ。

同意できるかはともかく、さっきまで理路整然としていた筋道が急に見えなくなって、レオナートは困惑する。

「なるほど、シェーラ殿のご言い分は承知いたした」

一方、バウマンたちは納得顔だった。

「そして、シェーラ殿は大変に見る目がおありだ。気に入り申した」

しかもだ。騎士たち全員がにわかに、シェーラのことを何か微笑《ほほえ》ましいものでも見るような目に変わっている。間違いなく好意的な眼差しだった。

その視線が次いで、一斉にレオナートへ注がれる。

「やりましょう、殿下！」

「ええ、やりましょう！」

「ま、待て、おまえたちまでっ」

レオナートは滅多にないことに狼狽した。

「本当にアレクシスを取り戻せるなら、俺はなんだってやる。偶像《えいゆう》でもなんでも演じる。しかしだな――」

「その覚悟がおありであれば、なんでも試してみるべきではござらんか！」

皆まで言わせてくれず、バウマンが正論を叩きつけてきた。

一瞬、レオナートはぐうの音も出せない。

それでバウマンが畳みかけるように、

「シェーラ殿。伝説伝承《フォークロア》のため、人心を取り戻すため、具体的に何から始めればよかろうか？」

「各地の匪賊退治をして回るのなんて、いかがでしょう？」

「一石二鳥でござるな！」バウマンを始め、騎士たちが感嘆した。

レオナートも思わず膝を叩いていた。

匪賊討伐くらいなら、レオナートとアレクシス騎士隊だけで十分可能だ。それでクロードが罹《かか》っている病をいくらかなりと切除できれば、五年後のアドモフ戦への備えがマシになる。困っている民を助けることもできる。それだけでもやる価値はある。

たとえシェーラの思惑通りにことが進まず、伝説にはなれず、伝承は広まらなかったとしても、人心を取り戻すことができなかったとしても、悪いことは何もないわけだ。

「明日にでも、皇帝《ちちうえ》に嘆願して勅命をとってこよう」

やると決めたら、レオナートの行動は迅速だ。

おお！　と騎士たちも気炎を吐《は》き、皆で拳と拳を打ちつけ合った。


こうしてシェーラの立案した〝構想〟の下、レオナートと騎士隊は再起の道を歩んだ。

二年間ずっと、帝都を拠点に各地を転戦した。

帝族貴族たちからは「好きこのんでドサ回りをする変人」だとか「便利屋」だとか「ドブさらい」だとか嘲笑《ちょうしょう》されたが、彼らは一向に気にしなかった。

心無い者たちになんと言われようと構わない。

今――新たにザーン州を匪賊の悪逆から救い、民に歓呼を以って見送られ、騎馬行進する彼らの胸に満ちた誇らしさは、筆舌に尽くし難いものであった。何物にも代え難いものであった。

「本物の騎士様ってのは、この方々を言うんだよ」

そんな口々の賞賛を浴びて、名誉に思わないわけがない。

そして、何よりもだ。

レオナート率いるアレクシス騎士隊の名声は高まりつつあった。

吸血皇子《ノスフェラトウ》の異名は意味を変えつつあった。

クロード帝国は浩大で、その伝播《でんぱ》はあくまでゆっくりではあるが。

間違いなく着実に。

第三章　彼らに休息なく……

The Alexis Empire chronicle

クロードは、大陸の七分の一を版図《はんと》とする大国である。

大陸西端沿岸部に位置するため、「暁《あかつき》の帝国」と呼ばれることもある。

東から延びるミネ河が大西海へと流れ込む、その河口湾の畔《ほとり》にある帝都クラーケンは、百万を超える人口と長い歴史を持ち、富と文化が爛熟《らんじゅく》する。

名の由来は、帝姓のクロードと音が通じ、また「大西海の覇権を象徴し、さらに巨《おお》きく広がっていくもの」の意から、初代皇帝が命名した。

総面積は人口相応《そうおう》のものであり、大きく三つの区にわかれる。

広い方から順に、まず平民たちの住む一般区。ミネ河が作り出す三角州《さんかくす》の中にあり、周りにはのどかな水田が広がる。東方伝来の米が栽培され、帝都の人々の腹を満たす。

続いて三角州の外、河口北畔《ほくはん》にあるのが、海洋交易の大玄関口である港区。

そして最後に、そのお隣が中枢《ちゅうすう》区。

どちらを見渡しても貴族や大商人たちの豪邸が並び、馬鹿《ばか》げたほどの敷地を持つ各州上屋敷が点在する街並みは、荘厳華麗な帝宮とその庭園を核に綺麗な円状に広がっている。通りは尽《ことごと》く大きく、立派な馬車が何台でも行き交うことができる。もし戦場になった時、全く防衛に適さない地形とも言えるが、この帝都まで攻め込まれることなど絶対にないという尊大さを、街そのものが発しているかのようだった。

レオナートやシェーラ、騎士隊が起居するアレクシス州上屋敷もまた、その一角にあった。

亡きロザリアの好みを反映し、広々と機能的ではあっても華美さを欠いたその屋敷に、午後一番から客が来ていた。

より正確には使者である。実父からの。

眉まで白いその男は、先代からクロード皇帝に仕える侍従長だ。デストレント侯爵《こうしやく》家の縁に連なる貴族で、皇子のレオナートよりよほど傲然《ごうぜん》と構えていた。皇帝の使者たる権威を振りかざし、客間にレオナートを跪《ひざまず》かせて、大威張りで書状を読み上げる。

「ザーン州に蔓延《はびこ》る匪賊《ひぞく》一党を討伐した功により、帝室伝来の宝刀を下賜《かし》するものである！」

侍従長は書状を丸めると、一振りの軍刀《サーベル》と一緒に、横柄な態度で差し出した。

レオナートは畏《かしこ》まってそれらを拝領する。

どんなに威張り腐られてもしおらしくしているのは、レオナートに後ろめたいところがあるからだった。本来なら帝宮に参内し、皇帝に謁見《えつけん》し、報告をした後にお褒めの言葉をいただくのが通例なのだが、母親の葬儀にも来なかったような男と可能な限り顔を合わせたくなかった。

ゆえに、侍従長にわざわざ拙宅まで御足労願っている格好であり、このくらい威張らせてやらなければ失礼だと思っていた。

侍従長を見送った後で、下賜品を試しに鞘《さや》から抜いて検《あらた》める。

一目で気に入った。

普通の拵《こしら》えとは大分違う。刀身は長く、分厚く、刃渡りも広い。良い。実用一点張りなのが大変に良い。宝刀の類とはとても思えないが、正直、儀礼的な剣など要らない。

いつも仏頂面のレオナートが意気揚々と、早速にして腰に佩《は》く。

討伐の功に対して、褒美が剣のたった一振りとは、値切られているのだろうか？

否である。わずか数百人規模の匪賊退治ならこんなものだ。

レオナートが「雑種」だからと言って冷遇されているわけではない。

むしろ毎回、何かしら気の利いたものをくれていたから、意外と律儀だとすら感じている。

従軍した騎士たちにも、ちょっとした恩賞金が出る。

ただし、それで全く困らないというわけではない。数百人の騎士を地方まで遠征させるには莫大な金がかかるし、所領を持っていないレオナートには賄《まかな》える基盤がない。

ではその戦費をどう確保しているかというと――

支援者がいるのだ。レオナートたちの〝構想〟を理解してくれる、志高き貴族が。

今日はこの後、その彼に会いに行く予定だった。

見事な黒毛の愛馬に跨《またが》り、レオナートは港区へ向かう。

帝宮の厩舎《きゅうしゃ》には献上された百頭以上もの名馬がいて、中でも最も速く、最も強靭《きょうじん》で、最も賢いと同時に、最も気位の高い牝馬《ひんば》であった。

名をザンザスという。

初めて匪賊討伐をした時、褒美として下賜された。

レオナートほどの馬術達者、且つ剛力の持ち主でなければ到底馭《ぎょ》することはできないじゃじゃ馬なので、厄介払《やっかいばら》いだった可能性も否めないのだが。


港区は帝都でも一番にぎやかな街である。

綺麗な格子状に造られた通りを、数えきれぬほどの人々が溢れている。

中枢区から買い物に来た富裕層の主婦たち。

一般区からちょっとワルい遊びをしにきた少年たち。

馬車の荷台にコーヒー豆を山と積む、南方帰りの西方商人《クロード》。

その周りをあくび混じりに警護するのは、北東人傭兵《クンタイト》たち。戦いになれば、まさしく目が覚めるような強さを発揮すると聞く。

肌も露《あら》わな格好で表を歩く中央人《パリディーダ》の舞姫と、口説き方すら生真面目な北方人《ツアーラント》旅行者。

赤銅《しゃくどう》色の肌の南方人《ガビロン》と、黄味がかった肌の東方人《ヂエン》の仲睦《むつ》まじい夫婦。その真ん中で幸せそうに笑う娘の肌は、淡いオリーブ色だ。

また通りの左右に目を向ければ、多種多様な店が視界の果てまで立ち並ぶ。

威勢のいい雑貨商が広げる店先には、大陸中の珍品がずらり。

仕込み中の酒場《さかば》には、ありとあらゆる酒が運び込まれる。

娼館《しょうかん》の窓からは各地の美女が顔を出して妍《けん》を競い、生国訛《なま》りで道行く男たちを誘う。

まさに人種と文化の坩堝《るつぼ》といえよう。

ただし実は、このような盛んすぎる異文化交流は帝都クラーケンだけの特色ではなく、ある程度大きな街ならば、大陸のそこかしこで見られる日常にすぎない。

歴史を遡《さかのぼ》ること、およそ三百年前の話である。

史上初めて、単一国家による大陸統一が果たされた。

その覇業を成し遂げた渾沌《こんとん》大帝は、瞳の色が変わる黒髪虹瞳《こうどう》の異相と、極めて開明的な思想の持ち主だったとされる。土地をこそ尽《ことごと》く侵略したが、文化侵略は最低限度に留めた。讃えられるべき度量と美意識でこの世にある万物を愛《め》で、貴《たっと》び、民にもその素晴らしさを分け与えた。

渾沌大帝によって大陸全土の人と物と文化がかき回され、渾然《こんぜん》となったのである。

今日、西の民が米の旨さを知っているのも、逆に東の民が葡萄酒《ぶどうしゅ》に酔いしれることができるのも、北の男が南の女を美神ラクシュミに例えて口説《くど》くことができるのも、全て彼の進歩的な治世のおかげというわけだ。

多文化主義をさらに踏み越え、空前の規模で行ったこれを、後の世の史家は「世界文化主義」、あるいは「渾沌主義」などと呼ぶ。

逆に、渾沌大帝が被征服民に統一を強要したのは、たった三つ。

まず度量衡《どりょうこう》や暦などの単位制度。及び貨幣《かへい》。これは経済発展のためには致し方ない。

また彼の生国の言葉を、公用語として大陸全土に普及させた。

ただ、そもそも外来語を柔軟に取り入れる特徴を持つ言語だったため、語彙《ごい》レベルではその土地の言葉を取り入れ、地方ごとのアレンジが進み、一種の訛りとして差異は生まれている。

最後に宗教。

各地の土着信仰を可能な限り尊重しつつ、渾沌大帝自身とその末裔《まつえい》を現人神《あらひとがみ》とし、全ての神々の上位存在と据えた。これには反発もあったが、特権を死守しようとする各宗派の僧や神官を一掃し、彼らが貯め込んだ財貨を民に還元したら、不思議と収拾していった。今日、大陸全土で多数の神が穏やかに信仰されるようになったのは、これが始まりである。

それほどの影響を世界中に与えた大帝国も、渾沌大帝という希代《きたい》の英雄の死後、急速に衰退し、わずか四代・百年で終焉《しゅうえん》している。結局は七つの帝国に分裂し——クロードもアドモフもその一国だ——互いに覇を争う、群雄割拠《かっきょ》の時代が復活した。

しかし、時代が変われど渾沌主義の恩恵は大陸全土に定着したまま、二百年後の今の世にも残ったというわけだった。

レオナートが訪れたのも、東方眞帝国《チエン》の建築様式で作られた大店の酒家《レストラン》だった。瓦が並べられた屋根のあちこちや、廊下のいたるところにヂェンの瑞獣《ずいじゅう》を模《かたど》った置物が飾られ、商売繁盛の神が祀《まつ》られていて、東方情緒たっぷり。にぎやかで粋《いき》。

「凝った趣向の店だな」

レオナートは給仕娘に案内された個室の中、席で待っていた青年に声をかけた。いかにもおまえらしい、と。

「帝国随一の勇者たちをねぎらうんだ、おざなりにはできないさ」

貴公子然としたその彼は、洒脱におどけてみせた。

アラン・エイドニア。

二十二歳になったこの親友は、女ならまず放っておかぬ甘い顔にほのかな精悍《せいかん》さも備えさせていた。先年、父親を亡くし、伯爵《はくしやく》位を継いだことで貫禄《かんろく》がついてきている。

無論、〝構想〟を理解してくれる支援者とは、このアランに他ならない。

彼は面白そうに目を細めて、大窓の外を見物しているところだった。

レオナートも対面の席に腰を下ろして、倣《なら》う。

この店は建物の形も特徴的で、上から見ると「ロ」の字をしている。真ん中部分が庭になっていて、二階にある全個室から眺め下ろすことができる。

今は旅芸人の一座が、喜劇を演じているところだった。

先に来ていたアレクシス騎士たちが、そのすぐ間近で笑い転げ、やんやと喝采《かっさい》を送っている。

今日この店はアランの貸切。

ザーン州より凱旋《がいせん》したレオナートたちを慰労してくれる、そういう趣旨の集まりだ。

アランは気さくな男で、戦費どころかそういう心意気もたっぷり持ち合わせた奴なのだ。

「いつもすまんな」

「気にするなよ、友達だろ」

アランが自分の杯にはエイドニア産の葡萄酒を、レオナートの杯には地《じ》のライム果汁を絞った水を注ぐ。何を隠そう、レオナートはいい図体をして下戸《げこ》だった。

「それに、こんなことしかできないのがもどかしいよ。叶うならば、僕もまた君たちと戦場を駆けたい」

「あまりやんちゃを言うな、エイドニア伯」

そうだね、とアランは寂しげに微笑《ほほえ》んだ。それから、

「アレクシス騎士隊の武運に乾杯」

「エイドニアの泰平に乾杯」

レオナートはそっと杯を合わせる。アランもそれで気持ちを切り替えた。

晩餐《ばんさん》には早すぎ、籠《かご》に積まれた旬の野苺を肴《さかな》に観劇と歓談。

「ほら見ろよ、レオ。あの娘役。あんなに若いのに上手い。しかも美人だ。これはよほどだぞ」

「いいぞ、上手いな」

「しかも泥臭い役を厭《いと》わない根性がいい」

「ああ、いいな」

「ははは！　聞いたか、レオっ？　『ゴリゴリして痛い』だってよ、『ゴリゴリ』！　いったいどんな胸をしてるんだっ、あはははは、これはケッサクだっ」

「ああ、おかしいな」

アランは自身こそが役者であるかのように表情豊かに抱腹し、レオナートは母親のお腹に愛想を置いてきたかのような顔で身動《みじろ》ぎもせず観続ける。

すると――ドアのない出入り口の方から気配がして、

「うふふ。レオ様とアラン様の会話の方こそ、よっぽどおかしいですよ」

シェーラが忍び笑いとともにやってきた。

その隣にもう一人。トウは立っているが、すこぶるつきの美女もいて、

「無口な殿下とおしゃべり好きなアラン様を足して割って、ちょうどいい塩梅《あんばい》じゃないかしら」

軽口を叩きながら嫣然《えんぜん》と会釈《えしゃく》した。

実際、レオナートもアラン以上に馬の合う奴を知らない。クロードに二百家門ありしと言えど、自分と気の置けないつき合いをしてくれる物好きな貴族もこの青年だけだった。

アランは笑いすぎて目尻に溜まった涙を拭《ぬぐ》いながら、シェーラの隣の女に声をかける。

「上手くて美人の、よい役者が入ったじゃないか、ダリア」

彼女は中庭で演劇中の一座を纏《まと》める、座長なのだ。同業者の間で一目《いちもく》置かれるほどの顔役でもある。ダリアの一座は主に帝都から北を巡業し、その実力ゆえにアレクシス州で興行した折はロザリアが贔屓《ひいき》にした。レオナートもシェーラもアランも、侯爵夫人のお伴《とも》でよく見物した。

そういう縁があって、この三人とは古馴染《ふるなじみ》なのである。

そして、今やシェーラの〝構想〟の協力者でもあるのだが、この日はただの興業で来ていた。

「上手いのは確かだけれど、女は白粉《おしろい》で化けますわよ？」

ダリアはからかうようにアランへ答える。

生来《せいらい》の気風のよさか、伯爵様に対する口調に遠慮はない。こういうところをかってロザリアは好んだし、レオナートも嫌いではない。

アランとこの女傑《じょけつ》の談笑に、横で耳を傾けているだけでも心地よい。

「へえ！　そんなことを言われると、いちど素顔を見てみたくなるな。もっと傍《そば》で」

「ベッドの上で……なんてお達しじゃなければ、今すぐにでも」

「ははは、ダリアのところの商売は芸一筋だってのは、僕も承知してるよ」

「アラン様は遊びもお上手で助かるわ」ダリアはそう言いつつ、なぜかレオナートの傍にやってきて、「でも殿下でしたら、商売抜きでおつき合いしたいわ？」なぜかしっとりとしなだれかかってきた。

「でっっっ、殿下はダメですよ姐《ねえ》さんっ！」シェーラがいきなり素《す》っ頓狂《とんきょう》な声を出して、慌てふためいた。「遊ぶならアラン様をあげますからそっちでどうぞ楽しんでくださいっ」

「はは、僕ならいいのかい？」

「いいですっ」

シェーラはそう言いながらレオナートの傍までやってきて、腕を抱くようにひっつかんで、反対隣りのダリアを睨みつける。

少女の剣幕のすごさを見て、ダリアとアランは同時に噴き出した。

「何がおかしいんですかぁぁぁっ」

「鏡を見てごらんなさい。シェーラちゃん、必死すぎ」

「かっ、からかったんですね、姐さんっ」

「君がよほどの軍師殿だというのが、僕は時々信じられなくなる」

「アラン様までっ。もうっ」

シェーラは拗《す》ねまくりながらも、とりあえず剣幕は収めた。

ダリアはレオナートから身を離したが、シェーラは腕を離さなかった。

そして、場が落ち着いたのを見計らって、レオナートはダリアに言った。

「悪いが俺《おれ》は、アレクシスを取り戻すことで頭がいっぱいだ。少なくともそれまでは、誰かと男女の仲になる気は起きない」

真剣に考えて、己の裡《うち》から出てきた答えを包み隠さず。

聞いて、ダリアとアランは同時に目を真ん丸にした。

それから、さっきの比ではない爆笑を始めた。

真面目に答えたのに。レオナートは憮然《ぶぜん》となって隣に訊《たず》ねた。

「……何が悪かったのだ、シェーラ？」

「いいえ、いいえ、レオ様はどうぞそのままでいらしてください。シェーラがずっとお傍におりますから何も問題はございません」

シェーラはひどく安堵《あんど》し、また満足げな顔で、つかんだレオナートの腕に頬《ほお》ずりまで始めた。

レオナートがいきなり何をと困惑してもシェーラはやめない。

「ホッとしたら気が抜けちゃいました」

何が彼女をそこまで安心させたのかは朴念仁《ぼくねんじん》にはわからなかったが、「気が抜けたら頬ずりを始めるのか……？」

「猫が気まぐれにじゃれついてるとでも思ってください」

「意味がわからん……」

「にゃんにゃん♪」

咎《とが》めてもシェーラはふざけるばかりで、レオナートは弱る。

乱暴に振り払うわけにもいかず、アランに目で助けを求める。

「お代わりをもらってきてくれるかい、シェーラ？」アランは空になった野苺の籠をぷらぷらさせた。「レオのために美味《おい》しいのを見繕ってきてくれ」

「はいっ、ただ今っ」シェーラは喜び勇み、風の如《ごと》く部屋を飛び出した。

「さすがはアラン様、見事なあしらい方ですこと」ダリアが喉の奥で笑った。

全くその通りだとレオナートも思う。時々自分は、人の感情の機微や綾《あや》が読み取れないことがあるのだが、そんな時、アランに助けを求めるとすぐに紐解《ひもと》いてくれるのだ。

レオナートは己の不甲斐《ふがい》なさに嘆息しながら、

「いつもすまんな」

「気にするなよ。友達だろ」

なんでもないように言う四つ年上のこの青年に、一生頭が上がらない気がした。


そんな風にレオナートたちは、匪賊討伐に明け暮れる束の間の、休息を享受《きょうじゅ》していた。

そして、彼らが二階の個室で歓談していたのと同じころ――

一階の玄関で、店主が平身低頭する揉《も》め事が起きていた。

「大変、申し訳ございません。本日は終日、貸切になっておりまして……」

だから、またのご来店をとお願いしているのだが、その客は納得しなかった。

「オレはクリメリア伯爵家の嫡子《ちゃくし》だぞ!?　それを門前払いすると言うのか!?」

でっぷりと肥え、まだ若そうなのに体の弛《たる》みきった男が、唾《つば》を飛ばしてわめく。

貴族なのだからどんな横暴も押し通ると、信じきっている表情は醜悪極まりなかった。

大勢の取り巻きを従えて店主を恫喝《どうかつ》する様は、町のチンピラと変わらない。

「し、しかし、貸切なさっているのも、エイドニアの伯爵様で……」

店主は苦肉の策でアランの家名を盾にし、お引き取り願おうとしたが、

「なんだと!? 我が伯爵家より、アランの家の方が上だとでもほざくのか!?」

その太った貴族は余計に怒り猛ってしまった。

店主が失敗を悟った時にはもう遅い。

「こんな侮辱を受けて、許しておけるものか！」

太った貴族が腰の剣に手をかけた。

店主は真《ま》っ青《さお》になって卒倒しかけた。

その時だ。

「そこまでにしておけ、ケインズ卿《きょう》」

取り巻きたちの中から、涼やかな声がした。

ケインズと呼ばれた太った貴族が、大慌てで剣の柄《つか》から手を離す。声に従う。

それで店主は、この男たちはケインズの取り巻きではないのだと知る。

その涼やかな声の主こそが、一同を従えていたのだ。

よくよく目を向ければ、声同様に端正な顔つきの、金髪碧眼《へきがん》の青年だった。

背が高く、均整のとれた体つき。理知的且つ雅《みや》びな眼差し。最上等の絹で仕立てられた服装や、金銀細工があしらわれた腰の剣以上に、彼自身の堂々たる物腰でやんごとない身分であることを証明する。着飾った豚にしか見えないケインズとは格が違う。

「シャルト殿下!」

と、畏怖《いふ》すら込めてケインズが呼んだ。

すなわちこの青年こそが、クロード帝国第二皇子。

シャルト・ディンクウッド・クロード・ソーマ。

凡庸《ぼんよう》の見本のような第一皇子と違い、遅れて生まれてきたことを多くの者に惜しまれる、英才として知れ渡っている。

母親違いの第一皇子と同じ日に、数時間遅れで生まれたというのだから、余計に惜しむ声は大きくなる。ほんの少し運命が違えばシャルトこそが皇太子だったのにというわけだ。

実際、レオナートを含め十人いる皇子の中でも、シャルトの声望は帝宮内で際立っている。

文武両道《ぶんぶりょうどう》に秀で、とりわけ帝都の軍学校を主席で卒業した実績は目覚ましい。

加えて、その強力な後ろ盾だ。彼の祖父をディンクウッド公という。

この帝国にたった四人しか存在しない公爵の一人であり、北方貴族の盟主と目される大貴族。

まがりなりにも伯爵家嫡子であるケインズが、低頭するのも至極当然だった。

そのシャルトが、

「愚弟《ぐてい》と同席では興醒めも甚《はなは》だしい」

悠然と店の二階を一瞥《いちべつ》すると、踵《きびす》を返す。

店主はぎょっとさせられた。レオナートの来店のことは一言も触れていないのに。

「また来る、店主。その時は馳走《ちそう》を振る舞ってくれよ？」

気品とはこういうものだと、子どもでもわかる優雅さで去っていくシャルト。

ケインズら取り巻きがいそいそとその後を追う。

店主は何をされたわけでもないのに、まるで九死に一生を得たような気持ちで、その場にへたり込んだ。


「まったく憎っくきはあの雑種ですぞ！」

ケインズが声高にわめき続けた。昼食の当てが外れたその帰り道だ。

「そして腰巾着《こしぎんちゃく》のアランに、田舎《いなか》騎士どもめ！　オレはともかくとして、シャルト殿下に門前払いの無礼を働いたようなものではありませんか」

それが絶対に許されない不敬であるかのように憤り、抜け目なくシャルトを持ちあげる。

他の取り巻きたちも大いにうなずく。

「あの雑種ども、最近、調子に乗っておるのでは？　匪賊の如き烏合《うごう》の衆を討伐した程度のことで、道理もわからぬ愚民どもに持て囃《はや》され、己らの分際を忘れておるのでは？」

毒づき続けるケインズの言葉を聞いて、シャルトも思う。

二年前、彼や祖父が属する「四公家」の策謀によって、レオナートらは兵糧《ひょうろう》攻めに遭った。

おかげでついた吸血皇子《ノスフェラトゥ》の異名は、帝都の民にとって侮蔑《ぶべつ》と嘲笑《ちょうしょう》の対象だった。

それが二年経ったこのごろは、すっかり見直されている風潮をシャルトも肌で感じていた。

ケインズが立ち止まって地団駄を踏みだす。

「ああ、面白くない！　それもこれも腰巾着のアランめが、あの雑種めにせっせと軍費を貢《みつ》いでいるからです！　さすがはエイドニアの血統、なんたる蒙昧《もうまい》！　なんたる愚行！」

それを見てシャルトは思い立った。

「確か卿のクリメリアと、エイドニアは因縁浅からぬ仲であったな？」

「そう！　そうなのですっ！　お聞きくだされ、殿下！」

ケインズはここぞとばかりに訴えてきた。

クリメリア州とエイドニア州は領地を隣接させている。そして、両州の間には湖が横たわり、漁業権を巡って代々両家の諍《いさか》いは絶えない。どっちが悪いという話でもないはずだが、ケインズはさもエイドニアのやり口が海賊の如きだと主張した。

シャルトはケインズ程度の口車に乗せられる男ではなかったが——

「エイドニアの不義、見過ごしてはおけんな」

涼やかな声でそう言った。

「おわかりいただけますか、殿下！」とケインズが目を輝かせる。

「ああ。私が力を貸してやる。早速、皇帝陛下《ちちうえ》に嘆願へ参るとしよう」

「あっ、ありがたき幸せ！　ふはははっ、これでアランは破滅だ！　くふっ、くふふっ、雑種や田舎《いなか》騎士どもの、似非《えせ》英雄気取りもこれで終いというわけですなあ！」

醜く肥えた腹を抱え、揺するように大笑するケインズ。

シャルトは冷ややかな横目でその様を一瞥しながら、明晰《めいせき》な頭脳を回転させ、エイドニアを焼き滅ぼす算段を組み立てていった。


アランは亡き父を尊敬している。

領地を愛し、領民を大切にした父は、間違いなく貴族の鑑《かがみ》。

四公家が相手でも屈しない胆力と、ロザリアのアレクシス防衛戦を微力ながらも支援した義の持ち主でもあった。

それを見て育ったアランに、自分もそうありたいと思わせる立派な男だった。

二一一年の暦も三月を迎えて、その父の命日まで一月を切った。

一周忌《いっしゅうき》の準備で、帝都にあるエイドニア州上屋敷も慌ただしくなっている。なにしろ伯爵家ともなると、帝族貴族たちをたくさん招いて、盛大な式を催す必要があるのだ。これを疎《おろそ》かにすれば故人が幽霊に化けて枕元に立つと、この時代の一般的なクロード人は信じている。

それはアランも例外ではなく、また当主の彼がしなければならない手配は膨大の一言に尽きたが、それこそ先代を彷彿《ほうふつ》させる貫録と手際で使用人を指揮し、立派に切り回す。

エイドニア州から口やかましい妹を始め、親族一同がぞくぞくと集まってきて、上屋敷は日に日ににぎやかになっていく。

しかし――叔父のダグラスが早々に顔を見せた時、屋敷は蜂の巣をつついたようになった。

彼には父の代から、エイドニア最北領の村々を任せている。帝都から最も離れた場所であり、到着予定は一番最後のはずだった。それがまず親族一同を驚かせた。

またこの叔父には、積年の因縁があるクリメリア州の監視も任せている。それが血相を変えて早馬を飛ばしてきたのだから、親族たちの中でも勘のいい者はキナ臭さを嗅ぎとった。

アランも無論その一人で、玄関まで出迎えた。

「もしやクリメリアで何かあったのですか、叔父上《おじ》?」

「きょ、挙兵の準備をしておる！　狙いは我が州だ！」

ダグラスは旅装を解こうともせずに早口でまくし立てた。

親族一同がたちまち騒然となる。「忌々《いまいま》しいクリメリアめ！」「暴挙も暴挙ではないか！」「そんな無法がまかり通ってたまるか！」などと口々に悪態をつく。

アランも気持ちは同じだが、領主としては実際的な対策に出なくてはいけない。ダグラスにより詳細な情報を求める。叔父はクリメリアの州都グリンデに間者を常駐させており、その情報は極めて正確且つ豊富なはずだ。

「奴らはグリンデに、五百ほどの兵を集めておるそうだ」

「そんなところでしょうな」相槌《あいづち》を打つアラン。エイドニアとクリメリアの財力は拮抗《きっこう》しており、ともに千人程度の私兵を召し抱えている。本来は領地を衛するために養っているその兵を全部、侵略には使えない。半数は残しておかねば自州が乱れる。そして、五百の軍が攻めてきたところで、こっちは倍の兵力で戦える計算だが……。

「進発は三月十三日と、兵に布令を出していると聞いた」

今日から数えて十日も先。やけにゆっくりしているように思えるが。

「どこからかの援軍を待っているのですね？」

アランの読みに、ダグラスは深刻な表情でうなずいた。

それでアランは思索をさらに進める。クリメリアが何を考えているかは知らないが、勝手に戦《いくさ》を起こすなどという暴挙に乗る貴族がそうそういるとは思えない。同レベルのおめでたい奴があと一人、二人いるとして、援軍の数は五百くらいがいいところか……。

と――アランがそう計算していた、まさにその時だ。

ダグラスは生唾《なまつば》を呑み込み、それから告げた。

「長槍兵《パイク》が三千、援軍に届くそうだ……」


脳裏の計算が、木端微塵《こっぱみじん》となった。

さしものアランも愕然《がくぜん》とならずにいられなかった。

「そのような大軍、どこから涌いて出たのですか……？」

「ディンクウッド公が派遣したという話だ……」

「どうして、ディンクウッド公がクリメリアなんかにっ」

アランはうめいた。親族たちからはもう悲鳴が飛び交い、また信奉する神へ救済を祈願した。

裏でシャルトが暗躍し、己の祖父とケインズを結びつけたのだと、わかるわけがない。ただ
ただ、敵の背後に四公家の一角がいるという、恐ろしい事実に誰もが打ちひしがれた。ディン
クウッド公爵ならば、三千ものパイク兵をポンと貸し与えることだってわけはない。

「兄上……」妹のミレイユが——普段は気丈で生意気な十七の少女が進み出て、蒼褪《あおざ》めた顔
で言った。「こちらもレオナート殿下に救援を求めてはいかがか？」

「馬鹿を言うな……」アランはかぶりを振った。

エイドニアのことで、他の誰にも迷惑をかけられない。

「それではなんのために兄上は、普段からアレクシス騎士隊を支援しておられる？」

「少なくとも、僕の私情のためでは決してないな」

食い下がるミレイユに、アランはぴしゃりと言った。そのまま外出の準備をする。

「どこへ行かれる、兄上！　まだ話は終わっておらぬっ」

「参内するに決まっているだろう。こんな横暴が許されるのかと、陛下に直接訴え出る。おまえは念のため、エイドニアの兵をいつでも動かせるように早馬を出しておいてくれ」

「それだけでは手緩《てぬる》い！　かのアレクシス騎士たちに救援を求めるのじゃっ」

ミレイユがなおも主張するが、アランはもう振りきった。

「兄上の強情っ張りめ！　勝手にするがよいわ！」

その罵声《ばせい》を背中に浴びながら、帝宮へ向かう。

せめて格好だけでも亡き父のように、背筋を伸ばして。


渾沌大帝は己とその裔《すえ》たる男子のみを尊《とうと》しとして、残る天下万民を平等とした。

ゆえに彼の大帝国には貴族制度も奴隷《どれい》制度も存在しなかった。

このことは分裂派生した現在の七帝国にも、一部を除いて踏襲されている。

クロードの政治形態はまさにその「一部」の方だった。

奴隷制度は存在しないが、貴族制度は存在するのだ。

遡《さかのぼ》ることおよそ百年前、五代皇帝ゼレマンスの御代《みよ》の話。箍《たが》の外れた好色にして性豪であった彼は、帝国全土から千人の美姫をかき集めて後宮を満たし、連日連夜の乱交に耽《ふけ》った。

――結果、彼の実子の数は男子だけで、二百人を超えることとなってしまった。

七帝国の帝室は全て渾沌大帝の末裔であり、七帝国ともに男子の帝族を「神々よりも尊き存在」と僭称《せんしよう》しているが、その度を越してやんごとない人間が、一気に二百人も増えたのである。

これではありがたみも薄れるというもので、クロード帝室の神聖不可侵のイメージを揺るがしかねない事態だった。決して笑い話ではない。

ゼレマンスは愚かにも一計を案じたつもりで、皇太子を除く息子たちを全員、分家として外へ出し、「一段下の尊き存在」として据えることで、帝族の希少性を保つことにした。

しかし当然というべきか息子たちの反発は強く、叛乱《はんらん》の兆《きざ》しさえ見えたところで、ゼレマンスは彼らの特権を明文化し、また領地まで分け与えることでどうにか宥《なだ》めた。

それによりクロードの政治形態は中央集権制から封建《ほうけん》制に移行し、帝室の力は弱体化した。元は帝室の威光を保つために始めた措置の結果がこれなのだから、本末転倒も甚だしい。

ゼレマンスがクロード帝国最大の暗君として、歴史に刻まれる所以《ゆえん》である。

ともあれ――その「一段下の存在」として生まれたのが、公侯伯子男の爵位を持つ二百家というわけだ。渾沌大帝の御代より長らく大陸全土で廃《すた》れていた貴族制度が、クロード帝国においては二百年ぶりに復活を果たし、百年後の現在も続いている。

ゼレマンスが明文化した特権により、クロードの法のほとんどは貴族には適用されない。それでも、勝手に戦を起こすことだけは、厳に禁じられていた。

破れば叛逆罪すら適用された。

クロード貴族が挙兵できるのは、皇帝に勅命《ちょくめい》を受けた場合、許可をもらった場合、自治防衛権を行使する場合の三つのみ。ケインズが勝手にエイドニアへ攻めてくるのも、ディンクウッド公がそれを援助するのも大罪に当たる。

ただちに彼らを処断するよう、アランは訴《うった》えるために謁見を求めた。

「どなたであろうとも、順番に御目通りしていただく決まりにございますから」

そう侍従に形式通りの説明をされ、控室に案内される。

個人用の小ぢんまりとした待合室である。しかし壁には華美な装飾が施され、テーブルは南方帝国《ガビロン》の白檀《びやくだん》製、ソファは北西帝国《アドモフ》の匠が手掛けたのだろう一品物。無聊《ぶりよう》を慰めるための書棚もある。この時代、書物はそれ自体が大層な高級品だ。

(沙汰《さた》を待つ貴族用の牢獄《ろうごく》は、こんな風だと聞いたことがあるな……)

アランは嫌な連想をしてしまった。

それを頭から叩き出し、じっと待ち続ける。しかし待たされる間に、次から次へと嫌な想像をしてしまう。クリメリア軍がエイドニアの州境を侵すのはまだまだ先のこと。理性ではそう思えど、故郷の村々が焼かれ、略奪される——この時代、それが戦の常識だ——悪夢のような光景が脳裏をチラつく。

そして、どれほど待たされただろうか？

窓から夕陽が差し込む時分になって、ようやく出入り口の扉が外側からそろりと開いた。

いよいよかとアランもソファから腰を上げた。

だが、現れたのは取次役の侍従ではなく、若い女官だった。身なりからそれなりの地位だと窺えるが、まるで人目を忍ぶようにコソコソとしている。

「どちら様かな？」

「ポルフェ男爵《だんしやく》家の末娘で、ミレイユと申します」

おずおずと答える女官。珍しいものではないとはいえ、妹と同じ名に軽い親近感を覚える。

それにポルフェ男爵といえば、人がいいので有名だ。この息女も見るからにそう。

「こんなところで待っていてはいけません、アラン卿」女官はどこに耳があるかも知れないとばかりに声を潜めて言った。「わたくし、小耳に挟んだのです」

と、彼女が宮廷雀《すずめ》たちから仕入れた話を教えてくれた。

「陛下はとおの昔にケインズ卿が挙兵する許可と、ディンクウッド公がそれを援助する許可を、公式にご裁可なさっておられます」

アランは目を剝《む》いてそれを聞いた。

「しかしそれなら、然るべき形で公示される決まりだ。僕の耳にも届いているはずだ」

「……その手配を実際に行うべき文官たちが、ディンクウッド公の命で黙殺しているのです」

「そこまでやるか……」

アランは帝宮内の腐敗ぶりと相手方の周到さに、怒りを通り越してそら怖ろしさを覚えた。

ここで待ち惚《まぼう》けを食らっているのも恐らく同じ理由だ。侍従どもがディンクウッド公を憚《はばか》り、そもそも謁見の取次など行っていないのだ。

しかし、そもそもの話をすればそれこそなぜ、皇帝はそんな許可を出してしまったのだろうか？　彼女が疑問に答えてくれた。

「他ならぬシャルト殿下がケインズ卿と奏上をなさって、長年に亘《わた》ってクリメリア州の漁業権を侵害している、エイドニア州を成敗すべしと……」

「シャルト殿下が⁉　本当に⁉」

「はい……。それに殿下はどこかへ行かれたまま、しばらく帝宮で姿をお見かけしません」

聞いて、アランはゾっとした。

「殿下はケインズ卿とともにエイドニアへ攻め入るのだろうと、もっぱらの噂《うわさ》です」

同じことをありありと想像できたからだ。

名将や名参謀を数々生み出してきた帝都の軍学校を、首席で卒業するほどの第二皇子が、三千五百もの大軍を指揮し、侵略してくる——

アランは考えただけでもう居ても立っても居られず、待合室を跳び出す。

「僕に会うなんて、あなただって危ない橋だったろうに……このお礼はいずれ」

アランは妹と同じ名の女官に、両手を握って感謝した。

頬を薔薇《ばら》色に染めた彼女と別れ、屋敷への帰路を騎馬で飛ばす。

屋敷は静まり返っていた。日没前だというのに灯りもほとんど見えない。

親族たちが未だに意気消沈しているのだろうか？　——その予測は外れた。

ダグラス叔父を始め、皆が散り散りになって、日ごろから懇意にしている他家へと救援を求めに行ったのだ。家宰《かさい》が教えてくれた。

恐らくはディンクウッド公を畏《おそ》れ、誰も助けてはくれないだろう。親族たちだってわかっているだろう。それでも何もせずにはいられなかったのだ。諦めてはいなかったのだ。

そんな親族たちの行動を知り、アランは覚悟を決めた。

領主の責任というものが綺麗事ではなくどういうものか、背筋を正す想いとともに。

アレクシス州上屋敷は、日没後も煌々《こうこう》と明かりが灯り、騒がしいほどだった。

決意を胸に訪ねたアランは、唖然《あぜん》とさせられた。

レオナートが、シェーラが、バウマンらアレクシス騎士たちが、支度をしていたのだ。

旅支度と戦支度を。

「なる早やで準備しますからご安心くださいね、アラン様」シェーラが朗《ほが》らかに笑った。

「アラン卿の妹君があれほどキツい娘御とは、まさかまさかでしたぞ」バウマンが苦く笑った。

それでアランは全ての事情を悟る。

黙々と甲冑《かっちゅう》を点検中の、レオナートの隣に行く。

「……敵は三千五百だぞ？」

「聞いた。厄介だな」

「……しかも、率いるのはどうやらシャルト殿下らしい」

「そうか。ますます厄介だな」

レオナートは言葉短かにそう言いつつも、兜《かぶと》を磨く手を止めない。

「………………すまんっ」

アランは唇を噛《か》んだ。

すると初めて、レオナートが顔を上げた。

「気にするな。友達だろ」

「アラン様が来てくださったことですし、夕食がてら作戦会議と参りましょうか？」

ちょうどよかったとばかり、シェーラが家人《けにん》に用意をお願いした。

レオナートはアランを客間に招き、三人で額をつき合わせる。

食事が運ばれるのを待つ間にも、アランは矢も楯《たて》もたまらぬ様子でシェーラに訊《たず》ねた。

「軍師殿。僕はどうすればいい？」

「何はともあれ街道沿いに住む領民の皆さんへ、避難するよう告知するべきです」

シェーラはよどみなく即答した。

アランの妹・ミレイユが救援を求め、屋敷を訪ねてきたのが昼間のことだ。この〝軍師殿〟からすれば、どのように戦《いくさ》に臨むか考え、答えを組み立てる時間は充分すぎるほどにあった。

「……わかった。早急に手配する」アランは難しい顔でうなずいた。その措置は領民にとって、生まれた町や村を捨てろという命令に等しいのだと、正しく理解しているからだ。

「領民と押し問答している暇はないぞ？」

「わかってるよ、レオ。事が終わった後、免税措置や支援金を出して、彼らの生活が元通りになるまで保証すると僕の名で告げる。安心とまではいかなくても、納得はしてくれるだろう」

アランは惜しげもなく言った。簡単にできることではない。貴族たちには領民など草木と変わらぬという感覚の者が多いのだ。「なぜオレがそこまでしなくてはいけない？」などと、平然と答えるのがむしろ普通だろう。

また、アランがこういう男だとシェーラも知っているので、敵に利用されないよう家を焼こうだとか、井戸に毒を投げようだとか、ある種の常套《じょうとう》手段も口にしない。

それとは別種の気まずいお願いを、申し訳なさそうに言い出す。

「もっともっと、お金がかかっちゃってもいいですか？」

「もちろん、金なんかで平和が買えるなら望むところだよ」

「では、領民の皆さんの避難に当たって、家財を運び出すのを禁じ、最低限の食料だけを持って逃げるよう、指導してください。家畜を連れて逃げるのもダメです。馬だけは逃げるのに使えるので当然けっこうです。これらの措置によって失われたものも全て、後でちゃんと補償すると領民の皆さんにお約束して欲しいのです」

「約束はかまわないけど……それだとケインズどもが略奪し放題だ。奴らをみすみす調子に乗らせるのはどうだろう」

「敵兵の士気が上がりすぎるのはよくない」

レオナートもこれは口を挟むが、シェーラはいっそ見事なほどの笑顔で、

「乗らせてさしあげればいいじゃないですか。それより、領民の皆さんの命の方が大事です。欲張ってたくさん家財を持って逃げて、敵兵に追いつかれて、命も家財も奪われた……なんて話が歴史では、枚挙《まいきよ》に暇《いとま》がないんですのよ？」

「なるほど……」アランは素直に感じ入ったようだが、レオナートは別の感想を抱いた。

シェーラの笑顔を見ていると、領民の安全確保以外の意図も感じられたのだ。

どんな思惑があるのか気になるが、話の腰を折る気はない。

「急いで早馬を出しましょう」とシェーラ。

アランが命令書をしたため、レオナートが家人を呼んで託す。帝都からエイドニアまでおよそ八十里弱（約三百キロメートル）。領地は南北に長く、真北に隣接したクリメリアから敵が攻めてくるとなると、北端の村まで最大百里ほど早馬を飛ばさなくてはいけない。クロード全土を網羅する駅伝制度を利用し、馬を替えながら急いでも、五日から八日かかる計算だ。

今日が三月三日で、クリメリア軍——否、シャルト軍か——が州都グリンデを進発するのが十三日予定。ならばエイドニア州境を侵すのは十五日辺りだろう。なんとか間に合う。

そう、一つ助かるのは、敵軍の大半がパイク兵だということだ。

柄《え》の長さが三間（約五・六メートル）を超えるパイクは強力な武器であるが、あまりに長すぎ、重すぎ、携行に難がある。軍事訓練を受けていない農民を徴発し、持たせてみたら、行軍中に音《ね》を上げて、勝手に柄を切って短くする者が続出したという逸話があるほどだ。

ゆえにパイク兵の行軍は遅く、彼らが州境を越えて侵略してくるまで猶予が生まれた。

「他に何をすればいいかな、シェーラ？」

「可能な限りの兵を、州都《エイドン》に集めるべきです」

「わかった。……でも、民に武器を持たせて戦うのは避けたいんだが……？」

「アラン様は本当にお優しいですね。ええ、必要ないです。ぶっちゃけ役に立ちませんしね」

大帝国時代よりクロードは兵農分離が徹底されている。

日々、訓練を積んだ常備兵の強さは凄まじく、いきなり粗雑な武器を持たせた農民などでは太刀《たち》打ちできない。「烏合《うごう》の衆」という言葉があるが、そういう弱兵をいくらかき集めても、ものの足しにならないのだ。例外は日ごろから弓矢の扱いに習熟した狩人《かりうど》たちくらいのもの。

先のアドモフとの戦でも最終的に州都へ立て籠もり、都の民の中には戦いを志願してくれる者も大勢いたが、矢や怪我人を運ぶなどの後方支援以外ではまるで役に立たなかった。

「エイドンに兵を集めたとしてその後は？　まさか籠城《ろうじょう》戦か？」レオナートは訊ねた。

「すまないが、うちにはリントみたいな立派な石壁はない。堀と柵だけだ」

「街を戦火に巻き込みたくないですし、打って出るのがよろしいかと。ただ、せめて相手には疲労のピークで戦ってもらいましょう」とシェーラ。エイドンは州南端部に位置し、その近郊まで敵軍にエイドニアを大縦断させる戦略である。

「残るは兵力差だな」

レオナートが一番頭の痛い問題を挙げると、アランが軍神アテネの加護を求めて名を唱える。

「そんなものに祈っても、ご利益などないぞ？」

伯母《おば》譲りの無神論者であるレオナートはぴしゃり。

こちらの戦力はアレクシス騎士隊の五百に、エイドニアの常備兵千人。

彼我《ひが》戦力は、実に二倍差以上。

森林に覆われたアレクシスと違い、エイドニアは平野部の多い土地だ。守るに難い。

「生半《なまなか》にはいかん」

レオナートは厳しい現実を、厳しい声音《こわね》で突きつけた。

「ご懸念はもっともですが、大丈夫ですよ」

シェーラが得意そうな顔をした。

「良い策があるのだな、軍師殿？」

「だからそんな他人行儀な呼び方はやめてくださいっ。レオ様ってば、も〜〜ぅ」

得意顔はどこへやら、シェーラが頬をふくらませた。

アランが堪《たま》らず顔を手で覆った。手の下には「痴話《ちわ》ゲンカは後でやってくれ」と書いてある。

「せっかくの美人が台無しだぜ、シェーラ。だから機嫌を直して早く策を教えてくれないか？」

「アラン様ったら口が上手いんですから」

シェーラは「レオ様の口から聞けたらなあ」という顔をしたが、レオナートは気づきもせず早く策をと待ち続ける。

シェーラは嘆息一つ、表情を真剣なものに切り替えた。


「伝説伝承《フォークロア》の力を使います」


ふむ、とレオナートは顎に手を当てる。

「自信ありげだな？」

「ございますとも。エイドニア一州救えなくて、どうしてこの国を救えるでしょうか？」

「道理」

この少女は本当に口が達者で、しばしば感心させられる。

そして、決して口だけの〝軍師殿〟ではないことを、レオナートは知っているのだ。


クロード歴二一一年三月十五日。

第二皇子シャルトは、クリメリアとエイドニアの州境にある湖、その南岸部に来ていた。

ケインズら十名余りの伴を連れている。

グリンデを進発した兵たちと、そこで合流する手はずだったのだ。

日差しも風もすごしやすい、春の街道をパイク兵たちがやってくる。

長い槍をそそり立たせ、長い列を作って歩くその様は遠目からは、世にもおぞましい大蛇とハリネズミの混合物の如《ごと》き異形《いぎよう》に見えた。

街道脇で馬上にて待つシャルトらの姿に、あちらも気づいて数騎が進み出る。

兵をここまで統率してきた、ディンクウッドの騎士とその従者たちだ。

「お待たせいたしました、殿下！」

騎士が急いで駆けつけると、従者たちともども馬から降りて跪《ひざまず》く。

中肉中背の、狐《きつね》のように目の細い騎士だった。歳も若いし、ヒョロヒョロしてとても強そうに見えない。防具も革鎧《かわよろい》のみで胸甲さえ着けていない。

しかも従者たちときたらゴロツキと呼んで差支えがない、育ちの悪そうな連中だ。

ケインズなどあからさまに形相を歪《ゆが》める。「こんな胡散《うさん》臭い奴らを送ってよこすとは、ディンクウッド公にやる気はあるのか？」とその顔に書いてある。

しかしシャルトは、この狐目の騎士たちを侮《あなど》らなかった。

「遠路遥々《はるばる》ご苦労。一時間とズレなく兵を到着させるとは、卿《けい》らもやるな」

そう。精兵《せいへい》たちとはいえ、行軍に支障をきたしがちなパイク兵を、遥《はる》かディンクウッド州から約束通りの日時に連れてきたその指揮手腕は、褒めるべきものがあったからだ。

この後、部隊の指揮権はシャルトが預かることになっており、この狐目の騎士は軍監として侍《はべ》る。若いシャルトのためにディンクウッドが派遣した、お目付け役でありアドバイザーだ。

「さすが御祖父殿はよい騎士を付けてくれたものだ」

「ははーっ！　帝国が誇る英才と誉れ高き、シャルト殿下のお褒めに預かるとは恐悦《きょうえつ》至極にございまするーっ」

「そう畏《かしこ》まらずともよい。それより卿の名を聞かせよ」

過剰にへりくだった物言いをする男に、シャルトは馬上から笑いかけた。

「トラーメと申しまする」

狐目の騎士はあくまで平身低頭のまま名乗る。

憶えておく価値のある名だ。シャルトは脳裏に刻んでおく。

「では、これよりエイドニア成敗を開始する」

「ははーっ！　我ら臣下一同、皇子殿下の御命の下、身を粉にして働く所存にございます！」

「よろしく頼むぞ」シャルトは鷹揚《おうよう》にうなずくと、悠然と馬首を巡らせる。

軍学校こそ六年通い、卒業しているが、本物の軍隊を率いるのはこれが初。

しかし誰にもそうは思わせないほどの風格が、シャルトには備わっていた。

シャルト軍の陣容を詳細にすると、まず中核をなすのがディンクウッド州から呼び寄せた、

パイク兵部隊だ。パイクに習熟した兵を育成するのは金と期間がかかるが、さすが四公家に君臨する一人であるディンクウッド公は、三千人もの数を貸してくれた。

それにクリメリアの兵が合流している。内訳は斥候《せっこう》等に使う軽騎兵が百、普通の槍で武装した歩兵が三百、志願狩人で構成される弓兵が二百。

以上、およそ三千五百人である。

総指揮官は言うまでもなく第二皇子シャルトだ。

ケインズが副官ということになるが、実はシャルトは何も信用していない。

それよりも、見るからに戦慣れした軍監のトラーメを頼りにしていた。

エイドニアを叩き潰すには充分な陣容である。

ケインズなどはアランに城下の盟を誓わせ、財貨を劫掠《ごうりゃく》するつもりでいる。そうなれば目障りな雑種とその騎士隊の資金源も断たれ、崩壊するしかない。一石二鳥と息巻いている。

そして、シャルト軍は街道を南下し、道々で村や宿場町を見つけては略奪の餌食《えじき》とした。

最初、それらがもぬけの殻になっていた時には、兵たちが落胆した。

しかし、家財（特に金品）が丸々残っていることに気づくと、兵たちは狂喜し、競うように奪い尽くした。若い女をさらって獣欲を満たすアテこそ外れたが、どこからも不満は出ない。

家畜も馬を除いてみな置き去りにされていたので、思う存分に肉を食らう贅沢《ぜいたく》もできた。

「士気が高まるなら上々」とシャルトは兵どもの好きにさせた。

三日も経つころには略奪品を兵たちが持ちきれなくなって、奪った荷車に山と載せて運ぶこととなった。村や宿場を一つ襲うごとに、荷車の数も増えていく。馬は残されていなかったので兵たちが交代で手押しするしかないのだが、それでも皆ほくほく顔。

三月十九日。夕刻。

前方に空村を見つけて、兵たちに略奪を許可しつつ、今夜はここで一泊する旨を命じる。

村長宅らしき一番立派な家を、シャルトの宿兼本営と決める。

トラーメの従者らが暖炉や夕食の用意をし、シャルトとケインズが食堂で待っている間、

「行軍の足が落ちているようでございますが……」

トラーメが平身低頭、恐る恐るという様子でシャルトに報告してきた。

答えたのはケインズだ。置き去りになっていた酒で早や顔を赤らめ、からむように、

「ああん？　何をやっているのだ、貴様らは!?」

「兵たちがたるんでおるわけではございませぬ。荷車が増えすぎておるのが原因でして……」

トラーメはびくびくしながら報告を続ける。

「荷車を放棄しろと言うのか!?　馬鹿《ばか》も休み休み申せ！」

「で、出すぎた真似を申し上げました……っ」

ケインズが怒号を飛ばし、トラーメは床に額をこすりつけて謝罪した。

「待て、ケインズ卿」それをシャルトは見咎《とが》める。

ケインズは一発で震え上がって口をつぐみ、助かったトラーメが安堵する。

「よく報告してくれたな、トラーメ卿。これからも気がついたことは何でも言ってくれ。見落としがあって困るのは、他でもないこの私なのだからな」

「ははーっ。殿下の仰《おお》せのままにーっ」

「して、実際問題の話、今日はどれくらい進めた？」

「二里半（約十キロメートル）というところでございましょうか」

「ふむ……。すると、州都に着くのが五、六日遅れる計算だな？」

「ええ、ええ。然様《さよう》にございます」トラーメは揉み手で答える。

「それくらい遅れが出たところで、アランに大した準備はできぬと思うが。どうかな？」

「はい、私めも同じ意見でございます」トラーメは揉み手を続けた。

「東方眞《チエン》帝国の名著に兵は神速を貴《とうと》ぶとあるが、場合によりけりだと私は思う。今回は士気を維持したまま、余裕を持って軍を進めるくらいでちょうどよいだろう。あまり急かして、アランの兵と会敵した時にはみな疲れていたでは目も当てられん」

「然様で、然様で」

「アランが我らに勝つにはおよそ奇襲、伏兵に頼るしかないだろうが、それも我らが斥候を出しつつ慎重に進軍すれば防げるのではないか？」

「全く以って仰る通りにございます」

「我々の方が数で圧倒しているのだから小細工は必要ない。足元をすくわれることだけを注意すれば、自然と勝利が掌中に転がり込んでくるはずだ。……と、考えるのだが、私のやり方は教科書通りすぎると思うか、トラーメ卿？」

「定石《じょうせき》こそが王道であるかと存じまする。まさしく殿下に相応《ふさわ》しい戦かと」

「卿にそう言われれば安心だな。では、荷車は放棄しない。ただし、トラーメ卿の懸念も配慮し、これ以上は増やさない。そう兵たちに伝えてくれ」

「ははーっ。さすがの名采配《さいはい》、必ず下々まで漏らさず徹底いたしますっ」

問題が解決し、シャルトは満足してうなずいた。全てが順調だし、このトラーメというよく気がつく男がいれば、万に一つのミスを犯してしまうような事態も避けられるだろう。

指揮官としての役目を果たし、シャルトはようやく杯に口を付けた。

安くて不味《まず》い酒だったが、気分は悪くない。

ところが、だ。

シャルトの機嫌に水を差すような、やかましい足音が複数聞こえた。

交代で哨戒《しょうかい》させているはずの斥候たちが、駆け足で帰ってきたのだ。

「半里ほど先に、避難民どもが野営をしているのを見つけました！」

と、それはもうれしげに叫ぶ。

「なに誠か！」ケインズまで喜色を浮かべ、席を鳴らして立ち上がった。

「逃げ遅れどもがいたというのか？」

「はい、殿下！　馬鹿な奴らで荷車に家財を満載にしてやがるんですっ」

なるほど、とシャルトは了解した。アランは領民に着の身着のままで避難するよう命じていたようであるが、中には欲の皮の突っ張った町や村があったというわけだ。

愚かも愚か、シャルトの兵らにとっては格好の餌食でしかない。皆、懐は充分に温まっているが、人の欲望とは際限のないもの。そろそろ血や情欲に飢えている頃合いだったのだ。

「行ってもよろしいですか、殿下？」

ケインズが逸《はや》る気持ちを抑えられぬ様子で、裁可を仰いでくる。

「遊んでくるのはかまわないさ。ただし、これ以上は荷車を増やさぬように」

「ありがたき幸せ！　――オイ、行くぞ。貴様ら！」ケインズが豚のように肥えた腹を揺すりながら、喜び勇んで斥候たちを引き連れる。「ヒッヒ！　やっと女にありつけるぞ！」

この時を待ってましたと言わんばかりの舌なめずり。

下種《げす》極まれりとはこのこと。

シャルトは横目に見送り、理解できぬと首を左右にした。

「こんな僻地《へきち》に美しい娘などいるわけがなかろうに。そう思わないか、トラーメ卿？」

醜女《しこめ》を抱くなど、シャルトならば頼まれてもご免こうむるが。

「ははあ、殿下のお目に叶うような女はおらぬでしょうなあ」

諂《へつら》い笑いをするトラーメ。シャルトとケインズの両方を立てた、如才《じょさい》ない返答だ。

「ふん……」シャルトは鼻を鳴らした。

遠くを見つめるようにして、これから餌食となる避難民らへ思いを馳せる。

ケインズは騎兵を率いて向かうだろう。無力な民は蹂躙《じゅうりん》されるだけ。老人も子どももみな切り刻まれる。若い女たちは組み敷かれ、暴力で言うことを聞かされ、死んだ方がマシな目に遭わされる。凄惨という言葉では、表しきれぬほどの地獄《じごく》が待っているに違いない。

シャルトは思考を打ち切り、独白した。

「ケインズらがはしゃぎすぎて、あまり疲れて帰らねばよいのだがな」

第二皇子たるシャルトは、民草《たみくさ》如きがどうなろうと痛む胸など持ち合わせていなかった。


シャルトの前を辞したトラーメは、従者たちが調理している厨房《ちゅうぼう》へ向かった。

「お疲れ様でさあ、団長」

「団長はもうよせ」

差し出された鶏《とり》の腿《もも》を焙《あぶ》ったものに、手づかみでかぶりつく。

トラーメは元々、中くらいの傭兵団を率いていた、若くして百戦錬磨という戦士であった。

父親も傭兵で、十三の歳にはもう稼業を手伝わされ、その倍の年になるまで続けたのだ。

トラーメは地味でコツコツしたことが得意で、目覚ましい大活躍をするタイプではなかった。

が、とにかく臭うというか、危機察知能力が水際立っている。

この時代、大きな戦争はほとんどないので、傭兵の稼業と言えば隊商の護衛や匪賊《ひぞく》の退治などが主だ。トラーメは隊商の護衛を引き受ければ、野盗どもが待ち構えていそうな場所をいち早く察知して、絶対に通らせなかったし、山賊退治ではどんなに地の利がなくても、あるいは深い森の中でも必ず伏兵を見破った。

ついたあだ名が〝不可捕の狐《テウメッソス》〟。

古えの神話に出てくる狐の魔物で、何者にも捕まらない運命を持ち、人々を苦しめたという。

傭兵稼業は生き残ってナンボ、五体満足でナンボ。

トラーメの危機察知能力は界隈《かいわい》で有名になり、仲間にしてくれ、手下にしてくれという者がどんどん集まり、気づけば傭兵団長の座に収まっていたというわけである。

最近は各地で匪賊の害が増えてきて、その鎮圧がいい飯のタネだったのだが、二年前にディンクウッド公に雇われた時、手際が公爵の目に留まって騎士にならないかと言われた。

願ったりの誘いであり、トラーメは傭兵から足を洗い、団は解散した。

幹部たちだけは手元に残して従者とした。それがこの彼らだ。

「まったく貴族どもがいけすかねえ奴らなのはわかってましたが、帝族も変わりゃしませんね」

「そりゃそうさ。連中はみんな同じ穴の狢《むじな》。ただ二種類の人間しかいない」

トラーメは指についた脂を舐《な》めとりながら答える。

「と言いますと？」

「払いのいい旦那《だんな》と、渋い旦那だけだ」

「違《ちげ》えねえ」従者たちが調理の手を止め、腹を抱えた。

「笑い事じゃないぞ？　ディンクウッド公は払いのいい方だ。しかもとびきりにな」

「……誠心誠意、お仕えしやす」

トラーメがぴしゃりと言うと、従者たちが居住まいを正す。わかればよかった。

「今回の仕事はぼっちゃんたちのお守《もり》ですし、団長は特に気苦労が絶えんでしょう？」

「へこへこ下手に出て、なんでもハイハイ言っておけば平気さ。ぼっちゃんたちもゴキゲンさ」

「うへえ。そんなんで勝てるんでしょうね、オレら？」

「あの豚野郎はしんどいが、皇子様は見どころがある。とりあえず従っておいて不安はない」

「はあ。意外な」

トラーメも実際、同感だった。

「帝都の軍学校を首席で卒業なされたオツムだそうだが、伊達《だて》じゃないらしい」

若いくせに腰が据わっていて、何事も判断が速い。

教科書通りのきらいがあるのが元傭兵のトラーメには鼻につくが、兵数で圧倒できている今回はそれこそが正解。貴族の若様が初陣《ういじん》で目立とうとして、型破りなことをしたがるケースを何度も見てきたが、そういう軽薄な愚かさとは無縁だとわかる。

何より、兵の士気を高め、維持することに心を砕いているのが、良い。

これも貴族の指揮官は、下々のことが全く見えてないことが多いのだ。実際に戦うのは将の作戦ではなく末端の兵たちであり、彼らの士気こそが往々にして勝敗を左右するというのに。

シャルトも別に下々の目線に立って、同じ気持ちになって理解しているわけではない。

ただ指揮官としてその重要性を知っているだけで、でもそれで充分。

「貴族しか通えん帝都の軍学校なんぞ、どんなところか想像もつかんがな。よほど優秀な先生がいらっしゃるんだろうよ」

トラーメは素直に感心しておいた。風に聞く英才の噂《うわさ》は、皇子様に対するおべっかでもなんでもなかった。戦争経験のない温室育ちを大将として立てて、日陰に徹しつつ、完勝してこいとディンクウッド公に命じられた時はどうなることかと思ったが、全くの杞憂《きゆう》である。

この戦い、負ける要素が見当たらない。

戦場で半生を過ごした古強者《ふるつわもの》のトラーメは、そう判断を下していた。


レオナートとシェーラは、州都エイドンから南へ五里（約二十キロメートル）のところにある宿場町に逗留《とうりゅう》していた。

無論、遊んでいるわけではない。アレクシス騎士隊五百人が集結するのを待っているのだ。

彼らはただの旅人に扮《ふん》し、移動も宿泊も各自バラバラに行っている。

騎士隊が戦力として加わったことを、シャルト軍に秘匿《ひとく》したいという戦術的判断だ。エイドンやその近郊はあちらの密偵が常に見張っているだろうこと想像に難くなく、充分に距離をとった場所で集結する必要があった。

逗留初日——

「わああ、素敵なお部屋ですよ、レオ様！」

大店《おおだな》の宿の、一番上階の部屋に飛び込んだシェーラがはしゃいだ。

「一緒に泊まったら新婚旅行気分を味わえるかも。ちらり」

「新夫のアテはあるのか？」

レオナートはさっさと隣の自分の部屋に入った。

荷物を下ろしていると背後に視線を感じ、振り返ると、

「もうっ。レオ様って本当に愛想ってものがないんですから！」

頬を膨らませ、出入り口の陰から恨めしげに睨んでいるシェーラの姿があった。

しかし実際問題、レオナートは悠長に構えている気にはなれない。

敵軍は今この時もエイドニア州を侵略しているのだ。

「レオ様ってば堅物ですよね……」とシェーラは不満げにした。「バウマンさんたちには二

十日までに集合完了のことって言ってますし、アラン様に進めてもらってるもう一つの策は準備に時間がかかります。今の私たちには待つことしかできないんですから、羽根を伸ばしてもいいじゃないですか。士気は大事ですよ、士気は！」

「できん。性分《しょうぶん》だ」

レオナートがきっぱり言うと、シェーラは「がっかりです」とうなだれたが、食い下がりはしなかった。なんだかんだ素直な娘なのだ。

そして実際問題、シェーラが悠長に構えていた理由も少しはわかった。

レオナートは脳裏にエイドニアの地図を浮かべて、敵軍のエイドン到着を二十一日と予測していた。しかし、待ってみれば二十二日になってもまだ現れない。計算は大きく外れ、実際の敵軍の移動はかなり遅れていた。斥候の話によれば二十日の時点でまだ、北境からエイドンへ向かう街道の中間地点にいたという。

なぜ、こんなことになっているのか？

人目を忍んで情報交換をしにきたアランと、レオナートの部屋の中、三人で話を交えた。

二十二日深夜のことである。

ランプの灯りに照らされたシェーラが、茶目っけたっぷりにウインクした。

「ただでさえ遅いパイク兵の部隊が略奪品を山と抱えれば、そりゃあ行軍も遅くなります」

言われてレオナートは腑《ふ》に落ちるばかりだった。

「領民に家財や金品を置いて避難するよう言ったのは、そのためか」

おかげで予定よりも五日以上、余分に準備をする時間が稼げた。

「ええ。それに、敵の行軍速度を遅らせる利点は他にもあります。例えば――」

と、地図を広げるシェーラ。州都近郊を記したものだった。街の北には森があり、東へと広がる横長の形をしている。街道がそこを南北へ貫くように真っ直《ま》ぐ《す》、最短距離で走っている。

「さて、敵軍はどこを通って攻めてくるでしょうか？　街道を突っ切ってくれたら私たちも楽なのですが」

「兄上がそんな馬鹿な真似をするとは思えん」

他に全く選択肢がないならともかく、大軍の方が森の中の狭い道を通るなど愚の骨頂だ。

当然、森の西側を迂回《うかい》するルートを選ぶはず。

「斥候の話によれば、現在敵軍の進行速度は日に二里半程度だとか。さて、アラン様？　彼らがこの森を迂回すると、どれだけ時間がかかると思われますか？」

「それなら半日は余裕でかかるだろうな」

地元民であるアランの判断を聞き、レオナートは考え込む。

であれば敵軍は森の北西辺りで一旦行軍をやめ、野営をするはずだ。そうして明け方すぐに出発し、昼すぎ遅くに州都へ到着、そのまま攻撃を開始する手はずをとるだろう。

一泊せずに半端な時間から迂回を始めれば、エイドンに辿り着く少し手前で夜が来てしまう。

そんな目と鼻の先で野営をすれば、こちらに夜襲をかけてくださいと言っているようなもの。これまたシャルトなら、そんな愚策はとらないだろう。

「ね。おわかりでしょう？」

レオナートが思案する様子を、含み笑いで眺めていたシェーラが言う。

地図の一点――森の北西を指差して、

「敵軍の速度を遅らせた結果、彼らがここで一泊するのが予測できます。……いえ、ここで一泊するよう誘導させたのです」

「なるほどなあ」とアランが唸った。「でも、そうすることで何かいいことがあるのかい？」

「わからないなら感心するな」

「話の流れから察しただけじゃないか、レオ。そういうおまえはわかってるのかよ？」

「おおよそはな」

「おおよそで威張るなよ！」

「む。おまえこそ子どもみたいな揚げ足をとるな」

「子どもみたいで悪かったな。ジジむさいレオよりはマシさ」アランは悪態つくとシェーラに目をやり、「まだ十八なのに無口で陰気で分別臭くていつも仏頂面の男、女から見てどうよ？」

「えっ？　素敵だと思いますけど？」シェーラはきょとんとして答えた。

「シェーラに聞いたのが間違いだったよ」アランは犬でも食えないようなものを見た顔で、げんなりとそっぽを向いた。

レオナートは咳払いをし、折れた話の腰を元に戻す。

「シェーラの胸中はおおよそわかった」おおよそのところを強調的に声に出してしまったのは、我ながら子どもっぽいと気づいて反省しつつ、「しかしその戦法を使うには、いくつか問題があると思うが？」

「でしたら一つ一つ解決するまでのこと」

シェーラはこともなげに言った。

「伝説伝承《フォークロア》を使って？」

「伝説伝承《フォークロア》、も使ってです」

レオナートがもしやと確認し、シェーラがえへんと胸を張る。

「そろそろ種明かしをいたしましょう。ダリア姐さんも来てくれるころですし、い、い、い、い、い、い、い」

如何《いか》にしてシャルト軍を打ち破るのか、その策を最初から順に説明していった。

あまりに型破りというか、破天荒な策だった。

ゆえにレオナートとアランは最初、むつかしい顔で聞いていた。

しかし――シェーラが全て話し終えた時、二人ともにまさに破顔《はがん》一笑していたのだった。

二十四日午後。シャルト軍は州都の北、二里（約八キロメートル）のところまで辿り着いた。行く手を森に阻まれ、予定通り西側へ迂回する。このまま街道に沿って森を抜ければ、目指すエイドンはすぐそこなのだが、シャルトは大軍を隘路《あいろ》に入れる愚を犯さない。兵の数を活かすためには、陣を横に広げなければ駄目なのだ。

狭い森の中ではそれができず、折角の兵力差が無意味になる。敵を利するだけになる。また、エイドンに近すぎる場所で野営をするわけにはいかないから、森の北西辺りに来たところで、日が高いうちにもう行軍を停止させる予定だった。

「圧倒的優位にある我々にとって、焦りこそが大敵である。明日、悠々と進軍を開始すればいい。違うか、トラーメ卿？」

「いいえ、仰る通りかと」トラーメは内心、舌を巻きつつそう答えた。

貴族といえばワガママ放題育てられたせいか、我慢の利かない者が多い。実際、シャルトの隣にいるケインズの顔色を窺えば、「州都は目と鼻の先なのに」とばかり不満たらたらだ。

しかしこの皇子様は軍を率いて最初から最後まで、徹頭徹尾、余裕の態を崩さなかった。

「憶えておけ、ケインズ卿。戦場において最も辛抱強い者、粘り強い者、それを古えの昔より名将というのだ」

二十三の若造であるはずのシャルトが沈毅《ちんき》に道理を諭す。

王者の風格とはこういうものかと、トラーメは思う。

それはそれとして、自分の役目は全うしなくてはいけない。

「ただ、殿下。少し懸念もございまして……」

「なんだ？　遠慮せず申せ」

「エイドニア伯がここまで本当に一切《いっさい》の妨害をしてこなかったのが気になります。何か企んでいるのではないかと……」

横からケインズがせせら笑った。

「アランのことだ、してこなかったのではなく、できなかったのではないか？」

一方、シャルトは落ち着き払った口調で、常識論を唱える。

「奴らからすればこの大軍を相手にするのだ。州都に亀の如く引き籠るしかあるまい？」

トラーメはまだ腑に落ちない。

「引き籠ったところで、連中は絶対に勝てませぬ。……そうでありましょう？」

防壁を持たないあの州都の造りでは、この兵力差はひっくり返せない。

一般に守る側の方が有利とされるのは、敵の進軍線上でいろいろと妨害するのが容易であるからだ（つまりロザリアが対アドモフ戦で当初やった、積極的防衛策だ）。完全に引き籠るだけで有利なのは、堅固な城塞《じょうさい》がある時だけ。

また、ディンクウッド公爵を敵に回してまで、アランに味方する貴族がいるとも思えない。

援軍なき籠城などそれこそ自殺行為。

ましてあの州都の中には、万を超す避難民がいる。シャルトは無理に攻め落とさずとも、包囲しているだけで楽々兵糧《ひょうろう》攻めができる。というかその前に、住民と避難民の軋轢《あつれき》でストレスが溜まり、簡単に暴動が起きるだろう。

「必勝を期して私がお膳立てしてきたのだから、当然であろう？」

シャルトもそれがわかっているから、馬上で胸を張る。

「決して言葉遊びのつもりはないのですが……。絶対に勝てないはずの連中が今まで何も手を打ってこなかった……そのこと自体が私には気味が悪くてしょうがないのです」

しかしトラーメは食い下がった。

歴戦の戦士の勘が、〝不可捕の狐《テウメッソス》〟の本領が、理屈ではない警鐘を鳴らしていた。

「あいつらが無能なだけであろうが！　勝手に敵を持ち上げて、杞憂で震える阿呆《あほう》がいるか！」

ケインズが臆病者めとばかりに罵《ののし》ってくる。

この豚に何を言われようと、トラーメは別に腹も立てないけれど。

「……それならよいのですが」

感覚的なものを言葉では説明できず、口を濁してもう黙り込む。

シャルトが何か言おうとした。が、その前に、先行して森の様子を調べさせていた斥候たちが帰ってきた。「伏兵や罠《わな》の類は見当たりませんでした！」

「よし。この辺りでいいだろう。進軍やめ。野営の準備をしろ」

シャルトが命じ、ケインズとトラーメの従者たちが指揮のために散っていく。

立て続けに、エイドンへ潜入させていた密偵の一人が報告にやってくる。

「どのような様子になっているか？」シャルトが直言を許し、馬上から諮問《しもん》。

「はっ。エイドニア伯が連日、民の前に出て安心を訴えておりますが、それで士気が上がった気配はありません。兵も同様です。何しろ避難民の数が多すぎて、連中の不安がすっかり周りに伝播《でんぱ》しております」

「領民如きに安っぽい情をかけるからそうなる。で、これまでに援軍の類が入った形跡は？」

「ございません」

「アレクシス騎士隊もか？　レオナートの奴め、存外に薄情な男だな」

「ヒハハハ、これだから雑種は！　帝族の誇りなどとは無縁なのでしょう」

シャルトが薄くせせら笑い、ケインズが下品に腹を揺すった。

「……ただ、殿下。一つ気になることが」

「申せ」

「避難民が連れて逃げてきた馬の数が数百頭にも登るのですが、兵たちが片っ端から接収し、街道を行ったり来たりと走らせて、乗馬訓練のような真似をここ何日も繰り返しているのです」

「ふむ。どう思う、トラーメ卿？」

「せっかく数百頭の馬が手に入ったことですし、騎兵をでっちあげようとしているのではないかと愚考いたします」トラーメは呆れ交じりに答えた。

馬は臆病な生き物だ。ゆえに本来は戦場で役に立たない。それを長年かけて調教し、戦に慣らしたものを特に軍馬という。大変に高価で、庶民がおいそれと手を出すことはできないし、出す理由もない。ゆえに避難民らが有していたのは軍馬でありえず、そんなものを何百頭接収しようが意味がない。

「どうも、エイドニア人どもは無能の方のようだぞ？」

シャルトの嘲笑《ちょうしょう》を、トラーメは否定できなかった。

それでもやはり、内側から込み上げる警鐘のような何かは鳴りやまなかったのだが。

歯にとれないカスが挟まったような顔をしていると、シャルトが提案した。

「ならば、こうしようではないか。アランに残された策といえば、夜討ち朝駆けくらいのものだろう。折角、馬も大量に手に入ったことだしな」

トラーメは相槌を打つ。その馬は戦場ではなんの役にも立たないのだが、アランは知らぬようなので、奇襲作戦に組み込むというのはあり得る話だ。

「であれば我が軍はこれに対策する。まず、夜間の警備を倍に増やす。斥候もいつもの倍、交代で夜通し派遣し、敵が迂回してこないか森の西側を監視させる。街道側の方は心配要らない。夜の森に入る危険を冒す者はおらぬだろうからな。それよりも迂回路側を重点的に警戒しておくのが効果的であろう」シャルトが淀《よど》みなく説明したのは、いい意味で教科書通り――まさにお手本ともいうべき対策案だった。「問題があれば指摘、補足をしてくれ。トラーメ卿」

「一点もございませぬ」トラーメは深々と腰を折る。

「では、兵に伝えよ。明朝は日の出とともに出発することもな。夜襲があるなしにかかわらず、いよいよ戦だ。見張りの者を残し、早く、ゆっくり休め。酒も一杯までなら許可する」

「ははーっ」トラーメは畏まって承り、伝令のために御前を辞した。

狐のように目が細い人相のため、普通にしていても笑顔に見られる。

だが今、眉根がはっきりと寄っていた。

シャルトに一切の落ち度はなく、トラーメとて頭は「勝ち戦」だと考えているのに。

〝不可捕の狐〟《テウメッソス》の肌はわずかに粟立《あわだ》っていた。

(少し、考えておくか……)

自分の命を何度も救ったその勘を疎《おろそ》かにしない。トラーメはそういう男なのだ。


同二十四日。午後二十二時。

レオナートは宿場の町長宅を借り受け、バウマンら麾下《きか》の騎士総員を招集した。

玄関ホールは二階部分まで吹き抜け構造になっており、天井こそ高いが、五百人も一堂に会すとさすがに狭い。肩と肩が触れ合う。

一階と中二階の木窓は全て閉ざされ、四方の壁に点々とかけられた燭台《しょくだい》だけが頼り。

薄闇が、こんな夜更けにいきなり呼ばれた騎士たちの戸惑いを、助長するかのようだった。

レオナートは中二階から見下ろすのではなく、彼らと同じ場所に立つ。シェーラも隣にいる。

「こんな夜更けに、何用でございますか？」

バウマンが一同を代表して訊ねた。

レオナートはすぐに答えず、深く息を吸った。

そして、決然と告げる。

「これより夜襲をかける」

静かな声だったが、効果は覿面《てきめん》。

たちまち場は騒然となった。

二倍の兵力を相手に勝つためには、奇襲作戦を用いるしかない。

そして、夜襲が成功するか否かの肝心要《かんじんかなめ》は、敵軍の位置を完璧に把握することだ。

この点において、今回はシェーラがシャルト軍の進行速度を遅滞させることで、野営地を特定どころか誘導した。トラーメは「なぜ有利な防衛側が、進軍線上で妨害をしかけてこなかったのか？」と訝《いぶか》しんでいたが、彼の全く想像も及びつかない——つまり次元が一つ上の視野、構想でシェーラはきっちりとちょっかいをかけていたわけである。

その辺りの事情は省いて、シェーラが畳みかけるように説明を引き継ぐ。

「エイドニア兵は使わず、皆さんだけで行ってもらいます」

「……某《それがし》らだけなのはようござるが」

「この宿場からとなりますと、距離が遠すぎませぬか？」

「馬が疲れては、騎兵突撃も何も……」

あちこちから懸念の声が上がったが、

「大丈夫です」シェーラは太鼓判を捺《お》す。「エイドンに替え馬を用意してあります」

「五百人分の替え馬でござるか？　それほど大量にどこから……」

「申し訳ないですが、アラン様にお願いして避難民たちから接収しました」

「おお……！」納得の嘆息があちこちから聞こえ、どよめきとなる。

ここまで作戦説明が順調に進むのはわかっていた。

問題は次だ。シェーラが目配せをしてくる。

レオナートはもう一度、深く息を吸った。

今度は声を張り上げた。

「そして、森の中の街道を突っ切り、シャルト軍の背面を襲う！」

効果は覿面どころではなかった。

たちまち場は騎士たちの悲鳴で満ち溢れたのだ。

「夜の森へ入るなどと、正気の沙汰《さた》ではありませんよっ」

誰かが叫んだ。声がもう完全に裏返ってしまっている。

然り、然り、と賛同を唱える者が次々と現れる。

「オレの爺様が言っていた……。夜の森には美しい女の姿をした鬼がいて——」

「私の郷では、人魂が出て暗い池の中に誘い込むと——」

「その森じゃあ、赤子の泣き真似をする虎《とら》の魔物が棲《す》んでいるらしい——」

「朝になって皆で捜索しに行ったんだ。そうしたら、その子の服と散乱した骨が——」

騎士たちが蒼褪《あおざ》めながら、夜の森に立ち入る危険を必死に説く。

彼らの故郷、あるいはかつての任地、いろんな土地の、いろんな魔物や、悪霊——それらにまつわる民間伝承がそれぞれの口から語られる。

(……始まったぞ)レオナートは腕組みした。

ちょっとやそっとで収まりがつきそうにない、騎士たちの顔を見回した。

こうなることは最初からわかっていた。この時代、この大陸の人間にとって、夜の森に入ることは禁忌《きんき》に等しい恐怖を覚えさせるものなのだ。

「お考え直しくだされ、殿下……。我ら一同、戦で命を落とすことは全く怖くありません。名誉です。本懐です。しかし、わけのわからぬ怪物に襲われて、生きたまま食われるなど、想像したただけで怖ろしい。まさに犬死にではござらんか……」

勇敢なバウマンですら、そう訴える始末である。


実は、一昨日にも同じことが起きた。

宿の一室でシェーラが地図を広げ、作戦の全貌を語った時だ。

傾聴するレオナートとアランの前で、彼女は地図の上を一直線になぞってみせた。

「この森を抜けて、夜襲をしかけます」

「ま、待てっ。そりゃマズいっ」すぐさま制止をかけたのはアランである。

「何が問題でしょうか？」

「この森には大昔から言い伝えがあるんだよ。夜になると、見上げるような毛むくじゃらの巨人が徘徊《はいかい》するんだって。人間を捕まえて頭からかじる、すごく怖ろしい奴さ」

まるで実際にその巨人を見たかのように、アランは震え上がっていた。

「作り話だろう」とレオナートが一言で切って捨てても、激しくかぶりを振るばかり。

「乳母から聞いたんだ。祖父さんが昔、むごい実験をしたらしい。昼間のうちに木の枝へ首輪の鍵を引っかけて、日が沈んだ後に森までとってくるよう使用人へ命じたんだ。病気の娘の薬代を欲しがっていたその男は、それで医者に診《み》せてやるって祖父さんに言われて従わざるを得なかった。結果、どうなったと思う？」

「可哀想に。帰ってこなかったのでしょう？」

話の内容に気分を悪くした顔でシェーラが答えた。

「そうさ！　翌朝、人手を使って捜索に行ったら、その男の無残な死体が転がってた。食い散らかされて目印の首輪を着けただけの、一人分の骨が残ってたんだとさ！」

どうだ、恐れおののけとばかりの語調で、アランがまくし立てる。

「狼《おおかみ》の群れに襲われただけですよ」シェーラは断定した。

「君は現場を見ていないから、そんな――」

「でも、アラン様も見てらっしゃらないのでしょう？」

「ぐむっ……。そ、それはそうだけど」

「俺も狼だと思うぞ？」

「チクショウおまえらよってたかって！　仲良しかっ」

レオナートとシェーラに左右から同じことを言われ、アランは腐る。

別に少女の肩を持ったわけではなくて、この世に神や悪魔や魔物が――恐らく――実在しないことは、開明的な学問の師でもあったロザリアに、幼いころから徹底的に学んだことだ。

「私も魔物なんて実在しないと考えます」同じくロザリアの愛弟子であるシェーラが持論を語る。「しかし、夜の森に入ったら魔物に襲われる、悪霊に誑《たぶら》かされる――こういう話は形こそ変われど、大陸全土に偏在しているのです」

「ほう。大陸全土に？」

レオナートは興味を覚え、そっぽを向いていたアランもまた耳をそばだたせる。

「魔物なんかのせいではありませんが、夜の森が大変危険なことは事実です」

人間は大して夜目が利きかないし、方向感覚も鈍い。だから不用意に踏み込めば簡単に迷ってしまって、出られなくなる。足元も暗いから、うっかり池に落ちて溺れることもある。一番怖いのは狼だ。狙われたらまず逃げられず、群れに襲われたらひとたまりもない。

「だから大昔から人々は『夜の森には入るな』と繰り返し戒《いまし》めるのですが、ただ警句を唱えただけでは効果が弱いです。真面目に聞かない人が絶対に出ます」

「だから魔物の作り話をして、怖がらせるわけか……」

「はい。作り話が綿々と受け継がれて言い伝えになって、本来の理由や背景の記憶が風化して、『魔物が出るぞ』という迷信《スパースティション》だけが残るのです」

「迷信」

「それもまた伝説伝承《フォークロア》の一側面です。目には見えないのに確かに人を動かす、無形の力です」

「ふうむ」レオナートは唸った。蒙《もう》の啓《ひら》けた彼にとっては腑に落ちる話だった。

「不用意に夜の森へ入るから危ないのであって、ちゃんと原因と対処法を知っていれば問題はないんです。実際、隊商とか旅芸人の一座とかの中には、平気で通ってる人たちもいますよ。関所を通行するのに税金がかかりますから、夜のうちに街道を外れて、森の中をこっそり抜ければお役人に見つからないでしょう？」

シェーラが最後、冗談めかしたがレオナートたちは笑わなかった。

アランが異議を唱える。「僕も頭じゃ理解できたよ。でも、誰もが誰もできるかな？　最悪、騎士隊の士気はガタガタだぜ？」

「確かに士気は問題だ」

戦においてそれがどれほど重要か、アドモフとの戦でレオナートは骨身に染みている。

あれだけ勇猛だったアレクシス兵たちが、食糧がなくなった途端、弱兵に成り下がったのだ。

「どう考える？」レオナートは真《ま》っ直《す》ぐな目をシェーラに向けた。

彼女が最初に地図を広げ、説明を始めた時、「夜襲作戦で行くのだろう」とレオナートには見当がついた。移動距離が長すぎる等、いくつか問題があると思った。

最大の難問がこれだ。

幼少時から教え込まれた恐怖を、どうやって騎士たちの胸から拭《ぬぐ》い去るのか？

果たして――シェーラはいたずらっ子のような笑《え》みを浮かべ、答えた。

「目には目を。歯には歯を。伝説伝承《フォークロア》には伝説伝承《フォークロア》を――」


その答えが今、体現されようとしていた。

町長の屋敷に集った騎士五百余名。

その誰もが血相を変えて、レオナートたちに詰め寄る。

「夜襲をかけるのならば、森の西側を迂回すればよいではありませんか、殿下！」

「駄目だ。ただでさえ長すぎる移動距離が、さらに伸びる」

たとえ替え馬があろうと、疲労の蓄積が不安になる距離だった。馬足をどれだけ残しておけるかは、騎士隊騎兵隊にとっての生命線にも等しい。

「ですがしかし、よりにもよって森の中を通らずとも！」

「駄目だ。その道以外は兄上だって当然、警戒しているはず」

州都にいるだろう密偵に察知されることも避けられない。密偵が迂回路を通ってシャルト軍の野営陣に駆け込むより先に、夜襲をかけるためにも経路短縮は必須。森の街道を突っ切らない限り、問題がいくらでも噴出するのだ。バウマンたちだって冷静であればわかったはずだ。

ゆえに、どれだけ再考を求められようと、どれだけの人数に押し寄せられようと――

「駄目だ」

レオナートは巌《いわお》の如く屹立《きつりつ》し、気勢で押し返す。

「森を突っ切らずして、この夜襲作戦は成立しない」

肚《はら》から出した声で断言する。

重い。

声音も、貫録も、何もかもが十八の青年にあり得ざるほど重い。

「二年前の戦を思い出せ。先代エイドニア伯は、四公家を怖れることなく援助してくれた。アランは我らと轡《くつわ》を並べて戦ってくれた。そして今、エイドニアを戦火に焼こうとしているのはディンクウッド兵だ。四公家《あいつら》の好きにさせておいて、おまえたちはそれでいいのか？　エイドニアの義に応える勇をおまえたちは持っていないのか？」

「うう……っ」「それは……っ」

騎士たちが言葉に打たれたように怯《ひる》み、たじろぐ。

その機を見逃さず――

「その子を――レオナートを信じよ」

――世にも妙《たえ》なる女の美声が聞こえた。

よく通る声がさらにホールの天井に反響し、玲瓏《れいろう》と一同に降り注ぐ。

「だ、誰だっ？」「どこにおる？」「姿を見せよ！」

突然のことに騎士たちの混迷は極に達し、おろおろと視線を巡らせる。

「上です！　あそこの窓ですっ！」

シェーラが指差して叫んだ。視線が殺到する。

ホールの正面から見て右。

東側の中二階。大きな木窓が外側から開け放たれていた。

三日月を背負うかのようにして、ベランダから美女が姿を覗かせていた。

誰もが喧騒《けんそう》を忘れ、息を呑むほどに麗しい。

足元まで伸びる黒髪は、夜空を切りとったかのように艶《つや》やかだ。

唇の色も黒。肩や胸元はおろか、右の素足も剝《む》き出しの、扇情的なドレスの色も黒。美女の白い白い肌をこれでもかと際立たせる。

月光を浴び、神秘的な微笑《びしょう》を浮かべる。

まさに神々しいまでの美貌で、超然と階下を見下ろしている。

「何者ですか！」

シェーラの問いに、美女が典雅そのもので返答した。

「わたくしは、夜の化身《けしん》――」

「ええっ!?　ならば貴女が女神ニュクスですか！」シェーラが驚愕しきって目を剝《む》く。

いいや、迫真の演技だ。

何しろ相手は――あのベランダに立つ美女の正体はダリアなのだから。

彼女の一座に「最高の女優を貸してください」とシェーラが頼んだところ、「最高の女は高くつくわよ？」とダリア姐さん自身がしゃあしゃあと手を挙げたのだ。

先日アランに向かって「女は白粉《おしろい》で化けますわよ？」と言ってのけた女傑だが、まさしくである。月を背負った演出と、遠目に暗がりで助けられているが、今のダリアの神々《こうごう》しさは尋常ではなかった。その彼女がシェーラの筋書通りに芝居を続ける。

「然様。そして、そこなレオナートこそは吸血皇子《ノスフェラトゥ》。わたくしの申し子である」

レオナートを指し示す、一挙手一投足が堂に入っている。神秘的な容貌に威風が加わり、見る者を納得させる強い力がある。

「わたくしが全ての人間に等しく与えるのは、闇と恐怖。夜を徘徊するあらゆる魔物もまた、わたくしの眷属《けんぞく》」

「ああ……なんと怖ろしい女神なのですか、貴女は！」

自分の体をかき抱いて震える、シェーラの役者ぶりにも拍車がかかる。

「その子は我らが同胞《はらから》。ゆえにその子にはわたくしの授けた、闇の加護がある」

「それはいったいどういうものなのです、女神ニュクスよ！」

「世に遍《あまね》く闇が、眷属が、吸血皇子《ノスフェラトゥ》たるレオナートには味方するであろう」

「なんと！　誠ですか⁉」

「ゆめゆめ疑うことなかれ。夜の申し子の下へ馳せ参じた勇敢なる騎士たちよ、ゆめゆめ闇を怖れることなかれ」

「ああ……、なんと……！」シェーラが感極まったように詠嘆した。

それを待ってレオナートがもう一度、肚から声を出す。

「俺《おれ》は吸血皇子《ノスフェラトゥ》。俺は夜の申し子。その俺を信じ、ついてこい」

これも筋書通りの台詞だ。シェーラのようには上手に言えた気がしなかったが、皆の熱い視線がレオナートに集中し、その隙にダリアはベランダの陰に隠れる。

「なんと！　もう姿が見えません！」シェーラももう一度そちらを指して、「やはりあれはニュクス女神だったんですね！」白々《しらじら》しい台詞《せりふ》を、まるでわざとらしく聞こえぬ口調で叫んだ。

「確かに」「まさしく」「神の御業《みわざ》だ」という呟きがあちこちから聞こえた。

そもそも彼ら騎士たちは最初から、レオナートやシェーラを信頼しているのだ。

そんな二人の言葉であり、さらにダリアの美貌と名演技が説得力として加わる。

この時代、この大陸の、ごく真っ当に迷信深い彼らを、信じ込ませる条件は揃っていた。

一種だました格好だが、レオナートに気後れはない。かつてロザリアに「士気を高めるため、気の利いた演出の一つや二つできるのも、将の器量」と薫陶《くんとう》を受けたからだ。

それで勝てるなら、より犠牲者を減らせるなら、方便を厭《いと》う方が偽善というもの。

「征《い》こう」

レオナートは最後に、そう一言だけ告げた。

それでもう充分だった。

「「「応とも！」」」

声を揃えた騎士たちの返事には、勇気と血気が満ち満ちている。

「総員、一時間以内に準備を終えて、宿場の北へ集合！　遅れるなよ！」

いざ戦となれば勝手知ったるバウマンが、当意即妙に指示を飛ばす。

騎士五〇七名が一斉に踵《きびす》を返し、軍靴《ぐんか》を鳴らして屋敷を後にする。

シェーラを残して誰も居なくなった玄関ホール。

「ダリアには後でよくよく礼を言わねばな」

「アラン様にたっぷりお金を吐《は》いてもらいましょう」

シェーラは楽しげに笑った。

その笑顔をレオナートは見つめる。

お膳立ては全て彼女が整えてくれた。ここからは自分の領分だ。

行ってくる。勝ってくる。

「もちろん、信じてますよ。レオ様」

それらの想いを、口にせずとも彼女は酌《く》んでくれた。


レオナートが愛用する甲冑《かっちゅう》は、上から下まで全身黒一色だ。

羽織るマントも漆黒《しっこく》。

かつてロザリアが贈ってくれたものだ。
目立つ意匠で、前面から背面にかけて波打ち広がる、流線形が特徴。
不吉な色と合わせて、禍々《まがまが》しい印象を与える拵《こしら》えだった。
戦装束なのだから、相手の士気をくじくこれこそ正当。
フルフェイス式の面甲を下ろすと、髑髏《どくろ》を模した細工になっている。
ザンザスの鞍《くら》に跨《また が》り、鐙《あぶみ》に両足をかける。
愛馬にも意匠を合わせた、革と鉄でできた鎧を纏《まと》わせている。
手綱など引かなくとも、この賢い馬はすぐに主の意を悟って走り出す。
指揮官の作法としてわざと遅れて宿場の北へ向かうと、既に皆が集まっていた。
バウマンがその旨を報せてくれ、レオナートは厳かにうなずく。
「久方ぶりに全員集まると、やはり壮観ですな」
ひどくうれしげなバウマンの言葉にも首肯《しゆこう》する。
みな軍馬に跨り、整列していた。
一同全員、揃いの格好をしていた。
黒、黒、黒、黒――
胸甲も、革の鎧も、マントも、髑髏の面甲が付いた兜《かぶと》も、総《すべ》て漆黒。
かつてロザリアが組織し、彼女の趣向に染められた騎士隊の正装である。

レオナートに比べてかなり軽装で、馬に鎧を着けていないのは、戦う前に乗騎が疲れ果てるのを防ぐためである。重装にすると速度も大して出ない。膂力《りょりょく》、速力、体力が化物じみたザンザスだからこそ、人馬とも全身鎧うことが可能なのだ。

まるで闇の底で、なお黒々とわだかまるが如き髑髏の騎士の一団は、見る者に尋常ならざる恐怖を与えるだろう。

レオナートは右手を厳かに挙げた。

「進軍！」ただちにバウマンが号令し、五百騎がしめやかに出発する。

夜闇の中、髑髏の騎士たちが咳《しわぶ》きも立てず、整然たる縦列で進軍する様は、葬送に向かう死神《しにがみ》の列もかくやだった。

州都へ向けて街道を二時間ほど、速歩《はやあし》で馬を走らせる。

やや手前に来たところで三十分の休憩。充分に馬を休ませ、再び進軍を開始した。

日付は二十五日になっている。

エイドンの南側に広がる耕作地を走り、東側にある牧場へ急行する。アランがそこで待っていた。牧場主に命じて、接収した五百頭の馬を臨時に管理させていたのだ。

そして、アランもまたアレクシス騎士隊揃いの胸甲を着けていた。

「この二年間ずっと、君たちともう一度戦場を駆けたいと想っていた。でもそれが叶うのが、こんな状況だなんてね。全く面目《めんぼく》ないというか」

複雑そうな表情を浮かべるアラン。レオナートは答えてずばり、

「一石二鳥だ」

「ハハハッ。なるほど、そうとも言えるな。いや、参った。麻のように乱れた僕の心も、レオにかかればまったく快刀乱麻だ」

互いに拳を軽く打ち合わせる。

その間にも麾下《きか》の騎士たちは馬を替え、乗ってきた軍馬は後ろに引き連れて、牧場を発つ。

千頭もの馬を走らせれば、州都にいるだろう密偵に察知されないわけがない。

いよいよ急がねばならないが――行く手に森が見えてきた。

鬱蒼《うっそう》と生い茂った枝葉が月光を通さず、闇を凝縮したかのようにそこは暗い。

来る者を寄せつけぬような、圧倒的な不気味さがとぐろを巻いている。

どんな魔物が潜んでいても不思議ではないどころか、森そのものが何か巨大な怪物かのよう。

街道を駆ける騎士たちの間に緊張が走った。

実物を目《ま》の当たりにし、少なくない者たちが及び腰になっている。

それを察してレオナートは小声で囁《ささや》く。「ザンザス」

帝国随一の奔馬は応えるように嘶《いなな》き、グンと速度を上げ、いの一番に森の中へと突っ込んだ。

「殿下に遅れるな！」バウマンが吠えると、挑戦心を煽《あお》られた騎士たちが競うように続く。

見事、五百騎が誰も脱落することなく森の中を進軍する。

通ってみれば、街道は切り開かれている分、周囲より明るいのがわかった。

夜目が利くレオナートはなんら不自由を感じない。

まして馬は人間より遥かに利くのだ。足元の悪い獣道を行くでなし、任せておけば勝手に走る。方向感覚すら鈍く、ひ弱な二本足の人間とは違う、逞《たくま》しい生き物なのだ。

レオナートとザンザスが先頭さえ切っておけば、他の馬は習性でついていく。

しかもシェーラは石橋を叩いて渡る慎重さで、接収したこの馬々には十日も前から、近辺の街道を行き来する訓練をさせている。馬が道を憶えている。

順調も順調、なんだこんなものかと胸を撫で下ろす者も多かった。

一方で、五百人もいればどうしても怖気《おじけ》づく者たちがいるもので。

「ややっ！　あそこに何やら不気味な影が！」

「よく見ろっ。ただの夜鳥だ」

「ややや！　女の啜《すす》り泣くような声が急に！」

「ただの狼の遠吠えだっ」

「やややや、狼!?　危険ではござらんかっ」

「阿呆《あほう》。これだけの馬の群れを襲おうとする狼などいるものかよ」

「奴らは元々、臆病だと軍師殿から説明を受けていただろうが！」

と――一人が闇の中にありもしない脅威を見つければ、周りが窘《たしな》め、囃《はや》し立てるという光景があちこちで見られる。

「我らが先陣を征くは吸血皇子《ノスフェラトウ》ぞ！　何ものも怖るるに足らず！」

「「「応とも！」」」

アランが鼓舞し、騎士たちが応える。口の達者な奴がいてくれると助かる。無論、かつては悪名だった「吸血皇子《ノスフェラトウ》」の異名を、逆手にとって利用してみせるシェーラの強《したた》かさも。

レオナートは内心頼もしく思うがその実、先頭を走る彼の巨きな背中こそが騎士たちに勇気を与えているのだと、本人が気づいていない。

やがてついに、森を抜けた。

騎士たちが歓声を上げる。

「馬鹿もん！　本番はここからだろうが！」バウマンが叱咤《しった》するが、声の明るさを隠せない。

レオナートを除く全員が、急いでまた馬を替えた。自分たちの愛馬である軍馬の鞍に跨った。しばらく何も載せずに走っていたため体力はたっぷりと残っている。

ここまで来るのに使った馬は置いていく。軍馬ではないから、戦場では役に立たないどころか邪魔になる。期待通り、街道を抜けるだけなら充分に役目を果たしてくれた。

「急げ急げ急げ！」バウマンが早口で急き立てる。

縦二十、横二十五列に整列し直す。

レオナートはそれを見届けて、再び先陣切って駆け出した。

森の西の迂回路を州都の方へと、シャルト軍の背を追いかける。

五百の髑髏騎士たちが、黙然と行軍する。

進むごとに昂《たかぶ》る闘志を研ぎ澄ませ、銘刀の如く寂《しず》かなものへと変えていく。

その切っ先を突き立てるべき敵が――前方に見えた。

篝火《かがりび》の灯りがまず目に入る。

次いで、仄暗《ほのぐら》く照らし出される天幕の数々。略奪品を満載した荷車を幕営の周囲に並べて防壁代わりにしていたが、三千人からの野営地を囲むには少なすぎ、本当に申し訳程度だった。

レオナートは意識を凝らして気配を探る。

こちらに気づいて、騒然となっている様子は？　――なし。

息を潜めて待ち構えている様子は？　――なし。

密偵が駆け込み、本営が慌ただしくなっている気配は？　――なし。

寝静まっている気配は？

――あり。

レオナートは武器持つ右手を高々と掲げ挙げた。

全軍が徐々に陣形を横へ広げていく。

アドモフとの戦で、ずっとともに戦い抜いた仲間たちだ。

全く速度を落とすことなく――恐ろしく滑らかに――横十列に組み直す。

どころか、馬足をどんどん上げていく。

二千の蹄《ひづめ》が激しく地を蹴り、夜の静寂を叩き壊した。

そう。ここまでくれば、あちらも騒音で気づく。

不寝番たちが大慌てになって、敵襲を報せる声を叫ぶ。

もう遅い。

レオナートは引き絞るように深く、深く、息を吸う。

同時にその目は射るように、幕営の中央を突き刺す。

（……伯母上が気に食わなければ、どんな手を使ってでも陥《おとしい》れる。……エイドニアが気に食わなければ、戦火を熾《おこ》して侵略する）

そんな卑劣な真似を平然として悪びれない、この国に巣食う帝族貴族どもを睨み据える。

そして――

レオナートの双眸《そうぼう》に、真紅の光が烈火の如く灯った。

「とぉつげえええええええええええええええええええええええええええええええき！」

夜天まで劈《つんざ》くような、レオナートの大咆哮《だいほうこう》。

続く騎士たちが喜び勇んで馬腹を蹴り、最大速で突っ込んだ。

荷車と荷車の広い間へ、怒涛《どとう》の如く雪崩《なだ》れ込んだ。

勢いに乗った騎兵突撃を止められるものは、堅固に組んだ槍衾《やりぶすま》しかない。

今々ようやく目を覚ましたシャルト軍に、そんな用意があるわけがない。

アレクシス騎士隊に軽々と蹴散らされ、柔らかい肉のように野営陣を食い破られた。

レオナートらは全員、薙刀《グレイヴ》装備である。

真っ向勝負なら槍の方が優れているが、混乱する敵をすれ違い様に斬り払うなら、グレイヴこそが最適。馬の突進する力を余さず切断力に換え、しかも何人でも撫で斬りにできる。

特に、先陣を走るレオナートの大薙刀《おおなぎなた》は出色であった。

全長一丈一尺（約三・三メートル）、刃長も三尺を超えるお化けだが、何より異様なことに、その切っ先から柄部《え》、石突《いしづき》までが完全に一本の鋼でできていた。

まず大量の良鉄を鍛え抜いた鋼《はがね》の塊を用意し、そこから最も硬い芯の部分を、グレイヴの形に削り出して完成させるという、手間も金も時間も惜しみなく注がれた逸品にして一点物。

匪賊討伐の褒美で皇帝が――レオナートという鬼子《おにご》のために、相応《ふさわ》しい武具をと思ったのかどうか――誂《あつら》えさせたたもの。

その重量は四十斤（約二十四キログラム）を超えており、如何にレオナートが剛力の持ち主であっても、右腕一本では到底振り回せるものではない。だから腕力以外も使って振る。背中や腰、さらにはその内側に眠る筋肉全部を動員しなくては、この大薙刀は扱えない。

常人ではまず辿り着けなかったその正解に、レオナートは絶え間なき鍛錬によって独力で至ったのだ。己の身体、筋肉の動きを精密に内省し、自在に操る修練を果てなく重ね、この鉄塊《てつかい》を振る〝骨《コツ》〟をつかんだのだ。


誰に教わることもなく、己の才覚と努力のみで武を極める。

それはまさに野生の獣の美しさと同じもの。

獅子《しし》の芸術。


ザンザスを駆るレオナートの眼前に敵兵が迫る。

不寝番をしていた革鎧姿の男だ。恐らくクリメリアの歩兵だろう。手には普通の長さの槍。

逃げきれぬと見るや、ヤケクソ気味に突いてくる。

だが、レオナートが薙《な》ぎ払う方が速い。

縄のような全身の筋肉が、うねり、しなる。

肚の下から発生した膂力が背骨を伝っていくかのように、じわりと、他の筋の力と合わさりながら昇っていき、右腕の先へ、長柄《ながえ》の先へ、切っ先へと行き渡る。

大薙刀が唸りを上げる。

そうして発生した全ての力が、男の腹一点に叩き込まれた。

レオナート自身の筋力のみならず、ザンザスの突進力、長柄武器を振り回す遠心力、さらには速さと大薙刀の重量、それら全ての力である。機能的に連動し、相乗効果すらを生んで——

男の胴が鎧ごと真っ二つになった。

全くの比喩ではなく。一切の誇張なく。

悪夢じみたその光景に、他の敵兵たちが腰を抜かす。股間を濡らす。

レオナートたちは情け容赦なく馬蹄《ばてい》で踏み潰した。

ここで逃がせば、いずこかで再集結されて、エイドニアが焼かれるだけだ。慈悲《じひ》はかけない。

恐慌《きょうこう》をきたして逃げる敵兵たちを、正面からだろうと背中からだろうと草の如く刈り払う。

「見ろよ、レオ！　パイク兵だ！」とアランの警告。

無論、レオナートも見えていた。

パイク兵たちが四、五十人ほど寄り集まって、横列を組もうとしている。

騒ぎを聞いて、いち早く目を醒ました連中だろう。

対応が早い。良い兵だ。

しかし、その程度の数の槍衾では話にならない。

「続けぇ！」レオナートはむしろザンザスの速度を上げた。

パイク兵たちが大急ぎで得物を構える。騎兵突撃に耐えるため、石突を斜めに地面へ差して固定し、穂先は上向け、二人一組で柄を交差させる。そうやって全員で、槍でできた壁を作り出す。パイクの長さは三間を超える。そこに騎兵が突っ込んでいけば、攻撃もさせてもらえず串刺しという寸法だ。

だが、レオナートは槍衾目がけて、委細構わず斬り払った。

強烈無比の一刀。

十本を超えるパイクが柄のところで両断され、十人を超える兵が武器を失う。

そこへザンザスが突進して蹴散らす。

レオナートが道を切り開き、後続のバウマンたちも突っ込んで傷口を押し広げる。

パイクは揃って構えないと役に立たない武器。こうなるともうおしまいだ。

素早い対応を見せた四、五十人のパイク兵たちが、その優秀ゆえに命を散らした。

レオナートを止められる者はいなかった。

ゆえに髑髏騎士たちの突撃は止まらない。

そして、シャルトの兵たちの壊乱《かいらん》もまた止まらなかった。

ますます怖れ、慄《おのの》き、右往左往する。

武器を捨て、我先に逃げ出す者が続出する。

「待てよ！　いったい何が起きてんだ⁉」

「怪物みたいな馬に乗った、魔物みたいな騎士が、化物みたいな大薙刀を振り回してんだよ！」

「はあ⁉」

「いいから死にたくなけりゃあ、おまえも逃げろっ」

「ああ……っ、もうそこに！　そこに！」

「……なんてこった。……オレたちは死神に目をつけられちまっていたのかよっ」

と——目が醒め、遅れてやってきた者たちにもパニックが伝染するばかりで、シャルト軍はいつまで経っても組織的な抵抗ができない。

こうなると三千人を超える兵がいようが関係ない。部隊というものは、統制の元に兵士個々を結集して初めて機能し、その恐るべき暴力を発揮するのだ。

今、レオナートらにはそれがあり、シャルト軍にはそれがない。

もはや髑髏騎士らの行く手を遮るものはなく、一方的にグレイヴを振り、片端から殺戮《さつりく》し、篝火を蹴倒して、天幕を手当たり次第まだ中にいる寝惚け眼の兵士ごと燃やし尽くした。


「なんだこれは……」

ケインズは愕然《がくぜん》となって呟いた。

野営陣のほぼ中央、一際立派な天幕から顔だけ出して周囲を見回す。

何やら騒々しいと思って目覚めれば、あろうことか夜襲を受けているではないか。

黒々とした騎士の一団が暴れ回り、逃げ惑うシャルト軍の兵を斬り払い、こちらへ向かってきているのが見える。

奴らが通った後は、焼き払われた天幕で一面赤に染まっている。

「だ、誰か！　誰かおらんのか⁉」ケインズは顔面蒼白《そうはく》になってわめき散らした。

しかし、どこからも返事はない。

この天幕のすぐ傍《かたわ》らには警護の兵がいたはずだが、姿が見えない。

「オレを置いて逃げたな！」ケインズは癇癪《かんしゃく》を起したがそれで助けが来るわけもない。

そもそも、異変を報せる者が一人もいなかった時点で、連絡系統が機能していないことを悟って然るべきだった。

「誰か！　誰か！　なんとかいたせ！　……ええい、なぜ誰も応えぬか⁉　次のクリメリア伯たるオレの命令だぞ⁉」

ケインズは受け入れがたい現実を目の前にし、さりとて何も打つ手を思いつけず、先祖伝来の剣を鞘《さや》から抜きもせず抱きかかえ、親の助けを待つ赤子のように、情けなくわめき続けた。

するといきなり、後ろから突き転がされる。

「何をするか、下郎！」ケインズは突っ伏した顔を跳ね上げて怒鳴った。

見れば、裸に剝かれた年端《としは》もいかない少女が、怯《おび》えた顔をこちらに向けている。

先日、逃げ遅れた避難民を襲った時に、捕まえた娘だ。

他の兵たちには許さなかったが、ケインズだけ連れ歩いて慰み者にしていた。

今夜もまた、縄で後ろ手に縛ったまま欲望のはけ口に使ってやると、生気のない表情でぐったりとしていたのに。騒ぎを聞いて逃げる好機だと考えたのだろう、小癪《こしやく》にもにわかに活気づいているではないか。

「このオレを見下ろすな！」

ケインズは跳ね起きると剣を抜き、ただの八つ当たりで斬りつける。

哀れな少女には抵抗する術などなかった。

「クソッ。オレも早く逃げなければ……」

骸《むくろ》を足蹴《あしげ》にしつつ、いま何をすべきかをその少女から、ケインズは無意識下で学びとる。

まずはともあれ馬の確保だ。

そう思い立ったケインズの耳に、馬蹄《ばてい》の音が近づいてくるのが聞こえた。

い、い、いい、
それも無数の。

「げえ……っ」ケインズは絶句する。

まごまごしているうちに、髑髏騎士の一団がかなり近いところまで迫っていたのだ。

完全に逃げ遅れたことを知って、震え上がる。

中でも、先頭を駆ける騎士の怖ろしさは異彩を放っていた。

大薙刀の一振りごとに兵たちの首が飛び、胴が両断される。

髑髏の面甲と相まって、夜な夜な命を刈りとるという死神を彷彿《ほうふつ》させられる。

その仮面の眼窩《がんか》の奥で瞳が赤く禍々しく、爛々《らんらん》と輝いているではないか！

（助太刀《すけだち》に来ていたのか……っ）

ケインズは直感した。

あの死神こそがレオナートだと。

なぜなら、渾沌《こんとん》大帝の有名な逸話を思い出したからだ。

かの真君は黒髪虹瞳《こうどう》だったと伝えられている。

感情の起伏により、瞳が七色に変わったのだ。

その特異な体質は彼の息子たちには遺伝しなかったが、三代大帝となる曾孫《そうそん》は一色だけとはいえ瞳の色を変じたという。

大帝国分裂以後も各国の帝室に時折、先祖返りのように瞳の色が変わる皇子が生まれる。

レオナートもまたその一人だったのだと、ケインズは畏怖《いふ》とともに知った。

「降参する！」ケインズは絶叫した。

酔いが醒めたような想いだった。シャルトの才気の眩《まぶ》しさに目が眩《くら》み、自分が誰に立てついていたのか、その間抜けにようやく気づくことができた。

帝宮で雑種と陰口叩かれる、あのレオナートこそが正真の、渾沌大帝の後胤《こういん》ではないか。

あんな怪物の裔と戦って、勝てるわけがなかったのだ。

自分は、下につくべき相手を間違ったのだ。

憎らしいが、アランこそが正しかったのだ。

「オレが――いえ、わたくしめが悪うございました！　どうかどうか、あなた様の郎党の、末席にお加えくださいませ！　心を入れ替え、全身全霊をかけてお仕え申し上げまする！」

その場に膝をつき、地面に額《ぬか》づき、大声で訴える。

「今までのご無礼に対し、まず罰を受けよと仰《おおせ》られるなら受けまする！　ですからどうか、命ばかりはお助けを！　平にご寛恕《かんじょ》を、殿下！　レオナート殿下！」

声を枯らして訴える。

ケインズは疑わなかった。

レオナートが許してくれることを。自分のような有能な士が、由緒正しき次期クリメリア伯爵《はくしゃく》が麾下《きか》に加わることを喜び、大手を振って迎え入れてくれることを。

心の中から信じきっていた。

だから、ずっと平伏したまま嘆願し続けた。

その背中を馬蹄で踏み潰されるまで、ずっと。

絶命だ。馬の体重が乗りかかれば、人間の脆《もろ》い体など一撃。

彼の太った死体が馬群に飲み込まれ、何百もの蹄に潰され、ぐしゃぐしゃに打ち伸ばされていく。肉塊どころか肉片に変わっていく。

五百騎を率いるレオナートに、ケインズの声など蹄の音にかき消されて聞こえなかった。

夜闇と戦の最中、ザンザスの足元にうずくまる背中など見えなかった。

そう。ケインズを討ち取ったことなど、レオナートは永遠に気づかなかったのである。


「なんだこれは……」

シャルトが愕然となって呟いた。

聞いていたトラーメは、芸のない台詞だなと思った。まるでケインズ辺りが言いそうな。

(見ればわかるだろうにねえ)

口に出すには憚《はばか》られる言葉を、代わりに胸中でぼやく。

トラーメは眠っていたシャルトの身柄を無理矢理押さえ、自分の馬の後ろに載せ、従者たちとともにとっくに野営陣を逃げ出していたところだった。

(負け戦ですよ。痛快なまでのね)

充分に距離がはなれたところで下馬し、戦場を振り返る。

陣が燃えていた。

黒衣の騎士たちだけが勇敢に駆け回り、逃げるか散発的な抵抗を行うだけの兵たちを、作業の如く斬り伏せていた。

その一方的な蹂躙《じゅうりん》を見ても、トラーメに驚きはない。

よく鍛えられた彼は熟睡していても、誰より早く蹄の音を聞いて跳ね起きることができた。

〝不可捕の狐《テウメッソス》〟と異名どる彼は、そんな距離まで夜襲を察知できなかった時点でもう、自軍が敗北したことを完璧に悟っていた。

ここまでシャルトに一切の落ち度はなかったと、トラーメも自信を持って言う。

なのにこんなことになっているのは、アランの陣営に圧倒的劣勢を智謀でひっくり返す、図抜けた軍略家がいるということ。

傭兵時代に会った、大古株の爺様がそういうのと出くわしたそうな。

曰《いわ》く、「負けた方はまるで、悪い精霊に化かされたような気分に陥《おちい》らされるのだ」と。

トラーメはまさに、まさにと納得した。

なんの未練もなく兵を囮《おとり》に逃げることを決め、従者たちとシャルトだけを連れ出した。

昼間、言い知れぬ予感を覚えていたトラーメはあらかじめ、従者たちにいつでも逃げ出す心の準備をするよう命じておいたから、彼らが逃亡する分には全く混乱はなかった。

納得できていないのは皇子様だけだ。

「引き返せ、トラーメ卿！　私がいなくては兵たちの指揮をとれんっ。このままでは負けだ！」

「……どうかご理解ください。殿下」

「何を理解せよと言うのだ!?　卿こそ理解せよ！　……まだ私は負けておらぬ。見よ！　まだ兵がいる。私には三千の兵がいる！」シャルトが野営陣の方を指して唾を飛ばす。

確かにトラーメの目にも、大勢の兵が見えた。涙と洟《はな》を垂らしながら逃げ惑い、無様に背中から斬られていく哀れな兵たちの姿が。たくさん。

「諦めてください、殿下」

「ふざけるな！　このシャルトの名に敗北の泥を塗《ぬ》れと言うのか!?　まして、アランの如き軟弱者を相手に!?」

「いえ、あれはエイドニア伯の兵ではありません。アレクシスの騎士隊ですよ。有名なので知ってます。全部、繋がりました。あれを率いているのはレオナート皇子だ」

トラーメは背筋に寒気を覚えながら、髑髏騎士たちの親玉を見る。

瞳に赤光《しやっこう》を灯らせ、異様に大きなグレイヴを棒切れのように振り回して、当たるに幸い兵を鏖殺《おうさつ》する。止まらない。止められない。

これほどの武人、トラーメですらちょっとお目にかかったことがない。

こんなに遠い距離から眺めているだけなのに、鳥肌が収まらない。アレとは絶対に戦うなと〝不可捕の狐《テウメッソス》〟の本能が最大警鐘を鳴らしている。だというのに、

「レオナートだと!?　雑種に敗北するなどますます私の矜持《きょうじ》が許せん！」

シャルトがヒステリックにわめき散らした。

（それは矜持ではなく虚栄心では？）

そう指摘するのをぐっと堪《こら》えるトラーメ。

「もうよいわ！　臆病者は勝手に逃げよ。私は一人でも行く！」

「参りましたなあ……」本気で弱り果てる。

ディンクウッド公に命じられていたのだ。

もし万が一に負けても許す。ただし、シャルトを死なせたら斬首に処す。

(さあて……なんとか切り抜けないとマズいぞ)

斬首されるくらいならトンズラこくが、騎士の地位を手放すのは惜しい。

この皇子様を説得するのが一番いい。どんな言葉なら耳を貸してくれるだろうか？　二週間以上も一緒にいたのだ、人となりはつかめている。例えばこうだ。

「歴史を紐解《ひもと》いてくださいませ、殿下」トラーメはしかつめらしく言った。「古えに名将と謳《うた》われた者は数いれど、百戦して百勝した者は一人もおりません」

詳しく探せば一人二人はいると思うが、そこはハッタリだ。

「む……っ」シャルトも真に受け、目の色を変える。

皇子様がかけて欲しいだろう言葉を考え抜いて言ってやったんだから、食いつくのは当然。

「しかし、彼らは只では負けません。敗戦を糧《かて》に、より強い将へと成長した。失敗から必ず学び、同じことを繰り返さなかった。だから彼らは名将となったのです」

「……確かに卿の言う通りだ」

「殿下もそうあるべきだと存じます。きっとディンクウッド公もそう望んでおられます」

「……うむ。……うむ！」シャルトは何度もうなずいた。

トラーメはこっそり拳を握る。固唾《かたず》を呑んで見守っていた従者たちも安堵する。

そんな空気を露知らず、シャルトは夜空を見上げ、両手を伸ばした。

「天よ、百難を我に与えよ！」

真顔で叫んだ。

(あれだけ兵を殺しておいて、よくぞ自分に酔えるものだ)

トラーメはいっそ感心する。

格好のいい言葉だと思ったが、どうせどこかの古典から引用したのだろう。

「参りましょう、殿下」内心を完璧に包み隠し、トラーメは揉み手で提案する。

「ああ。ついてこい」シャルトは馬腹を蹴り、燃え盛る野営陣に背を向けた。

一切、後ろを振り返ることなく走り去る。

それは潔さの美徳の価値を思い出したのかもしれないし。

レオナートらの勝鬨《かちどき》を聞きたくないだけなのかもしれない。

トラーメはそう思った。

レオナートらはシャルト軍の野営陣を蹂躙し、徹底的に焼いた後、掃討戦に移行した。

五十騎一組に別れ、逃げ散った敵兵を根絶やしにせんと追いかけるのだ。

残酷ではない。決して。落ち武者を見逃せば、匪賊化してその後も延々領民を苦しめるのが相場。シャルトも依然、行方不明のままだったし、身柄を押さえたいところだった。

時間は日の出までとし、勝勢に乗った麾下《きか》の騎士たちは、夜を徹して精力的に働いてくれた。

あちこちで惨劇と流血が撒き散らされ、やがて、白《しら》み始めた空が殺戮の痕《あと》を儚《はかな》く照らし出す。

夜の眷属たちの時間が終わったのだ。

騎士たちは髑髏の面甲を上げると、堂々、灰燼《かいじん》と帰した野営陣跡に集結する。

シャルトの行方は不明のままだった。

「素晴らしい逃げ足でござるな」バウマンが言い、レオナートがうなずく。

揶揄《やゆ》しているわけではない。実際的な軍人であるこの二人からすれば、完全に褒め言葉だ。

レオナートはてっきり、シャルトは見栄が邪魔し、討ち死にを選ぶタイプだと思っていた。だから見直したほどである。

逃がしたものは仕方ない。割り切り、州都へ帰還の道をとった。

途上でバウマンが他の騎士たちの様子を調べてきてくれたが、軽傷者が出ただけという。

戦明け、徹夜明けの疲労すらどこか心地よく――

レオナートとアランを合わせた五〇九騎が、揃って州都へ乗り入れた。

たちまち歓声に包まれる。エイドニアの兵たちが、領民たちが、手を振って迎え入れてくれたのだ。目抜き通りの左右を彼らが埋め尽くしている。

その真ん中をまずレオナートとザンザスが、隣り合ってアランが、やや遅れてバウマンが進む。その後ろは、シャルト軍に奪われた品々を荷車に載せて馬で引かせている。さらにその後ろが、己らにこそ正義ありと示すため、閲兵式《えっぺい》の如く乱れのない馬上行進をする騎士たち。

州都を守った一行へ、道の左右から最大限の賛辞と喝采《かっさい》が惜しみなく降り注ぐ。

「応えろよ、レオ」

「領主はおまえだろう」

「でも、大将はレオだろ？」

互いに譲り合い続けるのも馬鹿らしく、二人同時に手を挙げて歓声に応えた。

レオナートはむっつり、遠慮がちに。アランは破顔して高々と。

歓声がさらに大きくなり、もう割れんばかりになる。

誰もが笑顔だった。

レオナートは眺め回して、改めて自分がこの手で守ったものの価値を再確認させられた。

(本当によいものだ。凱旋《がいせん》とは)

匪賊討伐の時もいつも想う。そう、アレクシスでは誰も、何も守れなかった。両手のまめをどれだけ潰しても、敵兵の返り血に塗《まみ》れても、全てはそこから零《こぼ》れ落ちていった。

辛すぎるその記憶が、想いが——ほんの少しだけとはいえ——癒されるような気がするのだ。

人々はレオナートがエイドニアを救ったと褒め称えてくれているが、レオナートの方こそ救われたような気がするのだ。

ふと——

群衆の中から、まだ五、六歳の少女がふらふらと跳び出す。

格好は薄汚れており、恐らくはエイドンの民ではなく避難民だとわかる。

バウマンが「あっ」と叫んだ時には、ゆっくり進む荷車へと背を伸ばし、山のように積まれた中から何かを取り出す。レオナートがザンザスを止めて目を凝らすと、少女の小さな手には銀製の櫛《くし》が大事そうに握られていた。

「待ちなさい、お嬢ちゃん。勝手にとっちゃダメだよ」バウマンが馬を下りて駆け寄る。

荷車の上の物は全て、奪われた避難民に返さなくてはいけない。誰が誰のものかはもう証明しようがないから、アランが責任を持って金に換え、保証金として再分配するしかない。

その櫛とて、確かに少女の大切な物だったかもしれないが、たまたま目に入った綺麗な物を手にしてしまっただけかもしれない。あるいは似ただけの他の誰かの物という可能性も。

「よい、バウマン」だけどレオナートは少女の行為を認めた。「皆もこれくらいはよかろう?」

群衆に向かって広く問いかけた。

どこからも反対の声は出ない。

目抜き通りの左右には避難民らしき者も大勢いたが、不公平を唱えたりしない。

レオナートとてこれが偽善だとはわかっていた。群衆もきっとわかっている。

ただもう、いきなり理不尽に戦火に巻き込まれて、着の身着のままに逃げて、毎日歩き詰めにさせられて、いつ敵兵がやってきて虐殺《ぎゃくさつ》されるかと恐怖に怯《おび》え続け、疲れ、ささくれ立った彼らの心が、何でもいいから胸温まるものを求めていたのだろう。

じっと櫛を握りしめ一言もなくただ喜ぶ、いとけない少女の姿には、その温かい何かがあったのだろう。

レオナートらは勝利し、ひとまずの危機を打ち払った。

しかし戦後処理はここからが混迷を極める。アランの苦労は始まる。政治のことがわからない民たちだとて漠然とながら、自分たちの窮状《きゅうじょう》が今すぐ終わらないことを感じとっている。

それでも今この瞬間。

ここにいる全ての者が、少女の姿に希望を見たような気がした。

たとえそれが錯覚でもいい。

希望というものは生きていこうという心の活力、それ以上でも以下でもないのだから。

第五章　ライン銀山

The Alexis Empire chronicle

アランは戦後処理のため、エイドニアに残った。

一方、レオナートとシェーラ、アレクシス騎士隊は帝都に戻っている。

エイドニアでの騒動が嘘《うそ》のような、平和な一週間が過ぎた。

四月三日のまさに春真っ盛り。

レオナートは早朝、シェーラと一緒に遠乗りへ出かける。

帝都の南には緩やかな丘陵《きゅうりょう》地帯が続き、潮風に強いレモンやライム、オリーブ等の栽培が盛んだった。広々とした土地に果樹がのびのびと枝葉を伸ばし、沿岸部の力強い日差しをいっぱいに浴びる。健康な果皮を持つ実はきらめくようだ。

そんな果樹林の中で、レオナートは武術の鍛錬《たんれん》にいそしむ。

特別なことがない限り、決して欠かしたことのない日課だ。

重い甲冑《かっちゅう》を着たまま刀を振るい、槍をしごく。

稽古《けいこ》相手は必要なかった。より勁《つよ》く、より迅《はや》く繰り出せるように、己の動作を顧《かえり》み、ひたすら練磨し続ける。子ども時代に教わった武芸の師たちは立ち合い稽古を重視したが、レオナートはむしろ型稽古こそが肝要だと感じている。

シェーラは近くで日向ぼっこと読書に興じている。

彼女も特別なことがない限り、毎朝レオナートについてくる。

かつてアレクシスにはロザリアが設立したクロード最大の図書館があって、彼女の父親は史書として働く下級役人だったと聞く。シェーラ自身も大の読書家だった。難しい学術書から、東方《ヂエン》の武侠《ぶきょう》伝までなんでも嗜《たしな》む濫読《らんどく》家だった。

稽古を終えるとレオナートは諸肌《もろはだ》脱いで、玉の汗を拭《ぬぐ》う。

背中側はシェーラが手伝ってくれる。

「傷に触れてもいいですか？」

時折、シェーラはそんなことを言ってくる。

レオナートの全身には大小無数の傷痕《きずあと》がある。二年前の撤退戦で、仲間を庇《かば》って作った傷だ。

「それは構わんが……」変な奴だなといつも思う。

「私たちを守ってくれた傷だと思うと、愛《いと》おしさが込み上げてきちゃうんです」

シェーラはどこか上気した声で背後から囁《ささや》く。

レオナートには理解できない感性だ。そのうちこの傷を拝みだすのではないかと心配だ。

シェーラの細い指先が、レオナートの大きな背中を這《は》い回る。

そのくすぐったさにしばし耐える。

自身の背中などまともに見ることはできないし、どこにどんな傷痕があるかは知らない。だからシェーラがどこをなぞっているのか、おおよその見当もつけられないまま、指が肌の上を撫でる感触に思わず意識を集中させられてしまう。

そして、気づいた。

「『おなかがすきました、レオさま』……か？」

「ご名答です♪」

「人の背中で遊ぶな」

背中を筆談に使われたレオナートは、仏頂面になった。

そして、昼食のために帰宅する。

甲冑姿に着替え直し、レオナートはザンザスに跨《また》がる。

手を差し伸べ、シェーラを鞍《くら》の後ろに引き上げてやる。するとザンザスが一度、不満げに鼻を鳴らしたが、レオナートがジロリと睨むとふてぶてしい態度ながらも従う。

シェーラは横座りになると、振り落とされないようべったり抱きついてくる。

「この甲冑、置いてきませんか？　抱き心地が最悪です。ゴツゴツです」

「ないと実戦を踏まえた稽古にならん」

「レオ様ってば本当に堅物」シェーラが拗ねたように言った。

レオナートの背中に指先で「きらい」と書く。でもすぐに「ほんとはすき」と書き直す。

無論、これは甲冑越しなのでレオナートにはわからない。

アレクシス州上屋敷へ帰る途中――

街で通りがかりに何度も指を差された。不躾《ぶしつけ》だが彼ら彼女らに悪意はない。「ほら、あれが例の皇子様よ」「ああ、エイドニアを救った」と噂《うわさ》声が聞こえてくる。

「耳が早いものだな」

「ええ。馬鹿《ばか》にできないでしょう？　風聞《ふうぶん》の流布《るふ》って」

レオナートが感心し、シェーラが講義口調になる。

シャルト軍はエイドニアの街道を南下しながら荒らし回ったので、そこを交易路として使う商人たちは困り果てる。事態の解決を待つしかない。やがてシャルト軍がいなくなり、エイドニアの民が「レオナート殿下が救ってくださったのだ」と口々に讃えるのを聞く。商人たちも「ほう。なるほど」と理解する。滞っていた商いが再開され、お客に物を売りながら「今まで大変、ご不便おかけいたしました。かくいう手前どももレオナート殿下に救われた格好でございまして。と、言いますのも――」と口から口へ伝わっていく。人は娯楽と噂話に飢えているから、それはもう早い早い。

「これも伝説伝承《フォークロア》か」

「これも伝説伝承《フォークロア》です」

シェーラがエヘンと澄まし顔で答えた。

ちなみに加えて――

レオナートの風聞がより早く流布するよう、シェーラは二年前から手も打っている。ダリア姐《ねえ》さんの顔が利く旅芸人や吟遊詩人を紹介してもらい、レオナートたちを題材にした物語を各地に広めてもらうよう頼んでいるのだ。ダリアのところの一座でも最近は、アレクシス騎士隊が匪賊《ひぞく》を退治する武勇伝が、客ウケがよくなっているという話だった。

「一つ疑問がある、シェーラ」

レオナートは馬上から、道行く人を見回しながら訊いた

気になってみれば、指を差される回数がさすがに増えすぎてないか？　と。

「そりゃ、レオ様。今までの匪賊退治とはわけが違いますよ」

「何が違う？」

「せいぜい数百人の匪賊を退治したのと、悪くて強い大貴族の精兵《せいへい》三千人を撃破したのでは、インパクトが段違いです。レオ様の評判も鰻《うなぎ》登りで私もウハウハです」

「……悪くて強い貴族、か」

レオナートからすればケインズやディンクウッド公に非があるのは明白だが、民が事情に精通しているとは思えない。

「まあ、偏見ですよね。皆、貴族が好きじゃないですから。身から出た錆《さび》ですけど」

それもそうかとレオナートは嘆息した。

クロード帝国から人心が失われている――二年前にシェーラが言った言葉だが、誠に恐ろしいものだった。

「ウハウハな私としては、そろそろ頃合いかなと思っています」

「何のだ？」

「そろそろ領地が欲しいなー、と」

「……簡単に言ってくれる」

「いいですよ、領地。楽しいですよ、経営。自分で動かせる大金を蓄えるのも、私兵を養うのも、やっぱり所領あってこそですよね♪」

「まるで商人の売り文句だな……」

言われなくてもレオナートだって欲しい。アレクシスを取り戻すためには、大規模な軍隊が必要だ。それを独力で運用するには、それ相応の所領が必須。いつまでもアランに戦費を賄《まかな》ってもらう立場のままでは夢のまた夢。

というか、いつか領地を手に入れたいというのはシェーラと最初から話し合っていたし、いろいろ裏で画策もしている。

ただ本当に、生半可には拝領できないものなのだ。

重要な戦《いくさ》で大手柄を立てるとか、それくらいのことが必要だ。

「ウハウハな私は調べてみたのです。前にライン直轄領《ちょっかつ》の話があったじゃないですか」

「忘れられるものか」

レオナートは手綱を握り締め、苦虫を噛み潰したような顔をした。


ラインは帝都からかなり北に位置する皇帝直轄領で、銀山がある。鉱脈はかなり太く、良い鉄も同時に産出し、帝国と帝室の財政を支える大柱の一つとして有名だ。

それが今年の二月、鉱夫たちが蜂起《ほうき》するという事件が起きた。

ラインからの銀と鉄の供給が止まるのは、帝国財政にとっての大打撃だ。どうしてそんな要地で反乱が起きているのか？　あるいは要地だからこそ起きてしまったのか？

レオナートは頭痛を堪《こら》えながら、自分が平定したいと勅命《ちょくめい》を皇帝に求めた。

すると、既に奪還部隊と指揮官は決まっているという。さすがに迅速な対処で、そこは素直に感心した。その指揮官に面会を求め、衷心《ちゅうしん》から協力を申し出た。

「殿下、私の手柄を横取りしようという魂胆ですか？」男は吐《は》き捨てるように言った。「生憎《あいにく》と誰の手助けも必要としておりませんよ。独力で奪い返し、そのまま新たな代官として赴任《ふにん》することが決まっておりますのでね！」あらゆる人間は性根《しょうね》が小狡《こずる》いと信じている目付きでレオナートを睨んだのだった。

「その人、奪還に失敗してますよ」

「……ひどい体たらくだな」

「二人目、三人目も失敗してます」

「………………」

レオナートはもう感想が出てこなかった。

「ね？　チャンスだと思いません」シェーラが鞍の後ろで悪党のようにほくそ笑む。

「今度こそ俺《おれ》が勅命をとってこよう」レオナートは窘《たしな》めるために咳払いする。

「ただ……陛下はよくても、他の貴族があやをつけてくるかもです」

「大いに考え得るな」

まさか銀山を欲しているのか？　などと猜疑《さいぎ》の眼差しで睨んでくるだろう。レオナートはもっと、連中にとって価値のない領地を褒美にもらえれば充分なのに。

「そこで、ですね。あまり上策ではないのですが、いちおー私に考えが……」

「聞こう」

「道化にないってくだ、さい、レオ様」

レオナートは苦笑を禁じ得なかった。

まったくこの軍師殿は、英雄になれと言ったり道化になれと言ったり。

「なってやるさ」

レオナートは力強く請け負った。

それがアレクシスを取り戻すための一歩ならば、なんだってする。

「ではお耳を。明日、早速なのですけど――」

シェーラが後ろからしがみついたまま、もう唇が触れそうなほど耳元に寄せてくる。

同時に、レオナートの背中へ指先で「かっこいいです」「だいすき」と書いていたのだが、無論、甲冑越しではわからなかった。


翌日、レオナートは帝宮に参内することになっていた。

エイドニアとクリメリアの間に起きた私戦に、部外者のレオナートが如何《いか》なる大義があって参加したのか、その申し開きをせよというお達しだ。帝族の彼がこのくらいのことで叛逆罪《はんぎゃくざい》に問われることはないが、場合によっては何らかの処罰も覚悟せよとも。

こちらになんら後ろ暗いところはなく、帯剣して――皇子の礼装だ――胸を張って登城する。

ただし、気分は重い。会いたくもない奴らとたくさん顔を合わせなければならないからだ。

謁見《えっけん》の間には既に文武百官が揃い、両側にわかれて並んでいた。

生まれがよいというだけでその地位をつかんだ、凡愚《ぼんぐ》ども。

二百年の歴史を誇り、壮大且つ華美絢爛《かびけんらん》なこの広間へ居座るには、不釣り合いな豚どもだ。

一番奥には玉座。背後の壁には巨大な旗。帝国紋章「漆黒の大海蛇《だいかいじゃ》」が描かれている。

その至尊の座に着き、御旗《みはた》を背負った男は、場の誰よりも貧相だった。

枯れ木のような痩軀《そうく》全身で、もたれかかるように座っている。

この男こそが、皇帝サマラス三世。

まだ四十歳のはずだが、十以上老けて見える。毎夜、五人の皇妃に代わる代わる胤《たね》をせがまれ、応えるためだけに生かされている、皇帝という名の哀れな種馬の姿であった。

彼女らの後ろ盾である四公家や最北の帝国《ツアーラント》の威光に、逆らえない男なのだ。これは。

そんな情けない男でも、過去たった一度だけ我を通した。

二十一年前のことである。

アレクシス州での行幸《ぎようこう》中、ロザリアに誘われて訪ねたとある定食屋で、美しい給仕娘を見初《みそ》めた。周囲の反対を押し切って、帝宮まで連れ帰るほどの入れ上げようだった。

そうして後に生まれたのが、レオナートだ。

母が皇帝のことを愛していたのか否かは、わからず仕舞い。

レオナートにとって確かなのは、周囲敵だらけだった母を皇帝が全く守ろうとしなかったこと、自分がとった行動の責任を最後までとろうとしなかったこと、結果、母は心労に斃《たお》れて早逝《そうせい》したことだけだ。恨むという強い感情を抱けるほどの、価値すらこの男には見出せない。

レオナートは皇帝サマラス三世のことが、ただ、ただ嫌いだった。


「久しいな、レオナート」

謁見《えっけん》の間の玉座で、皇帝は病人のようにか細い声を出した。

「陛下におかれましてもご壮健のこと、慶賀に堪えませぬ」

レオナートはただ礼法にのみ則り、己の心を乗せず挨拶を返した。

義務は果たした。それからぐるりと一同を見渡し、「シャルト兄上がおられぬようですが？」

私戦に参加した大義を述べよというのなら、彼こそ一番に申し開きをするべきであろう。

「シャルトにはもう事情を聞いた」

「では、兄上にはどのような咎《とが》を？」

「何やら誤解があるようだな、レオナートよ」

皇帝の言葉に、レオナートは目を鋭くした。

誤解。なんの誤解があるというのか。

「どうやら、余がケインズに挙兵の許可を与えたは誤りであったようだ。エイドニアが横暴を働いておると訴えた、ケインズの言は真《ま》っ赤《か》な偽り。シャルトはそれを自ら調べ上げ、ケインズの挙兵が不義であると看破したのだ」

（どの口がそれを言うのだ）レオナートは呑み込んだ。

なぜシャルトがそんな嘘を吐《つ》いたのか見えないまま、続きを聞く。

「シャルトはその道義を正すためにケインズの陣へ単身赴《おもむ》き、兵を収めるように説得していたのだそうな。ちょうどその時に、おまえが攻め入ったらしいな。間の悪いことに」

（そういうことか）レオナートは唾棄《だき》すべきその意図を悟った。

左右で百官どもが声を潜め、口々に囀《さえず》る。

「あの雑種め。シャルト殿下に戦で勝ったと己惚《うぬぼ》れていたのであろうが」

「知らぬは本人ばかり、とんでもない勘違いよ」

「英才誉れ高きシャルト殿下が、あんな雑種に負ける道理があるものか」

人をあげつらったつもりになって、暗い悦楽に浸る下種《げす》ども。

レオナートは完璧に無視し、皇帝にのみ、ひたと視線を見据えた。

「全ては俺の誤解。兄上には一切《いっさい》の非がないというわけですか」

「ああ。余はシャルトからそう説明を受けた」

「ならば今回の一件、非は全てケインズ卿《けい》にあります」

「……そうなるな」

「ならば賠償を」

レオナートは言った。静かだが、強い語調で。

「アランとエイドニアがさらされた不条理に償いを」

たちまち百官の間から、無数の舌打ちが聞こえる。さぞや生意気に聞こえたのだろう。

レオナートはやはり無視だ。皇帝から一切視線を逸らさない。

しばしの後——皇帝はひび割れた声で答えた。

「よかろう。エイドニアの臣民が被った全ての損害を賠償するよう、また積年の争いの元となっている件《くだん》の湖を割譲することで謝罪の意を証すよう、クリメリア伯には勅を出す」

静かだが、いつもと違い、強い語調だった。

レオナートはそこに自分と彼との血の繋がりを一瞬、感じとれたような気がして、錯覚でしかないと己に言い聞かせねばならなかった。

（まあ、なんにせよよかった）シャルトの自己保身は虫唾《むしず》が走るが、それでアランと民が報われるのならば、溜飲《りゅういん》くらいいくらでも下げてやる。クリメリアこそいい面の皮だ。

そう思っていた矢先のこと——

「シャルト殿下のことはもうよろしかろう！」横合いから、半ば怒鳴り声に近い叫びが聞こえた。「いま問題となっているのは、レオナート殿下が勝手に兵を挙げたことですぞ！」

レオナートは声の主を睨む。

謁見の間において玉座の両隣に立つことを許された、所謂《いわゆる》〝皇帝の左右〟の片方。

クロード帝国宰相《さいしょう》、モーレン公爵《こうしゃく》だ。

背の低い老人で、この国で最も宮廷力学に通じ、権力闘争における術策に優れると言われている。その卑しさが人相に出ており、眼光だけが異様に鋭い。

第一皇妃の実父にして、現皇太子の祖父に当たる。

「アレクシス騎士隊を許可も得ずに私戦へ投じたこと、いくら非はクリメリアにあろうと、いたずらに戦火を拡大した度し難き所業と申し上げるしかない！」

同調し、また一人が声を荒げた。

グレンキース公爵。〝皇帝の左右〟のもう片方で、大将軍の地位に就いているのが信じられないほどの、鈍重な肥満漢だ。その肉体は弛《たる》みきっており、鎧《よろい》を着たらまともに動けないだろう。外戚の一人として権勢を振るう、第四皇妃の実父にして第九皇子の祖父。

この広い帝国にたった四人しか存在しない、公爵のうち二人。

四公家とはその名の通り、彼ら四人を頂点とする貴族連合である。

ここにいる百官どももまたその一味。四公爵の腰巾着《こしぎんちゃく》。

「先に大事にしたのはディンクウッド公であろう」

レオナートは押し殺した声で、この場にいないシャルトの祖父を指弾《しだん》した。

「だまらっしゃい！」

「今は殿下の責を問うておるのですぞ！」

モーレン公とグレンキース公が、左右から責め立ててきた。

まるで論旨が通っていない――否、通す気がさらさらないのだろう。

百官どもが一緒になって、その通り！　と大合唱を始める。

声の大きさで押し通し、ひたすらレオナートを糾弾《きゅうだん》しようという稚拙で陰険なやり口だ。

連中の卑しい表情から心根が透けて見える。「この雑種をやりこめて、スカっとしたい」「あわよくばなんらかの刑罰をくれてやりたい」。そんなことのために、大層な御身分のいい大人がこれだけ雁首《がんくび》揃えて集まっているのだ。

野次の集中攻撃を浴びて、レオナートは深く息を吸った。

「そちらが黙れ！」

野次全部を合わせたよりも、倍するが如《ごと》き声量で大喝《だいかつ》した。

迫力に気圧《けお》され、小者どもが一斉に押し黙る。

「なんと言われようと、俺に後ろ暗いところなど微塵もない」レオナートは憚《はばか》ることなく主張する。あちらに討論する気がないのなら、こちらももう言いたいことを言わせてもらう。

「私利私欲のために戦ったわけではないからだ」

「ならば、友のために戦ったと申すか？」静まり返った謁見の間で、レオナートにそう問う気概をまだ持ち合わせていたのは、意外にも皇帝サマラス三世だった。

「無論です」そして、アランとて私欲で戦ったわけではない。「民のためです」

もしアランに正義がなければ、いくら親友のためだとてレオナートは手を貸さない。

いや、そんな男ならばそもそも友誼《ゆうぎ》を結ばない。

「ちょうどいい機会だ。皆に言っておく」すっかり縮こまった連中を、レオナートは見回しながら告げる。「俺はこの国を守るためなら、民を守るためなら、いつでも、どこでも駆けつけ、全力で戦ってみせる。滅びかけのこの国を救い、アレクシスを取り戻すことこそ、俺の本懐だ」

今日この場でちゃんと表明しておくべしと、昨日シェーラに提言されたのだ。

効果は覿面《てきめん》だった。

居並ぶ文武百官 尽《ことごと》く、放心したように阿呆口を開けていた。

「……い、今……なんと、仰《おっしゃ》いました、殿下？」モーレン公が体を小刻みに震わしていた。

「ほ、滅びかけの、こ、この国、と？」グレンキース公も震えていた。

他の皆、皇帝以外の全員もそうで、その皆が一斉にもう堪らぬと噴き出した。

「「ぎゃはははははははははははははははははは！」」

爆笑、爆笑、爆笑だ。渦を巻いてレオナートを囲む。

「この大クロードが！　暁の帝国が！　ほ、滅びかけとは傑作だ！」

「いったい何から救ってくださると仰るのか！」

「さすが殿下は気宇《きう》壮大でいらっしゃる！　乙女もかくやの夢見がちだ！」

「ひぃーっ！　ひぃぃーっ！」

「そ、それで？　殿下はいったいどんな禍《わざわい》によって帝国が滅びるとお考えで？」

さっきまで悄然《しょうぜん》となっていたのが嘘のように、百官たちが威勢を取り戻す。

口々に嘲笑《ちょうしょう》され、レオナートは平然と答える。

「あるいはアドモフの侵略で」

「アドモフ如きなんぞ恐れん！」

「いやいや、殿下は二年前に、その如き
に手痛い敗戦を味わわされたのでしたか！」

さらなる嘲《あざけ》りを受けても、レオナートは平然としたまま。この暗愚どもに「ならば今すぐアレクシスを取り返してきたらどうだ？」などと正論を闘わせる気も起きない。代わりに答える。

「あるいは民草《たみくさ》の大乱で」

「鍬《くわ》しか持ったことのない連中に何ができましょうぞ！」

「で、殿下は意外と小心でいらっしゃる！　いや、繊細と申さねば不敬ですかな！」

嘲笑が止まらない。「さすが雑種は言うことが違う」と陰口叩く者までいる。

レオナートは聞く耳持たず、それよりも一言一句違えぬように意識しながら答える。

「それでも敵はいるのだ。馬鹿には見えぬ敵がな」

「「ぎゃーーーーーーーはははははははははははははははははは！」」

百官たちの爆笑が最高潮に達した。

腹を抱える者。涙が止まらぬ者。とうとう蹲《うずくま》って床を叩き出す者までいる。

「で、殿下はご存知ないようだ」それらを代表してモーレン公が目尻を拭い、言った。「その物言い、まるでガルロン辺境伯と同じではございませんか」

と、とある故事を引き合いに出す。

ガルロン辺境伯は三百年前の、実在の人物だ。とある王国の国境警備という大役を与えられていたが、「渾沌《こんとん》大帝が攻めてくるぞ！」と嘘の報告をしては、蒼褪《あおざ》めた国王から軍費をせしめるというせこい真似を繰り返していた。もちろんやがて信用を失い、「敵が攻めてくるぞ！」と訴えても、誰も相手をしなくなった。ある時、将軍の一人に「そんなもの、どこにいるのだ？　この目に見せてみろ」と嘲笑されて、ガルロン辺境伯は狼狽《ろうばい》しながらこう答えた。

「それでも敵はいるのだ。馬鹿には見えぬ敵がな」

ガルロン辺境伯はその後、本当に攻めてきた渾沌大帝の軍勢によって滅ぼされた。救援の求めに応えてくれた者は誰もいなかった。

グレンキース公が大きな腹を揺すって忠告してくれる。

「殿下はいま少し、歴史や古典を学ぶべきですな」

またいずこから陰口が聞こえる。

「やはり雑種は教養というものがない！」

レオナートはそれらの悪罵《あくば》を全て聞き流す。無論、故事は知っていたし、この場でその台詞を引用すべきだと、そこまでがシェーラの提言に含まれていたからだ。

果たして、モーレン公が涙を拭っても拭いきれない様子で言い出した。

「この国を想う殿下のお気持ち、ひどく感動いたしました。つきましては殿下に、帝国を煩《わずら》わせる禍の一つを取り除いていただきたく存じます」

「望むところ」

「ライン銀山はご存知ですかな、レオナート殿下？」

「ああ。まだ謀反《むほん》を平定できていないそうだな」

「我々とて既に三度、兵をやったのですよ。しかし、鉱夫どもの分際で予想もつかぬほど屈強でしてなあ。三度とも撃退されて今に至るというわけです。いささか困り果てております」

そして、相手が手強《てごわ》いと見て、鎮圧のために手を挙げる者がいなくなったという泥沼か。

「それを俺にやれと？」

「然様《さよう》。殿下にはいくら兵をお付けすることができるかな、大将軍殿？」

「一兵も裂けぬ。これ以上失えば、帝都の守護が危うくなるからな、宰相殿」

モーレン公とグレンキース公が当意即妙の茶番《やりとり》をする。

「そういう事情で、殿下には私兵をご用意していただく他ないですな」

「先のように、アレクシス騎士隊を動かしてくださって構いませんぞ？」

それで嫌がらせに皮肉のつもりらしい。二人が双子のような表情でせせら笑う。

「……無理なら断ってもよいのだぞ、レオナート？」

玉座の皇帝が左右の意向に憚ってか、小声になって言う。

レオナートの返答は明瞭だった。

腰のサーベルを鞘《さや》ごと外し、真紅の絨毯《じゅうたん》を切っ先で叩くようにつく。

昂然《こうぜん》と嘯《うそぶ》く。

「勅命、承った」


帰宅したレオナートが報告すると、シェーラがぴょんぴょん跳びはねた。

「しめしめってやつですね、レオ様！」

自分の策がうまく行ったのがうれしかったのだろうが、この娘はよほどの策士のくせに、時折こういう年相応の振る舞いを見せるのが面白い。

「ガルロン辺境伯の故事が効いたな」

連中の眼にはレオナートのことが、さぞや馬鹿皇子と映っただろう。

「私たちに簡単に手玉にとられちゃうような浅はかな連中には、見くびらせておけばいいんです。侮《あなど》りは油断の母親。自分たちの勘違いに気づいた時にはもはや手遅れ！　サクッと銀山へ行って勝って取り戻して、恩賞をねだりましょう。領地をいただいちゃいましょう」

「……そうだな」

「お顔の色が優れませんね？　戦がご不安ですか？　シェーラがお傍《そば》におりますよ？」

「難しい戦になるのだろうなとは思う」鎮圧に向かった官軍を三度も撃退した相手だというし。こちらは例によってろくに兵数を揃えられないし。ただ、そこはあまり危惧《きぐ》していない。

「民に矛《ほこ》を向けるのは気分がよくない」

国を守るため、銀山を取り返すため、仕方がないことだとはいえ。

アドモフの侵略軍や悪事を働く匪賊たち、卑劣なシャルト軍と戦うのとは話が異なる。

「甘いか？」

「いいえ！　いいえ！」シェーラはすごい勢いで首を左右にした。「それでこそ、私の理想の御方です」かと思えば満面に笑《え》みを湛えた。

「……世辞は要らん」

「あっ。照れなくてもいいじゃないですか」

レオナートが思わず顔を逸らすと、シェーラが追いかけるように前に回る。

「照れてなどおらんっ」

「ロザリア様だって、きっとあの空で喜んでらっしゃると思いますよ？」

さらに顔を逸らすと、さらに追いかけられる。

「……伯母上《おばうえ》の名を出すのは狡《ずる》かろう？」

「ええ！　シェーラは狡い女ですとも。だから頼りになりますよ？」

あっけらかんとそんなことを言うこの少女は、どこか憎めなかった。

「難しい相手。矛を向けるに忍びない相手。それでも私たちは上手くやって、功名《こうみよう》を立てなくてはなりません。レオ様の英雄伝説の新章開幕です」

「考えがあるのか？」

「もちろんでございます！」シェーラは表情をキリリと引き締めた。「――と言いたいところですが、まずは情報を集めましょうか」かと思えばテヘヘと崩した。

こういうところが、本当に憎めない。

クロード帝国にはおよそ二十一万人の常備兵が存在する。

うち、皇帝直属軍の数は約三万。残りはみな貴族二百家の私兵たち。

彼らが広い広い国土全域に散らばり、帝国や各領主の土地を守っているというわけだ。

また皇帝直属軍のうち、一万五千は帝都に常駐している。残りは飛び地になっている皇帝直轄領（ライン銀山もそうだ）や国境を守るため、各地へ配備されている。

帝都常駐の一万五千は特に、近衛《このえ》兵団と呼ばれる。

その主任務はもちろん帝都の守護だが、一朝事あれば国内外へ出兵することもある。

例えば今回、ライン銀山奪還のために三度、派遣されたのがそうだ。

より日常的な話をすれば、彼らは帝都三区の警護を行い、また交代で訓練に明け暮れる。

中枢区の北に練兵場があるのだ。

レオナートはザンザスの背にシェーラを乗せて、そこへ赴いた。

ライン銀山へ出兵し、生還した者たちから話を聞くために。

「それなら俺が」と快く話してくれる兵はすぐに見つかった。

聞けば故郷がエイドニアなのだという。

「父ちゃんも母ちゃんも無事だって手紙が来たんです。レオナート殿下のおかげです」

レオナートと対面できて、ひどく感激した様子だった。

エイドニア出身者は一人ではなく、何人かが周りに集まった。

そして争うように、しかし懇切丁寧に語ってくれたのである——


近衛《このえ》騎士ガラッティーニは、優れた体格を誇る武人だった。

四十を超えているが腹も出ていない。武術馬術の稽古を怠ったことなど一度もない。勤勉というよりは好きなのだ。勇猛なのだ。

伯爵《はくしやく》家の次男であり家柄も由緒正しい。

第三次ライン銀山奪還部隊、三千人を率いるよう皇帝陛下の勅命を賜《たまわ》ったのも、その武勇と家格と近衛兵を指揮する経験を買われてのこと——というのは表向きの理由だった。

ガラッティーニは、宰相モーレン公爵の娘婿《むすめむこ》なのである。彼が推薦すれば皇帝といえど逆らえない。また銀山を奪還した暁には、そのまま代官として収まることにもなっていた。

産出物の一割ほどを着服しても誰にもバレない、美味《おい》しいポストだ。モーレン公と山分けする密約になっているが、それでも爵位を継ぐ兄よりよほど裕福な生活を享受《きょうじゅ》できるだろう。

そもそも前の代官もモーレン公の息のかかった男だった。皇帝直轄のライン銀山だが、宰相一派でずっと食い物にしているわけだ。

前の代官は鉱夫たちに血祭りに上げられたと聞いたが、間抜けにも平民如きに殺されてくれてありがとう、取って代わる機会を与えてくれてありがとう、そうガラッティーニは感謝していた。腐敗貴族の鑑《かがみ》である。

そういう背景があり、ガラッティーニは野心満々で銀山奪還に望んだ。

大きな山の中腹に鉱山町があり、今や叛徒《はんと》となった三万の住人がいる。

男たちの大半は鉱夫として、残りは主に鍛冶《かじ》や狩人《かりうど》や樵《きこり》として生計を立てており、彼らおよそ五千人ほどがそっくり反乱兵ということになる。

鉱夫というのはとてつもない重労働で、みな逞《たくま》しい。また闇の中で、命懸けで働く仕事だから勇敢である。意外と兵士向きということだ。また狩人たちは、習熟に時間がかかる弓に常日頃から触れており、戦となれば当たり前に徴募されるほど戦闘向きの職種である。

二千人で構成された第一次奪還部隊は彼らを侮った結果、散々にやられたと聞く。指揮官も敗死している。

ラインの麓《ふもと》から鉱山町へ行く道は一本きりしかない。

山肌を覆い尽くす森を切り拓き、中腹まで緩やかに蛇行《だこう》して続く。

第一次奪還部隊はここを進撃する途上で、狩人たちの矢の雨を浴び、混乱の極に陥《おちい》ったところへツルハシを構えた鉱夫たちの突撃を受け、壊滅したという。

坂の上をとった方が強矢《ごうや》を降らすのも簡単で、坂の下から攻める方は進撃速度を上げられない（騎兵すらまともに使えない）というのは、子どもでも理解できる兵法の基礎だろうに。

また、鉱山町へ至る道が敢えて一本しかない理由もここにある。いつ何人に狙われるかもしれないのが銀山だ。守るに易い要害としての機能を持たせることは、日常における交通の便よりも優先されるべき問題なのだ。

だからといって、第二次奪還部隊がその一本道を使わず、兵を散らして道なき山林に突っ込ませ、各自の判断で鉱山町を目指せと命じたのは愚策にすぎた。

地の利もなく、山を庭とする狩人たちに各個撃破された。これではどっちが訓練を受けた軍隊なのか、わからなくなるほどの無様な負け方だ。この指揮官も敗死している。

（つまりは、攻略するにはこの一本道を登るしかない）

ガラッティーニはそう結論する。

麓から見上げると、長年踏み固められた地肌が左右に緩くうねりながら続く様が、まさしく大蛇に見える。刻まれた轍《わだち》が、二本線の模様を持つように見える化け蛇だ。

大量の兵をぺろりと丸呑みにする。

不吉な想像をガラッティーニは、野心という名の勇気で払い、麾下《きか》に命じた。「進軍！」

三千人がやや速足で蛇行した坂道を登り出す。

常備兵は往々にして健脚だが、近衛兵団の中でも優れた者を選《え》ってきた。

全員に大盾を装備させていた。

この戦において、一番怖いのは狩人たちの矢であると、ガラッティーニは見切っている。

それさえ防げればなんとでもなる。

「進め進め進めぇい！」

ガラッティーニは部隊の中央で叫びながら、自らもまた老いを見せぬ脚で登っていく。

叱咤《しった》など本来は副官の仕事だが、野心で気分が昂揚《こうよう》していた。

――そのガラッティーニの胴間声《どうまごえ》を切り裂くように。

鋭く、甲高い音が聞こえた。

鷹《たか》の鳴き声だと知っていた者は何人いるだろうか？

ガラッティーニは頭に小さな衝撃を受ける。かと思うと、急に軽くなる。

突如、飛来した大きな鷹に、兜《かぶと》をさらわれてしまったのだ。

(世にも珍しい、いたずらな鷹がいるものだな)

ガラッティーニはそう思った。

人生最後の、彼の脳裏に浮かんだ間の抜けた思考だった。

バスン、と野太い音がする。

それでいて小気味良く響く音だ。

長い矢が、ガラッティーニの頭を左から右に貫通していた。

「あ……びゃ……?」

大柄な体がもんどり打つ。

「が、ガラッティーニ卿!?」副官が駆け寄るが全く意味はなかった。

死者が返事をすることも、それ以上の指揮を執《と》ることもないのだから。

そして、まるでガラッティーニの射殺が合図だったかのように、森の中から狩人どもが現れ、坂の上から矢の雨を降らせてきた。


その射手は、まさに容貌魁偉《ようぼうかいい》というべき男だった。

身の丈《たけ》、実に七尺(約二一〇センチ)へ迫ろうかという巨軀《きょく》。

鎧われたような筋肉。特に胸板の厚さと両腕の太さは凄まじい。

逆に、目はぎょろっと真ん丸で、愛敬のある童顔だ。歳もまだ二十四。身体とのアンバランスがよくからかいの種になるので、髭面《ひげづら》にして威厳を保とうとしている。

背の高いクロード楡《にれ》の、枝に跨り弓を構える。

六尺もの大弓だ。矢も特別製のものを使う。

この大男でなければ、弦《つる》を引くこともできないほどの剛弓。

右目をぎょろりとひん剝《む》き、左は薄目にして狙いを付ける独特の目付。

まるで単眼の巨人が睨んでいるかのような形相だった。

坂の上から、さらに楡の木の上から官軍を見下ろす。距離は二町（約二百メートル）。

矢を解き放つと、唸りを上げて飛んでいく。ほとんど一直線に空を翔ける。既に仲間の狩人たちが一斉攻撃を始めていたが、放物線を描いて飛ぶそれらとは弓勢《ゆんぜい》が全く違う。

そして狙いを過《あやま》たず、ガラッティーニの死体に駆け寄っていた男の脳天を射抜いた。

一矢目で指揮官を、二矢目で副官を討ち取る、精密弓射。

普通なら一町先の狙いを射抜くだけでも、名人と呼ばれる域だというのに。

なんという技の冴え。ただ力自慢のでくのぼうではないのだ。

男は名をガライという。

この山を庭とする千人の狩人の中でも、その弓術は抜きんでる。

冬の間は鍛冶《かじ》として鎚《つち》を振るう精強な腕が、額の汗を拭った。

「お疲れーっ」そこへ頭上からかかる女の声。

猫のような身軽さで木の天辺《てっぺん》から幹を伝い、なんと上下逆さの体勢で降りてくる。

ガライとは対照的に、かなり小柄な女だ。並ぶと親子にしか見えない。

でも歳はガライの三つ下で、幼馴染。童顔が悩みなのは共通項だが、ガライと違ってからかわれるどころか、可愛いと評判なので特に手は打っていない。ずるずる素《す》で行ってる。

上下とも動きやすい麻服で揃え、髪も後ろで一本に括っている。素足が剝き出しなのは木登りに適した格好とは言えないが、よく日に焼けた脚に傷はできていない。巧みな証拠だ。

「まだ終わってないぞ、ティキ」

「でも勝ちじゃん」

ガライがやんわり窘めるが、ティキという名の女は戦場を指差して笑う。

上下逆さの不安定な体勢のまま、片腕を離しても全く怖れていない。

ガライたちの眼下では、官軍が混乱の極みに達していた。

指揮官と副官を立て続けに失えば、軍隊なんて普通はそうなる。

せっかくの大盾も、整然と並べて壁にしなければほとんど意味がない。

腕のいいラインの狩人たちが、盾を避けて上手に射る。

官軍の兵たちがバタバタと斃《たお》れる。

ガライもまた弓をとり、強弓を見舞う。一矢ごとに一人を屠《ほふ》る。

（早く逃げろ……逃げろよ……頼むから逃げてくれ……）

そう念じながらも、手加減はできない。したら殺されるのは自分たちなのだから。

やがて――祈りが通じたか、官軍たちは仲間の死体を置いて退却していった。

大きな肺から、長い長い安堵の吐息《といき》をつくガライ。

「ほら勝ったじゃん。ガライは心配屋さんだね」ティキが得意げに言った。

上下の体勢を入れ替え、また別の枝に腰をかけ、足をぶらぶらさせる。

羽ばたきの音が聞こえて、ティキが飼っている大鷹が帰ってくる。彼女の肩に停まる。

「あんたもご苦労。よくやったね」

ティキが褒《ほ》めるとまるで言葉が通じているように、鷹が誇らしげに鳴いた。

この賢鳥が敵指揮官の居場所を示してくれたおかげで、ガライは射ることができたのだ。

仲間たちから勝鬨《かちどき》も聞こえてくる。

「帰ろ。今日は酒盛りだぜーい」言うが早いか、ティキが物凄い速さで幹を下りていく。

地上に着くと、その周辺を警護するようにうろついていた二匹の狼が彼女の足にすり寄る。

ガライとティキ。

戦と無縁だったラインの男衆が、官軍を三度も撃退できたその陰には、二人の並々ならぬ力があったのである。

街中から酒盛りの喧騒が聞こえる。

男も女も、老いも若きも、酔いどれどもが勝利を祝い、楽器を鳴らし、歌い踊る。

それらを耳にしながらガライは一人——震えていた。

街の端っこにある小さな一軒家。その隣に建てたもっと小さな猟師小屋。

中心に獲物を捌《さば》く台があり、解体用の道具の他、弓矢や罠《わな》といった狩猟道具が所狭しと、しかし几帳面に整頓して収められている。

その道具の中に埋もれるように、ガライは大きすぎる体をこれでもかと縮こめる。

床などない土間の上に座り込んで、カチカチと歯を鳴らす。

「あ、やっぱこっちいた。ただいまーっと」ティキが出入り口からやってくる。「ほら、お酒もご飯ももらってきたげたから。母屋《あっち》で食べよーよ」

そう誘ってくれたが、ガライは膝を抱えたまま首を左右にした。

「も～。まーだビビってんの？」

「……当たり前だ。……戦は恐い」

子どもが聞いたら泣き出しそうなドスの利いた声で、ガライは泣き言をいった。

「もう終わったじゃん」

「……まだ、恐いまんまなんだよ」

「ガライは臆病屋さんだねえ」ティキが呆れる。「そんな図体してさ」

「……関係ないだろ」ガライは昔の人々を恨んだ。図体と勇気が比例するなどという偏見、誰が最初に作ったのだろうかと。

「ガライは不思議屋さんだね。いざ戦になったら全然ブルったりしないのにね」

「……あの最中は、余計なことを考えてる余裕なんかないからな」

「ハイハイ。じゃあお酒飲も？　余計なこと考えられなくなるまで、へべれけになろ？」

「……オレは酔えないから」

「も～。メンドい男だな～」ティキが咎《とが》めるように、ガライの前で両手を腰に当てた。

歳は三つ、背は頭三つくらいも違う、小さな幼馴染にガライは気圧《けお》され、怯《ひる》む。

それを見てティキは笑った。臆病者に対する嘲笑ではない。

例えれば、手のかかる弟に対する苦笑だ。

「じゃあ、アタシが忘れさせてあげる」

腰に当てていた手を、ゆっくりと広げるティキ。

おいでおいでと、その小さな体いっぱいを使って表す。

ガライは幼子のようにしがみついた。

ティキのお腹に顔を埋めるように抱き締めた。

「ガライはエライね。どんなに恐くても、逃げないもんね。ガライがいなくちゃ勝てないって、みんなの期待を背負ってるもんね。ガライはがんばり屋さんだね」

ティキも頭を撫でてくれる。丁寧に。時間をかけて。

本当に優しい、慈《いつく》しむような手つき。

ガライの全身にこびりついた震えが、徐々に収まっていく。

それを待って、

「ご褒美をあげなきゃね」

ティキがおずおずと、上着の裾をたくし上げる。

ほとんど起伏のない左右の胸を外気にさらす。

平気でやってるわけではない。頬がちょっと赤い。無論、誰にでも見せるわけではない。

彼女の右胸の、尖った先端にガライはむしゃぶりついた。乳房ほどには柔らかくない、でも決して硬いわけではないその女体の一部位に、戦への恐怖も恥も、何もかも忘れて吸いついた。

「やん、優しくっ。髭がくすぐったいんだってばっ。……って聞いてないし。夢中だし。こんなぺったんこ吸って何が楽しいんだか。ガライは甘えんぼ屋さんだね」

なんだかんだ言いながら、ティキは好きにさせてくれる。

こんな大男の情けない姿を、全部受け入れてくれる。

そんな彼女を今日も守ることができてよかったと――

心底、ガライに思わせてくれるのだ。

ティキのおかげでようやく落ち着いて、ガライは一緒に母屋へ戻った。

「ご飯もう冷めちゃったじゃん」

ティキに不平をぶつけられ、後ろから足を蹴られ、ガライは背を丸めて平謝りする。

出入り口の扉を開けて——来客の存在に気づいた。

ティキと顔を見合わせ、その表情から彼女が招いたわけではないと知る。

鍵などかけてなかったから、勝手に入ったのだろう。

ガライの家はこの時代の標準的な一軒家で、ベッドも台所も食卓も全部一緒くたになった、土間一間の造りである。一人暮らしなので普通よりはかなり広々使えているが。

その食卓の前に、少女にしか見えないほど美しい男が腰かけている。

歳は不明。見た目通り、まだ少年の域を出ていないのかもしれない。

「やあ、勇者殿のお帰りだ。此度《こたび》も戦勝、誠におめでとうございます」

しかしその口調は、子どものそれではない。

「おめでとうはいいけど、勝手に上がらないでよ、アンジュ」

「これは失礼をば、ティキ様」年齢不詳の男、アンジュは立ち上がって優雅に一礼した。「美味しい菓子を持って参りましたので、いち早くティキ様の喜ぶお顔を拝見したい一心で」

「それを早く言いなさいよ!」ティキがあっさり掌を返した。

食卓の上に並ぶ、彼女がもらってきたのだろう酒やシチューに混ざって、高価な砂糖がたっぷりとまぶされた焼き菓子が鎮座ましましていることに気づく。

「毎度、気を遣わせるな」

「いえいえ、滅相もございません。お得意様へのサービスは当然のことです、ガライ様」

アンジュはもう一度、腰を折った。

こんな僻地《へきち》の掘っ立て小屋では浮きまくった、嫌みなほど洗練された仕種《しぐさ》だ。


彼、アンジュは商人だと名乗っている。

半年前に代官のところへ銀を買い付けに来て、その裏で町民たちへ接触してきた。

「独立する気はございませんか？」と恐ろしく無邪気な笑みで持ちかけたのだ。

当時、ラインの民の暮らしは厳しかった。特に鉱夫たちの日々は過酷の一言だ。

代官の兵たちに見張られ、朝から晩までツルハシを振るわされる。新参の鉱夫などあまりの重労働に音《ね》を上げるが、鞭《むち》で打たれて奴隷のように働かされる。落盤や毒ガスで命を落とす者も毎年、後を絶たない。なのに賃金は雀《すずめ》の涙。

ガライが幼少のころは、朝から晩まで働かせる代官などいなかった。鞭を持って見張る兵もいなかった。労苦と危険には違いないが、金銭的に報われていた。大金を貯めて商売を始める者も多かったほどだ。街は冒険的な希望と活気で満ちていた。噂話を聞いた食い詰め者たちが人生の逆転を求め、頻繁によそから移り住むくらいだった。

それが、帝都で宰相サマとやらが代替わりして、その信任を受けた新しい代官が派遣されてきて、前の優しかったお代官様がいなくなってから、この町の暮らしは地獄《じごく》と化したのである。

そういう窮状もあった上に、アンジュの弁舌は巧妙で、長老たちが次々と口説き落とされ、男衆は血気に逸《はや》った。女衆も反対しなかった。

反乱を起こそう――そういうことになってしまった。

アンジュに入れ知恵されるまま、あれよあれよと事が進んだ。彼が一人で立てた計画は綿密で、且つ的確で、慎重に水面下で工作したにもかかわらず、まさにトントン拍子だった。

ツルハシと弓を武器に、ついに蜂起に至ったのが二か月前。

恨み骨髄の兵たちを皆殺しにし、代官は磔《はりつけ》にした。街に火も点けず、町民に犠牲者も出ない、鮮やかなまでの反乱劇をアンジュが演出してくれたのだ。

その手並みは、本当に一介の商人のものなのだろうか？

ガライはそう思わずにいられなかったが、町の皆は疑問に思っていない。ガライも学があるわけじゃないし、無知ゆえの疑心暗鬼だろうと考えることにした。

以後、銀山の産出物は全て、アンジュが適正価格で引き取ってくれている。

税金を納めなくていい分、町民の暮らしは空前の潤いとなった。

一方で喜んでばかりもいられず、帝都から鎮圧部隊が送られてくるわけだが、戦の仕方すらアンジュが手とり足とり教えてくれた。連戦連勝、しかも犠牲者がほとんど出ない完勝だ。

アンジュは町の救世主の如く扱われたが、彼は絶対に前に出ず、「勇者ガライの弓あってこそですよ」と言い続けた。町民たちも地元贔屓《ひいき》があるから、その論調はすぐに街を満たし、ガライは勇者様ということになってしまった。弓を構えたその姿をアンジュは神話に出てくる魔物に例え、〝単眼巨人《サイクロプス》〟と異名付け、言い得て妙だとまたすぐに広まってしまった。ガライが止める暇もなく、止められる勢いでもなかったのだ。

「もうあと一度くらいですかな」アンジュは言った。ガライとティキに甲斐甲斐しく酌《しゃく》をしながら「次また官軍に勝てれば、風向きがぐっと変わってくるはずです」

「ふんふん、どんな感じに？」屈託なく訊《たず》ねるティキ。

「クロード全土で民衆反乱が勃発《ぼっぱつ》します」アンジュはまるで無邪気そのものの笑顔で答えた。

「……なんだと？」

恐ろしいことにしか聞こえないその言葉の響きに、ガライはもう震えながら聞き返す。

「この国の民は今、帝族貴族どもにひどく虐《しいた》げられている。限度を超えた不満不平はまさに火種です。彼らはガライ様たちの活躍を聞きつけ、羨望《せんぼう》を覚えるでしょう。官軍、怖るるに足らずと気づくでしょう。当然、真似してみたく……なるでしょう？」

アンジュは無邪気な笑みを浮かべたまま、舌舐めずりをしてみせた。

蛇にもし表情があったらきっとこんな風に笑うに違いない。

「期待しててくださいね？　今にわっと押し寄せてきますよ。同志たちが。この町へ。ガライ様を希望の御旗《みはた》と仰いで！」

「馬鹿な……っ。そんなことのためにオレは戦ってるわけじゃない！」

「では逃げますか？」アンジュが間合いを詰めて斬り込むように言った。「それもいいでしょう。逃亡先と生活を斡旋《あっせん》して差し上げますよ？」ティキ様と手に手を取って？

ガライがそんなことできぬ人間だと、わかった上でさも優しさを示す。

(できるわけがない……)

ガライには深い負い目がある。まだ十二歳のころの話だ。

件《くだん》の代官は鉱夫を奴隷扱いすると同時に、子どもたちに銀山での労働を強いた。

臆病なガライは、狭く暗い道を地の底まで潜っていくことや、命懸けの仕事が耐えられなかった。狩りは好きで、父親と同じ猟師になりたかった。

それを友人たちが見かねて——まだ年端《としは》のいかぬ子どもだったのに——代官に訴えて、ガライがどれだけ狩人として優れた才能を持っているか、鉱夫にするのがもったいないか、熱弁してくれたのだ。代官も退屈凌《しの》ぎくらいのつもりだったろうが、ガライに弓の腕を試させた。

十二とは思えぬ達者なそれを見て納得し、狩人になることを認めた。

ガライは友人たちに感謝してもしきれなかった。

でも彼らは恩に着せようなんて一度もしなかったし、「一番いい肉は献上なんかしないで、こっそりオレたちに食わせてくれよ」と冗談めかすだけだった。

鉱夫になった彼らの毎日は凄惨の一言だったが、ガライの前では常に明るく振る舞った。

優しく気のいい友人たちは、ガライが引け目を感じずにすむよう、気遣ってくれたのだ。

自分たちこそが辛い立場だろうに！


ガライが十八の時、一番の親友が落盤事故で死んだ。

遺体すら出てこなかった。

ガライは悲嘆に暮れたし、胸が刺されたように痛かった。

地中に埋められていく空っぽの棺桶《かんおけ》を見て、もし自分が鉱夫になっていたら、この棺桶は自分のために用意されていたかもしれない——そう思わずにいられなかった。

今のガライがあるのは、全て友たちのおかげだ。

彼らの尽力で鉱夫になる運命から逃れることができた。救われた。

そのガライが町から逃げるわけにはいかない。この弓の腕で、友たちを救わねばならない。

戦がどんなに恐くても、もう背をそむけたくない。

だから——と後の史家は筆に執《と》る。
〝単眼巨人《サイクロプス》〟と〝吸血皇子《ノスフェラトゥ》〟が戦う運命は、避けられなかったのだと。

第六章

魔弾が来る——!

The Alexis Empire chronicle

四月十日。レオナートはシェーラを伴い、アレクシス騎士隊とともに帝都を発った。

するとアラン自らも、歩兵を千人率いて駆けつけてくれるという。

四月十七日。ライン銀山へ向かう途上の街道で合流すると、早速アランの顔を探す。

「千人も連れてきて大丈夫なのか?」

「ちゃんと五百、エイドニアにも残してきたさ」

アランが計算に合わぬことを言った。エイドニアには千人ほどしか兵がいなかったはずで、残り五百はどこから出てきたのか。アランはいたずらっ子のように笑うと種明かしした。

「新たに雇ったんだよ。誰かさんの口添えのおかげで、クリメリアから領地《みずうみ》と過分なほどの賠償《ばいしょう》金をせしめたし、いい機会と思ってね。というわけで、半分新兵だからあまり期待しないでくれよ。こっちも実戦訓練気分さ」

それでもレオナートは大助かりだし、アランの方は誰かさんへの感謝がある。

二人が異口同音に言った。

「「いつもすまんな」」

レオナートとアランは目を見合わせ、鏡合わせのように苦笑を浮かべると、続けた。

「「気にするな。友達だろ」」

これでこの二人はもういいのだ。

後の言葉はどんなに巧緻《こうち》な修辞を尽くそうと全部野暮《やぼ》だ。

傍《そば》にいたシェーラなぞ「なんだか妬《や》けちゃいますねえ」と指をくわえて眺めている。

レオナートは改めて千五百人を麾下《きか》とし、第四次奪還部隊の指揮官としてラインを目指した。

四月二十三日。最寄りの宿場町に到着。

ここまで来ると、遠目に銀山を一望することもできる。

早速、シェーラと協議し、鉱山町に使者を派遣した。

民と戦うのは本意ではない。できれば講和の道を模索したい。使者はその日のうちに、町の代表を連れて帰ってきた。敵軍のただ中に一人で赴《おもむ》くのは恐かっただろうに、その勇気ある男は少女もかくやの華奢《きやしや》な美貌の持ち主だった。人は見た目によらないとはこのことだ。

互いに名乗った後、アンジュというその男が毅然《きぜん》と返答を述べる。

「怖れながら、レオナート殿下。我々に講和の意思はございません」

「……戦うことが本望だと？」

「はい。我らの連戦連勝は殿下もよく知るところでしょう。どうぞかかっておいでなさい。形骸化《けいがいか》した官軍ばらでは、手も足も出ないことを教えて差し上げます」

「……戦い続けてなんとする？」

「ここに我らの王国を創ります。銀山の経済力を背景とすれば決して不可能ではありません」

「馬鹿《ばか》なことを」レオナートはうめいた。さすがに大それていて、可能なこととは思えない。

しかしアンジュは「どうぞ言葉ではなく。行動で。殿下」口の端を歪《ゆが》めた。

せせら笑ったのだ。こうも取りつく島がなければ話し合いなどできない。

アンジュを五体満足で返してやった後、アランがぼやいた。

「連中、調子に乗ってんなあ」

果たしてそうだろうか？　レオナートは違和感を覚える。シェーラも腑に落ちない顔だ。

しかし、さすがに情報がなさすぎて、その感覚の正体まではつかめなかった。


実際のところ――

アンジュは鉱山町に帰った後、今か今かと待っていたガライや長老たちに詰め寄られ、

「どうだ？　話し合う余地はありそうだったか？」

「無理でした。女子どもに至るまで皆殺しにすると一点張りです」

平然と嘘《うそ》を答えていたのである。

「吸血皇子《ノスフエラトウ》の悪名こそ真実だったか……」「匪賊《ひぞく》も皆殺しだったそうだものな……」「国を救うために立ち上がった、英雄だって噂《うわさ》もあったのに……」「国を救う？　所詮は帝族貴族どもを守る

犬ってことなんだろ……ハハッ……」
ライン の町民たちは当然落胆し、悄然《しょうぜん》と戦《いくさ》の準備をするしかなかった。

レオナートやシェーラとて全知全能の神ではない。講和などさせてなるものかというアンジュの企みを見抜けるわけもなく、戦の準備を進めることになった。翌二十四日のことである。

「森へ伐《き》り出しに行く。任せていいな、バウマン？」

「ははッ」アレクシス騎士隊の謹厳な副官は、二つ返事で請け負った。

こういう作業のような、戦以外の兵の指揮はバウマンが抜群に上手い。彼に全幅の信頼を置き、レオナートは自身も斧《おの》をとって伐採《ばっさい》に従事した。

作業途中、昼食のために休んでいた時のこと。

レオナートはシェーラ、アラン、バウマンを伴い、森の中、宿に作らせた弁当を広げていた。

「で？　この木はどう使うんだい？」

「ちょっとした小道具ですよ、アラン様。お昼からは皆で加工作業をいたしましょう」

シェーラはウキウキ、今回の戦で用いる作戦概要を説明する。

レオナートは帝都出発前に聞いていたが、後から合流したアランは初耳なのだ。

「ははあ……また面白いことを考えるものだなあ」

呆《あき》れ半分に感心するアラン。

「ロザリア様の侍女殿《じじょ》たちの中でも、シェーラ殿は智謀《ちぼう》図抜けておると大層評判でござった」

バウマンも我が娘を自慢するような口調で言った。

「褒《ほ》めすぎですよう。他にもいっぱい凄い人がいましたよう」シェーラは年相応の少女のようにはにかみながら、「実際のところですね、私が小賢《こざか》しいことを考えても、肝心要はレオ様次第の作戦ですから」

「例の……魔弾使いの勇者様なあ」アランが腕組みしてぼやく。

過去三度の討伐軍全て、指揮官と副官を恐るべき射手に射殺されて敗戦している。

今度も必ず、レオナートを狙ってくるだろう。

その剛矢の前にレオナートが斃《たお》れれば四度目も敗戦となるが――

逆に言えば、その射手さえレオナートがなんとかできれば、この戦は勝てる。その男は反乱軍の心の拠り所であり、その男が敗走すればラインの民はきっと降伏するだろう。

民を妄りに殺さずに済むのだ、レオナートも意気込みは強い。

もっとも、シェーラたち三人の注目を浴びたレオナートは、

「やってみなければわからん」

堅焼のパンを頬張《ほおば》りながらそう言うだけだった。

「意気込みを語れよ、レオ。僕たちはおまえに安心させて欲しいって思ってんの。わかる？」

「やってみなければわからん」

からかうように言うアランに、レオナートは無愛想に繰り返すだけ。

「いつものレオだ」アランが噴き出す。「こりゃ大丈夫だ」

釣られてシェーラとバウマンも忍び笑いを始める。

レオナートはそんな簡単な話ではなかろうと思ったが、いちいち訂正するのも面倒だった。

むしゃむしゃとパンを頬張り続けた。


鉱山町が、砂鉄をまぶしたような重い緊張に包まれていた。

日は既にとっぷりと暮れている。

鉱夫たちはツルハシを担ぎ、狩人《かりうど》たちは弓矢を携え、慌ただしく正門へ向かう。

妻子に見送られて、男たちが出陣する。

「まさか、こんな夜中に攻めてくるとは……」「官軍も山賊も変わらんな」「そんなことよりオレたちだよ。大丈夫だろうか……。勝手がわからん……」

皆、顔に不安の色を浮かべていた。

闇の中で働くことに慣れた鉱夫たちでさえそうなのだ。

夜中に猟へ出かけることなどない、狩人たちの浮き足立ちようは半端じゃなかった。

「アンジュさんなら、夜の戦のやり方も知ってるんじゃないか？」「そうだ、アンジュさんを呼べ」「そ、それが……オレもさっき声をかけに行ったんだけど、宿にはいなくて……」「なんだって!?」正門前に集う男衆たちの戸惑いが、ますます大きくなっていく。

皆、蒼褪《あおざ》めた顔で麓の方を見下ろす。

緩やかに蛇行した一本道を、官軍が攻めてきている様子がこの距離からでもわかる。連中が手にした、松明《たいまつ》の火が無数に揺れているのだ。

千を超える敵が列を成し、道に沿って登ってくる様は、ここから見ると真《ま》っ赤《か》な大蛇がにじり寄ってくるかのようだった。肝が冷えるような光景だった。

ガライもまた慌てて正門に集まり、官軍の侵攻を目の当《ま》たりにし、震え上がっていた。

もしかしたら、ここにいる誰よりも強い恐怖を覚えていた。

でも、逃げることは許されない。

隣にいるティキにうなずきかける。ティキが足元にいる二匹の狼の頭を撫でる。たちまち二匹が、月に向かって吠えた。近くで聞くと凄味《すごみ》がある。人の原始的な危機感を揺さぶる。

夜戦を前にし、狼狽《ろうばい》していた男衆にとっては、叱咤《しった》以外の何物でもなかった。

喝《かつ》を入れられたような顔つきになった彼らに向かい、今度はガライが大声で告げる。

足が震えるのを隠して。無理矢理に胸を反らして。

「いつも通りにやろう。いや、いつもより楽かもしれない」

「なんでだよ、ガライ？」

「あいつらは松明を持ってる。せっかく暗いのに、目印を提げてるようなものだろう」

「おおっ……。確かに」

「こっちは灯りなしで近づこう。あっちからは見えないだろうから、やりやすいはずだ」

「名案だ！」

「いや、よくそこに気づいてくれた。わしらあ、おろおろするばかりでどうにもこうにも……」

「さすがは〝単眼巨人《サイクロプス》〟。豪胆ってのはおまえのことを言うんだろうぜ！」

仲間たちが口々に讃えてくれる。

また、彼らの裡《うち》で戦う気力がふつふつと、湧いていく様が伝わる。

「いつも通り、オレが指揮官を射殺す。そうしたらオレたちの勝ちだ」

ガライは声が震えてしまわないよう気をつけながら、皆の激励《げきれい》を続けた。

こっそりと手を握ってくれているティキが、自分を励ましてくれているように。

「よし、行くべえ！」「オレらの生活を守るべえ！」「クソみてえなお上なんぞ要らんわあ！」

あちこちで威勢の良い声が飛び交い、誰からともなく出発する。

正門をくぐりざま横柱に触れていく者が多い。今日も生きて帰ってくるぞというゲン担《ジンクス》ぎだ。

ガライは人の波をかきわけて、左右両方の柱に触れていった。

五千人のライン男衆が、速足で一本道を下山していく。

勝手知ったる道だ。今夜は雲も出ていないし、灯りなしでもなんとでもなる。

「皆殺しじゃあ！」「血祭りじゃあ！」「官軍なんぞもう恐《こ》わないわあ！」

口々に勇ましい言葉を唱える。

そうやって自分たちに発破《はっぱ》をかけるのだ。

この辺り、「黙れ」と命じられれば一切《いっさい》私語を慎む、常備兵たちと練度の差が出る。そういうディテールの積み重ねが、常備兵の圧倒的な強さを生むのだ。

しかしそれは同条件で戦った時の話。

この戦では、ライン男衆に絶対的な地の利がある。

やはり登るより下る方が早い――麓と鉱山町のおよそ中間地点に、男衆が先に到着した。

彼らが「いつものトコ」と呼んでいる場所だ。ここだけ道のうねりと勾配《こうばい》が急で、登る方の勢いが一番殺《そ》がれる地形をしている。迎え撃つならここだと、アンジュが教えてくれたのだ。

日常、馬車で穀物等を運び込む時には、よくうんざりさせられた難所だったが、今はとてつもなく頼もしく思える。土地の神様がここにいらっしゃるに違いないと祈る者さえいる。

右斜め前方には、一つだけ背の高い楡の木があり、ガライとティキが既に配置についているはずだ。そこから敵指揮官を狙い射る手はず。

この暗さで大丈夫かと懸念の声もあったが、出発前に彼らは言った。

「オレの目の良さは知っているだろう？　夜目《よめ》も利く方だ」

「アタシにも考えがあるから、任しといて」

さすが勇者と呼ばれるガライは自信満々に見えたし、ティキも薄い胸を叩いてみせた。

二人を信じて、屈強な鉱夫たちが道を塞ぐようにして待ち構える。

陣も列もないてんでバラバラだが、隘路《あいろ》に四千人もいれば壁として迫力が出る。妻子や両親、姉妹を守るため、絶対通さんという気迫が鎌首をもたげんばかり。千人の狩人たちがその左右に散り、官軍を迎撃する準備は万端だった。

坂下に目を向ければ赤い大蛇がじわり、じわりと攻め上がってくる。

応じて男衆たちの口数が減っていく。代わりに氷のような緊張が胃の腑から食道を伝ってせり上がってくる。夜の森に沈黙がわだかまっていく。

その冷たく重苦しい空気の中で、指笛の高い音が木霊《こだま》した。

ガライからの合図だ。

町一番の狩人は決して目測を違えない。この距離が射ち時だという弓の勇者の指示。

「放てえ！」一度静まり返っていたのが嘘のように、あちこちで絶叫が聞こえた。

狩人たちが、麓から押し寄せてくる松明の群れを目印に、一斉に矢を放つ。

まるで炎の大蛇狩りめいた、幻想的な光景だ。

千の弦が鳴り、千の矢が跳び、蝗《いなご》の羽音めいた騒音が夜の静寂《しじま》を食い破る。

真っ赤な大蛇に無数の鏃《やじり》を突き立てんとし——

男衆たちからどよめきが起こった。

低い、怪訝《けげん》を多分に含んだ唸り声を誰もが漏らしたのだ。攻め寄せてくる数百の松明の灯りが、ほとんど減っていない。いいとこ二、三ほど倒れるところを目撃できただけ。

最初の一斉射は、まるで効果を上げていなかったのだ。

これまでの戦では、官軍どもが面白いようにパニックへ陥《おちい》っていたのに。

今度の敵はまるで様子が違う。

整然と、黙々と、やってくる。

「とにかく放てえ！　じゃんじゃん行けえ！」

誰かが鼓舞し、狩人たちがもうとにかく、矢を番《つが》える先から放つ。連射する。

この暗がりではどうせ狙いなどつけられないし、灯り目がけて手数で押す。

なのに、松明の数が依然として減らない。

官軍の進行速度を遅らせられたのが関の山。

奴らはゆっくりと、だが着実にこちらへ距離を詰めてきていた。

「おっ……オレたちは……いったいなんと戦ってるんだ？」

誰かが馬鹿なことを呟いた。暗くて確認できないが、人間と戦っているに決まってる。

なのに誰も、そいつを笑い飛ばせなかった。口元が強張《こわば》っていたからだ。

炎の大蛇がじりじりとやってくる。

男衆の誰もが無意識に後退《あとずさ》りをする――命知らずの彼らをしてそうさせるほどのプレッシャーを、静かに、不気味に醸し出していた。

「悠然と進め！　焦りは要らん！」

レオナートは声を張り上げて兵を指揮していた。長蛇の列を成す歩兵千五百の、まさに蛇に例えれば頭の辺りにいる。一人だけザンザスの上に跨《また》がっている。

無論、如何《いか》なレオナートとて、歩兵を残して一人で突撃する匹夫《ひっぷ》の勇は持っていないから、今日は先頭ではなく陣頭で指揮に集中している。自慢の大薙刀《おおなぎなた》もただの指揮棒。

馬上からだとやりやすいし、目立つので兵も安心する。

レオナートの周囲を固め、先陣を務めるのはアレクシス騎士たちだ。

この勾配では並の軍馬は役に立たないため、歩兵として参陣している。

しかし徒歩《かち》であろうと、騎士隊の豪壮さはいささかも減じていない。

将と仰ぐ吸血皇子《ノスフェラトウ》が真実、闇の申し子であることをもはや疑っていない彼らは、信仰的勇気を持って夜の山道を突き進む。これもまた伝説伝承《フォークロア》の効能だ。

彼らが恐れげなく規範を示せば、エイドニア兵たちもついてくる。

「とにかく列を乱すな！　盾を整然と並べ続けろ！」レオナートの的確な号令が、蛇の胴体部にいるバウマンとアランの復唱によって、尾の方へと順次伝達されていく。

全軍に大盾を持たせていた。

槍は真《ま》っ直《す》ぐ立てて、傘にするよう徹底させていた。

五人に一人の割合で槍は持たせず、松明を掲げさせていた。

柄《え》の長さが四間（約七・二メートル）もある、特製の炬火《トーチ》だ。

シェーラの発案で昼間、木を伐り出して三百本作らせた。これにより、灯りを目印に矢を放ってくるだろう敵に、目測を誤らせたり見当外れの高さへ射させる作戦である。


最初、帝都でその話を聞かされた時、レオナートはこう訊《たず》ねた。

「……有効なのか？」

どこそこにあるナンタラ島には首の長い猫がいると、聞かされた時のような顔だ。

「さあ？　試したことありませんから」シェーラは愛嬌《あいきょう》たっぷりに片目をつむった。

「不確かなことを言う……。それではせいぜい気休めではないか」

「まさにそれです、レオ様」

「どれだ？」

「気休めです、レオ様」

シェーラが平然とひどいことを言うので、レオナートもしばし呆気に取られた。

「というかそもそもですね、夜戦で弓矢なんて大して恐くないんですよ。こっちが大きな盾を綺麗に並べて、壁を作っておきさえすれば。暗がりで隙間《すきま》を狙って射るなんて無理でしょう？」

「確かに」レオナートは思い返しながら同意した。アドモフとの戦いでも匪賊討伐でも、夜戦で矢傷を負った者の話をほとんど聞いたことがない。

「では、ここで質問です。この長い松明作戦と、夜戦で弓矢は恐くないから気にするなというお話、どっちの方が兵隊さんは信じると思います？　勇気が湧いてくると思います？」

「……前者」レオナートはしばし考えてから答えた。「聞いたことのない工夫があるから、そういうものかと思ってしまう」

加えて、後者はいかにも無策無能な指揮官が命じそうな、無責任な話に思える。

「ですよね!?　ですよね!?」シェーラは両拳を握ってうれしげに振った。「人は地味な理屈に基づく真実より、ケレンミたっぷりの作り話の方を信じてしまいがちなんです。自分自身で実証するまでは」

「伝説伝承《フォークロア》か？」

「伝説伝承《フォークロア》です」

狐《きつね》につままれるような話だが、でもそれで兵の士気が高まるならありがたい。何しろ今回は、過去三度も官軍を撃退した矢嵐の渦中へ、兵を突っ込ませないといけないのだから。

「しかもですよ、レオ様？　この作戦で勝った時のことを想像してみてください。まさに劇的！　軍記物語《ウォークロニクル》の一幕めいた現実は、人の口から口へ熱心に伝えられること間違いなしです」

「取らぬ狸《たぬき》のなんとやらと言うぞ？」

「いかにも未来設計という概念を持たない庶民が作ったような、ことわざ《プロバーヴ》ですね」

シェーラが憎まれ口に憎まれ口を返し、してやったり顔になった。

そんな顔でも可愛いのが卑怯《ひきょう》だった。


ともあれ――そういう作戦の元に準備をし、今がその実証だ。

大盾を並べて慎重に進む騎士たちへ、矢の雨が降り注ぐ。

山なりの弱矢だ。しかも狙いが出鱈目《でたらめ》。

数が降ってきても恐くない。大盾で阻める。

これが特製炬火《きょか》のおかげなのか、夜の闇のせいなのかレオナートにもわからない。

大事なのは、軽傷者が出つつも確実に進軍できていることだ。

陣をしっかり組んだままなら、鉱夫たちが突撃してきても槍衾《やりぶすま》で阻《はば》める。こちらがあっちの陣まで辿り着いても同じ。数の差はまず問題ならない。集団戦の練度と装備が違う。

（それまでの我慢……できそうだな）

レオナートは馬上から兵を眺め、判断する。

もちろん、彼にも矢は降り注いでいる。だが歯牙《しが》にもかけていない。

矢というものは標的に突き立つ角度――軸線がしっかりしていなければたちまち貫通力を失うことを、レオナートはアドモフと戦った地獄《じごく》の中で開眼している。

ならばほんの少し、その軸線をずらしてやればいい。

矢の雨の中から三本が、レオナートを貫く軌道を描いて迫ってきた。

レオナートは類稀なる動体視力でその軸線を見切る。

籠手《こて》を着けた左腕を頭上にかざし、また胴と右足をわずかによじる。ただそれだけの最小動作で、額と脇腹と右足に真《ま》っ直《す》ぐ突き立つはずだった鏃を、微《かす》かに外側へ逸らした。

レオナートが纏《まと》う甲冑《かっちゅう》は独特の意匠をしている。

波打つ流線形の集まりで構成され、前面から背面に向けて広がっていく。

軸線をずらされた矢はその形状に沿って滑走し、あらぬ方へ飛んでいく。

「矢傷を受けた者は落ち着いて脇に逸れ、後方で手当てを受けろ！　次の者がすぐ穴を塞げ！」

レオナートは何事もなかったかのように、兵たちへの指揮と鼓舞を続けた。

(もうあと少しか)

前へ進むごとに強くなる弓勢《ゆんぜい》から、彼我《ひが》の距離に当たりをつける。

こっちが進んだ分、あっちも下がりながら統制のとれた矢嵐を射続ける。そういう戦況にはならないとレオナートは踏んでいる。それは成立させるのが最も困難な、戦争芸術の一つだからだ。訓練を積んでいない狩人たちにできるとは思わない。

こっちがもう少し近づいたところで、あちらの鉱夫たちが「待つ恐怖」に耐えきれず、堰《せき》を切るような無秩序さで突撃してくるだろう。そして、練度に裏打ちされた秩序ある戦いの恐ろしさを知り、早々に武器を捨ててくれるだろう。

彼らは民草《たみくさ》で、こちらは玄人《くろうと》なのだ。鉱夫たちが戦意を失ったら、それ以上の攻撃はならぬと、レオナートは麾下《きか》の者たちへ厳に戒めている。

なるべく血を流したくないものだと願いつつも、レオナートは気を引き締め直した。

視界の端を異様な光が走ったのは、その時だった。

青白い鬼火。それが上空を漂っている。ただし速度はかなりのものだ。

レオナートは我が目を疑った。凝らし見て、正体を知った。

梟《ふくろう》である。なんと矢の雨の中を縫うようにして、苦もせず飛んでいる。羽音も立てずレオナートの頭上を周回している。その両足にはランプをつかんでいた。鬼火と見えた正体はそれだ。薄青い不気味な灯火。鉛の粉末を燃やして炎色反応を起こすとこんな色になる。

その梟はまるで知性を持ち、誰かに何かの合図を送っているように見えた。

己のその思考を、レオナートは決して一笑に付さなかった。

第三次奪還部隊に参加した兵の一人が、ガラッティーニが大きな鳥に兜《かぶと》を取り上げられた様を目撃していたからだ。

ゆえにレオナートは直感した。

魔弾が来る――！

ティキは生まれつき、動物たちと意思を通わせる不思議な力を持っていた。

南方帝国《ガビロン》から来たという母親や祖母も、もっと言えばご先祖サマたちにも同じ力があったと聞かされたが、ティキほど明確に心を通わせ、また従わせることができた者は稀だったらしい。

ティキはその力を使って鳥を使役し、官軍の中にいる指揮官を探し出すのが役目だった。

夜戦は今日が初めてだったので、梟を使って試みた。

果たして、森で一番賢い長は敵指揮官を見つけ出し、「ここにいるぞ」と合図をくれた。

「いたよ！」とティキが報告したのと、

「見えた」とガライが呟いたのは同時だった。

遠目も夜目も利く彼の眼《まなこ》は既に、官軍たちが掲げる長い長い松明の存在を捉えている。

兵たちは灯りの遥《はる》か下にいて、盾を構えて黙々と進んでいる様が映っている。

敵指揮官はその陣頭にいた。

馬上、髑髏《どくろ》の面甲《めんこう》を着けたその姿は、まさしく死神《しにがみ》にしかガライには見えなかった。

恐怖と焦りを抑え、弓を構える。

楡《にれ》の枝に跨るガライから敵指揮官まで、目測二町（約二百メートル）。

ガライ以外の何者にも的を射抜けぬ距離。ガライとて至難の距離。

しかし、外すわけにはいかない。今度の敵は強い。矢の雨を防ぎながら、もういつ仲間たちへ突撃をしかけてもおかしくないところまで迫ろうとしている。

急がねばならない。外してはならない。

矛盾《むじゅん》した命題がガライを勢子《せこ》のように追い立てる。

その焦燥を、ガライは一時忘れた。

六尺（約一八〇センチ）超えの大弓を、持つ手の震えが止まる。

彼の狩人としての天稟《てんぴん》――尋常ならざる集中力が、それを可能とする。

右手で特製の長矢を番《つが》える。

冬場に鍛冶《かじ》で鍛えられた剛腕が、常人では引けぬ弦をこれでもかと引き絞る。

右目をぎょろりとひん剝《む》き、左目を眇《すが》める独自の目付。

ガライの利目は左だった。

射手としてありとあらゆる天賦《てんぷ》を持つ彼の、唯一のハンデである。

実際にガライは最初、上の下くらいの腕前の狩人だったし、この時代の人々はまだ利目の存在を自覚していないので、若輩の自分がそれなら充分すぎると思い込んでいた。

不利を克服したのは十七の時だ。

獲物がとれない冬の間、ガライは近所の鍛冶師を手伝い、糊口《ここう》を凌《しの》ぐ。彼らは眩《まぶし》すぎる炉の光を見つめ続けるため、片目をつむって作業をする。ガライはふと思い立って、お遊びのつも

りで弓を射る時もそうしてみた。

完全に左目を閉じてしまうと遠近感がとれなくなったから、薄目を開けて射てみると、これが面白いように的へ当たるようになった。

多分に偶然混じりとはいえ、鍛冶としての経験が生んだ思わぬ開眼。後世、射手が利目を矯正《きょうせい》する技術として一般化されるそれを、ガライは自ずと会得したのである。

〝単眼巨人《サイクロプス》〟と異名どる射手が、その片の目で敵指揮官に狙いをつけた。

他には何も見えない。

夜空が、森の景色が、無数の松明が、敵歩兵が、全て視界から消えていく。

「急いで！　弓矢が効かなすぎて、みんな浮き足立ってるじゃん！」

そんなティキの声すらもう届いていない。

穿《うが》つように尖《とが》り澄ました彼の集中力が、彼の〝世界〟から標的以外の尽《ことごと》くを消し去っている。

今――ガライと敵指揮官の間には、両者を繋ぐ一本の線がある。

一本の線しかない。

ガライはその線に矢を乗せる、だけ。

そういう独自の皮膚感覚下でガライは、ひょう、と矢を放った。

夜空を貫き、標的へとまっしぐらに飛んでいく。

矢羽根の風切り音が凛《りん》と響く。

会心の手応えだった。うまく線に乗った。

まさに神業。まさに魔弾。

ものの五秒もせぬうちに、敵指揮官の脳天を貫くことをガライは疑いもしない。


その敵指揮官の首が、いきなりこちらを向いた。


跳ねるような勢いだった。

真紅に輝く瞳が、ガライをしっかと見据える。

そう。どれだけの距離を隔てていようと、こちらはあちらを目視しているし、あちらもこちらを確かに見ている。二人だけしかいない〝世界〟で、極限の集中力でガライは確信する。

そして、二人の間には両者を繋ぐ線があり、矢はそこを一直線に走っている。

敵指揮官に見えていないわけがない。

なぜ気づかれてしまったのか？

梟の異様な行動からガライの狙いに勘づく、嗅覚の持ち主か？

剛弓ゆえの強い風切り音を聞き分ける、聴覚の持ち主か？

どうでもよいとガライは思った。

この矢は当たるという確信は微塵も揺らいでいないからだ。

気づいたまでは敵ながら天晴《あっぱれ》、しかしこのタイミングではもう遅きに失している。

今さらかわせるほど、ガライの矢は遅くない。

極めて鋭敏な感覚を持っているらしい、この敵指揮官も悟っているだろう。

そして、ガライの確信は的中した。

敵指揮官は魔弾を避けることはできなかった。

でも、だからだといいわんばかりに。

寸毫《すんごう》の躊躇《ちゅうちょ》なく左腕を犠牲にしたのだ。

籠手《こて》で頭をガードする敵指揮官。ガライの剛弓はその程度では止められず、鉄甲ごと腕を貫通する。それでもまだ勢いは止まらず、あくまで脳天を射ぬかんとする剛矢を、敵指揮官はなんと左拳を握り込むことで肘から先の筋肉を締めて、食い止めてしまった。

ねじ伏せてしまった。

なんという凄まじき腕力か！　眼力か！　胆力か！

そのどれか一つでも欠けていたら、矢は過《あやま》たず眉間《みけん》を貫いていただろうに。

ガライは脱帽するしかない。

呆然となっている間にも、敵指揮官は動き出す。

持っていた大薙刀を兵に預ける（よほど重たいのかその兵は腰を抜かす！）。

代わりに槍を受け取り、柄の半ばからへし折って、短くしたものを右手に構える。

左手は使ってこそいないが、手当も矢を抜きもしない。痛みを覚えたりはしないのだろうか？　いよいよ怪物じみてくる。

髑髏の面甲を上げると、噛み殺すように手綱を口にくわえる。

そして、こちら目指して騎馬を走らせた。

兵たちはそのままとし、単騎で列を抜けて向かってくる。

森の中へ突入し、道なき道を右へ左へ、木々を避けながら疾駆する。

この暗がりで全く速度を落とさない。普通なら下生えに脚をとられて折っている。上の人間だってあんなメチャクチャに馬体を振られたら、普通は落とされている。

とんでもない馬だ。とんでもない騎手だ。

まさに人馬一体。それも化物と化物の一体。

瞳を炎と同じ色に昂揚《こうよう》させ、闇と同じ色のマントを翻し、死神騎士が迫り来る。

ティキが茂みに潜伏させていた狼が五匹、一度に躍りかかっても彼の突進は止められない。

彼が手を下すまでもなく、鎧《よろい》を纏った奔馬《ほんば》にあっさり蹴散らされる。

「もうダメだよ、ガライ！」頭上からティキの悲鳴が聞こえ、ガライは我を取り戻した。「あいつ、人間じゃない！」

丸きり冷静さを欠いた叫びだったが、ガライは全く否定できなかった。

「あんな魔物みたいな馬、アタシでも言うこと聞かせられないよっ。なのに乗りこなしてるなんて！　あの甲冑の下は絶対おバケが入ってるよっ」

ティキはティキなりの皮膚感覚で、あの敵指揮官の異常さを悟り、震えていた。

「もう降参しよ、ガライ？　あんなのに勝てっこない……」

木の天辺《てっぺん》から幹を伝って下りてきたティキが、涙混じりに弱音を吐《は》いた。

ガライは答えず、大弓を構える。

握った左手を敵指揮官に向ける。

「皆で命乞いしたら吸血皇子《ノスフェラトウ》も許してくれるかもしれないじゃんっ。それに賭けようよ！」

ティキは目を白黒させたが、ガライはそうは思わない。

「このままじゃ殺されちゃうよ、ガライ!?」

自分一人ならどうなろうとも構わない。

「怖がり屋さんのくせに！」

どんなに恐ろしくても、ティキを守らなくてはならないのだ。

目測、十丈（約三十メートル）。もう一射できる余裕がある。

ガライは剛弓に矢を番える。

敵指揮官が馬上で槍を構える。

ガライの背に戦慄《せんりつ》が走った時には、こちら目がけてぶん投げてきた。

まさか先手をとられるとは！　この距離で届くのかと疑問を抱く暇がないほどの速さ、強さで、矢よりももっと凶悪なものが飛んでくる。

枝に跨っている格好のガライでは、上手くかわす術などない。

だから、両腿《もも》で万力のように枝を挟んで姿勢を保っていた、その脚の力を抜いた。

自然と上体がバランスを崩し、逆さまに樹上から落ちる。でもそれで投槍は回避した。

「ガライ!!」ティキの絶叫はもう聞こえていなかった。

真っ逆さまに落ちていく状況すらガライはもう忘れていた。

再び集中を極限まで研ぎ澄まし、彼の〝世界〟にはもう敵指揮官しかいなかった。

落下しながら曲芸のように、ガライはひょうと矢を放つ。

一射目よりも遥かに至近距離から、剛矢を見舞う。

「見事……」

敵指揮官の小さな呟きが聞こえたのは、ガライが二人だけの〝世界〟に入っていたからだ。

彼は腰のサーベルに手を添えていた。

それを、目にも留まらぬ速さで抜き放つ。

月下、剣光一閃《いっせん》。

ただそれだけで、ガライの矢が斬って落とされた。

もう悟るしかない。

(格が違う……)てっきり死神かと思っていたら、武神、闘神の類だったらしい。

ガライは絶望しながら地上に墜落した。右肩から背中にかけて重い衝撃と激痛が走る。おかげで意識は手放さずに済んだ。倒れて大の字になったまま全身が痺《しび》れているが、命に別条はない。下生えがクッションになってくれたのだろうし、頑丈に生んでくれた母親にも感謝すべきだろう。何より当たり所がよかった。頭から墜落したり、頸骨《けいこつ》を折っていたら助からなかった。

でも、早いか遅いかの違いだろうと、ガライは覚悟を決めている。

敵指揮官がとうとう近くまでやってきて、馬から下りる。

とどめを刺すつもりだろう。

そう思ったのに。

「卿《けい》、名はなんという？」

意外すぎる言葉を、敵指揮官がかけてきた。

ただでは死ぬものかと、痺《しび》れた体を気力で動かそうとしていた、その気勢が殺《そ》がれてしまう。

よくよく見ると、相手はとっくにサーベルを鞘《さや》に納めていた。自分が勝手に思い込み、ビビっていただけだと知る。恥じ入る。

また気づく。兜の下にあった彼の顔は、驚くほどに若々しい。まだ十代ではなかろうか。

「敵に名乗る名などないか？」青年が残念そうにした。「俺《おれ》の名はレオナート。卿の弓に感服した。見ろ——」

そう言って、矢が突き刺さったままの左腕を掲げてみせる。

同時に彼が浮かべた表情を、ガライはこの先一生忘れなかった。失念していた左腕の痛みにいま初めて気づいて、びっくりしたのだとばかり、顔を思いきり顰《しか》めたのだ。

その屈託のない顰めっ面に、ガライまで和《なご》まされてしまう。噴き出してしまう。

「笑わずともよかろう」敵指揮官の青年が今度は憮然《ぶぜん》となった。

確かにそうだ。矢傷を負わせた張本人はガライだ。

「すまん」と謝った。自分でも存外、素直に言えた。

青年は首肯《しゆこう》し、ガライの傍までやってきて片膝をつく。

真っ直ぐに手を差し伸べてくる。

なんと堂々たる態度か。本当に十代の若者なのか、見立てに自信がなくなってくる。でも、

「降参してくれないか？　悪いようにはせん。兵にも厳命してある」

青年の声を聞いてガライは、ああ、と妙に納得できた。

きっとこの彼は、全く後ろ暗いところのない生き方をしてきたのだろう。

失敗のない人生という意味ではない。むしろどん底に落ちた時ですら、現実から逃げず、己に嘘をつかず、長いものにまかれたりせず——そういう生き様を己に課してきたのだろう。

肉体同様、精神まで鋼《はがね》の如《ごと》く、弛《たゆ》まず鍛えてきたのだろう。

でなければ、この若さでこれほどの風格は醸し出せない。

（皆殺しの吸血皇子《ノスフェラトウ》か……。噂に聞くと直《じか》に見るとではまるで違うな……）

そして、そんな彼の言葉だったから。

ガライは迷わず、その手を握った。

樹上からこっちをハラハラと窺っていたティキが、握手を見て指笛を吹いた。

仲間たちへの合図だ。一度目は戦闘開始。二度目のこれは、ガライたちの失敗を報せる。直に彼らも降参するだろう。

敗けだ。

なのにガライは重い重い肩の荷が、下りたような心地を覚えていた。

青年に引き起こされ、まだ少し痺れた体で星空を見上げながら、指笛の音に耳を傾けた。

故郷の星々を目に焼きつけるように。

ティキの指笛の音を心に刻みつけるように。


鉱山町は官軍の戒厳令下に敷かれた。

武器になるものは包丁から鍛冶屋の鎚《つち》に至るまで、全て没収されて広場に集められた。

結局、男衆は官軍と直接刃を交える寸前に降参しており、こっちに死傷者は一人も出ていなかったが、すっかり怖気《おじけ》づいていて彼らに逆らう気力はなかった。

一時的に自由を奪われ、不満がないと言えば嘘だ。

それでも官軍たちは略奪、暴行の類を一切しなかった。粛々と夜警を行うだけだった。

彼らが勝者でこちらが敗者という関係性を鑑《かんが》みれば、これでも極めつけの好待遇と言えるだろう。レオナートは「悪くはしない」という約束を守った。

ガライの目に間違いはなかった。

翌朝、ガライは桶に貯めた飲み水の、水面を鏡代わりに髭《ひげ》を剃った。

何年振りかに見る自分の素顔は、やはり情けないほど童顔に見える。

それから、自宅の清掃と整頓を行った。

普段からちゃんとしている彼だから、それほど時間はかからなかった。

いつもより身だしなみに気をつけ、出発の準備をする。

「一人で死ぬつもり？」

玄関口に、ティキが立っていた。吊り上がった目尻に涙が溜まっている。

「ガライが責任とることないじゃん！　首謀者でもないのにっ」

「オレは勇者だからな」

ガライは初めて、そう名乗った。名乗る日が来るだなんて思ってなかった。

「怖がり屋のくせに！」ティキがなじる。「何よそれ……っ。どんな皮肉なのよぉ……」

台詞の後半はもう鼻声になっている。

「反乱を企てるのは一番重い罪なのよ……？　ものすごく残酷な方法で処刑されるのよ……？」

「ああ。オレでもそれくらいは知ってるさ」

「お願い、ガライ……。アタシと一緒に逃げてよぉ……」

半ば跳びかかるように、ティキが抱きついてくる。

「ティキ。おまえのことが好きだ。ずっと前から」

ガライは抱き締め返さなかった。

「早死にする男なんて大キライよ！」

ティキがすがりつく腕に力を込めた。しばし好きにさせる。

でも、あんまり長くはガライの後ろ髪が引かれてしまうことになるから。

「じゃあ。達者でな」

惚《ほ》れた女の腕を無理矢理ほどいて、置き去りにして、ガライは決然と赴いた。

手も足も震えていないのが、自分でも不思議だった。


レオナートは死んだ代官宅に本部を据え、一泊していた。

ガライが訪ねると、すぐに客間へ通される。

彼は一人掛けソファへ座り、待っていた。

左腕には包帯が巻かれ、治療の跡がある。

隣にはアランと自己紹介した伯爵《はくしやく》がいて、後ろにはシェーラという美女が立っていた。

「何の御用でしょうか、ガライさん？」その彼女が代表して用件を訊ねてくる。

ガライはシェーラを見、次いで床に両膝をつく。

レオナートの目と目を合わせて、きっぱり答えた。

「どうか、オレの首一つで済ませて欲しいんだ」

レオナートの目つきが変わる。

痛いくらいに視線がガライへ突き刺さる。だが構わず続けた。

「オレはガライ。町の皆には〝単眼巨人《サイクロプス》〟と恐れられている。代官をぶっ殺したのはオレだ。それで蜂起せずにいられないよう、この町を追い込んだ。戦でこの弓の腕を試したかった。もちろん、金もたんまりと欲しかったしな。けど、自分の悪事の責任はとる。町の奴らはオレに脅《おど》されてやってただけだ。罪はない」

嘘八百を並べ立てる。

昨夜、寝ずに考えたのだ。白々しく聞こえないよう、声を低くして気をつけた。

「オレのことは好きにしてくれ。お上に反逆したらどうなるか、見せしめがいるんだろう？」

手足を一本ずつもぎとられても、首を鋸《のこ》で引かれても、釜茹《かまゆ》でにされても、「覚悟はできてる」

ガライは両腕を広げた。拷問のし応えがあるだろうと大きな体を見せつける。

顔を見合わせるばかりのシェーラやアランに向かって、「さあ！」と急《せ》き立てる。

「どうするよ、レオ?」

アランが隣を窺った。子どもが飼えない捨て犬を見つけた時のような表情だ。

レオナートはぶすっとした顔で相槌を打つ。

果たして彼は、どんな沙汰《さた》を下すのか――ガライは固唾《かたず》を呑んで待った。

第八皇子が重い口を開く。

「……誰か来たな」

と。いきなり。

アランとシェーラがきょとんとなった。

ガライも意表を衝かれた。懸命にまくし立てていた熱気や、意を決した緊張が、穴が開いて抜けてしまったような、どうにも収まりの悪さを覚える。

ガライたちが反応に窮していると、やがて外の廊下から小さな足音が聞こえた。

これをレオナートはあんなに早くから察知していたのだから、やはりすごい感覚の持ち主だ。

ガライは舌を巻く。自分だとて狩人だから決して鈍い方ではないのに。

出入り口のドアがノックされる。

「どうした、バウマン?」

「はっ。殿下に拝謁《はいえつ》したいと申す者がもう一名、参りまして」

「構わん。入ってもらえ」

ドアが開き、そこに立っていた人物を見てガライは、ぎょろ目をこれでもかと瞠《みは》った。

「ティキ!?　どうしておまえが!?」

問うが早いか、ティキが部屋の中へ跳び込んでくる。

警戒して両脇を固めていた騎士たちが、制止することもできないほどのすばしこさだ。

ガライもまた反応が遅れた。

両膝ついた体勢のところへ、ティキが跳びついてくる。ガライの両肩に太ももを載せ、頭を抱え込まれる。前後逆で肩車したような格好だ。こうなるとガライの膂力《りょりょく》でも引き剝《は》がせない。

「何を考えてるんだ、ティキ!?」

「あんただってわかってるでしょ!?」ティキが半泣きになってわめく。「ガライがいなくなったら、アタシ耐えられないっ。だから最後まであんたについてく！」

「馬鹿を言うな！」

「かっこつけ屋の大馬鹿に言われたくない！」

ティキの股《また》で頭を思いきり挟まれ、口を塞がれ、ガライは何も言えなくなった。

「さあ、殺すならアタシも殺せ！」ティキがレオナートたちに向かって怒鳴る。「だけど死ぬ前に言いたいことは言わせてもらうよっ。あんたら、鉱夫がどれだけ過酷な仕事か知らないだろ？しかもあのクソ代官が奴隷みたいにコキ使いやがった！　アタシの兄さんは朝から晩までツルハシを振らされて、手の皮なんかいつもズルズルだった。ちょっと厚くなったくらいじゃ追いつかなかったっ。体もあちこちガタだらけで毎晩、痛い痛いってうなされるんだ。寝てる時すら休まらなかったんだ！　あげく……あげくっ、落盤事故に巻き込まれた……！　疲れて朦朧《もうろう》として崩れる前の予兆を聞き逃したんだよ！　代官に殺されたようなもんなんだよ！」

恨み言が止まらない。本当に言いたい放題にするティキ。

決して調子に乗っているわけではない。血を吐《は》くような想いで叫んでいる。

なぜなら声音《こわね》に宿る凄みが違う。

「あんたらお貴族様は、平民風情がどれだけ死のうが興味なんてないんだろ？　放っときゃそのうち雑草みたいにまた生えてくるって思ってんだろ？　せいぜい勘違いしとけよ！　あんたらが興味なくても、こっちはあんたらへの恨みは忘れないんだ。あのクソ代官は磔《はりつけ》にしてやったけど、直にあんたら全員がそうなるんだ！　アンジュがそう言ってたんだ！」

それはもう呪《のろ》いといっても過言ではなかった。

シェーラが、アランが、息を呑んで声を失う気配を、ガライは感じとる。

そして、ガライもまた悄然とさせられる。

ティキの兄——ガライにとっての一番の、親友の死を思い起こされたからだ。

（だが、うなだれてなんていられん）空っぽの棺桶を思い出す。本当はガライがそこへ入っていたかもしれないことを思い出す。友が身代わりになってくれたことを思い出す。

だから、ガライは友の代わりにティキを守らなくてはいけない。

ティキが最後までついてくると言ってくれて、正直、男冥利《みょうり》には尽きたけれど。

本当にそうなったら、あの世で友に合わせる顔がない。

「皇子！　……いや、殿下！」ガライは再び声を張り上げた。ティキが呪いを吐くのに気をとられていた隙に、彼女の股から顔を上げた。「あんたは、悪いようにはしないと言ってくれた！　その約束を守ってくれ！　命をとるのはどうかオレだけにしてくれ！」

「アタシはやだっつってんじゃん、ガライ！」

「オレだっておまえを巻き込むのは嫌なんだよ！」

ティキと口論になるが、今度は一歩も引かない。いくらでも言い合い続ける。

「もういい」レオナートが横から言った。

「よくない！」ガライは反論した。「こいつまで殺されたら、オレはなんのために戦ったのかわからなくなる！」

「だから。もういいのだ」レオナートは重ねて言った。

静かな声音だったが、有無《うむ》を言わさぬ重みがある。

ガライもティキも口をつぐまされる。

「俺は反乱を平定しに来ただけだ。そして、もう済んだ」

ガライもティキも目を丸くした。

ティキなんか脱力のあまりずり落ちて、ガライの膝の上に収まる。

「……オレたちを……どっちも見逃してくれるってのか？」

そう聞こえたが、自分でも疑わしくて仕方ない。

ぬか喜びをさせられたのではないかと、恐ろしいなんてものじゃない。

「無茶言うな、レオ！」実際、アランが形相を変えた。「誰か一人くらいは責任をとらせなきゃ、帝宮の奴らが納得しないぞ。可哀想だがこの男に死んでもらうべきだ。なるべく楽に」

ガライの胸中に湧いたわずかな希望を、真っ黒に塗り潰した。

失望でガライは肩を落とし、ティキが震えながらしがみついてくる。

「シェーラ」レオナートが振り返りもせず後ろの美女に呼びかける。

「はい、レオ様？」シェーラがにっこり応答する。

「なんとかできんか？」

「アラン様の言ではありませんが、無茶を仰いますねえ」

「無茶ついでだ。民の生活向上も」

「なんとかするアイデアを出せ、と？　確かに、無血平定ができても彼らの生活が逆戻りじゃ、このお二人を救った意味もありませんしねえ……。でもですねえ……」

「おまえでも不可能か？」

「不可能とまでは言ってませんよ」

シェーラがむっとなって答えた。この可憐な少女は、柳眉《りゅうび》を逆立てた顔すら愛らしい。

「ただ、下策も下策です。レオ様が大変な不都合を被ります」

「構わん」

「エイドニアでせっかく高まった評判が、また地に落ちてしまう策ですよ？」

「言え」

「私たちの悲願が、かなり遠ざかっちゃいますよ？」

食い下がるシェーラ。

「俺たちの悲願は、元より易いものではない」

レオナートの態度も、にべもないまま。

その姿はまさに鋼の如く、微塵も揺るがず意志を貫く。

「参りましたわ」シェーラはため息をついた。「はい、殿下。まったく仰せの通りですわ、我がレオナート殿下」

でもその表情はどこかうれしげで、「嘆息」ではなく「安堵」にガライの目には見えた。

その顔のまま、シェーラはこともなげに続ける。

「魔王になってください、い、い、い、い、い、レオ様」

「道化になれと言った次は魔王か」レオナートは苦く笑った。「なってやるさ」

その表情のまま、すっくと立ちあがる。

なるほど、と了解したとばかりの態度。ガライにはちんぷんかんぷんのやりとりだったのに。

「おい、レオ？　どういうことだってば？」

アランもまた二人の会話についていけなかったようで、当惑の色を浮かべる。

「要はいつもと同じことだ」

レオナートが素っ気なく答え、アランが「ますますわからん」と唸る。

ガライなんか〝もっとわからん〟。いったいどうなるのか？　自分たちは助かるのか？　助からないのか？　要望通り自分はともかくティキたちは助けてくれるのか？　はっきりしてくれ！　と悲鳴を上げたくなる。上げないのは、一方で聞きたくない、嫌な未来を確定させたくないという想いがあったからだ。

「卿らも立て」

レオナートが傍まで来て命じる。

ガライとティキはおずおずと従うしかない。

まごまごしていると、レオナートがガライの肩に手を置いた。

「高いな。人を見上げるのは久しぶりだ」

しっかりしろと、励ましてくれているのが伝わった。

でもガライがかけて欲しいのは、言って欲しいのはそんな言葉じゃない。

「……オレたちはどうなるんで？」

ガライはとうとう勇気を振り絞って訊かねばならなかった。この皇子はよほどの口下手だと恨めしく思いながら。

レオナートは「ああ、伝えるべきだったな」と今ごろ気づいたような顔になってから、言った。ガライが大きな背をこれでもかとのけぞってしまうような、衝撃的な言葉を。

すなわち——

「卿らの街を焼くのだ」

鉱山町が燃えている。

火を点けて回ったのはレオナート自身と、アレクシスの騎士隊だ。

ライン の民、三万人を全て焼き殺した——そう嘘の報告をするための、やむを得ぬ最小限の非道だった。

準備に半日かかり、今はもう夜更け。

ライン の民は皆すでに、家財を抱えて旅立っていた。一塊になって移動すると目立つため、小集団に別れてだ。アランとエイドニア兵が護送を請け負ってくれていた。

要はいつもと同じことだ。レオナートは匪賊討伐を行う時、情状酌量《しやくりよう》すべき者は助命している。ただ助命しただけでは後で、領主が「全員斬首《ざんしゆ》に処す」などと言い出しかねない。だから、いつも皆殺しにしたと虚偽の報告をし、実はとある場所へ移送していた。

いつもと違うのは、「民に害なす匪賊を数百人殺した」という風評と、「謀反したとはいえ女子ども老人に至るまで三万人殺した」という風評では、まるで印象が異なるということ。

夜空の下、赤々と燃え盛る街を、レオナートは麓から見上げる。

隣にはシェーラがいて、騎士隊は少し離れたところで休んでいる。

「すまんな」そのシェーラにレオナートは言った。

「何がでしょうか？」

「英雄とやらを演じられなかった」

「ああ」シェーラはなんでもないことのように微笑《ほほえ》む。「私は魔王様にお仕えするのも、ちょっとかっこいいかもと思ってたところですよ？」

冗談か、慰めか、レオナートには判断がつかない。

レオナートは真面目腐った顔で続ける。

「もしまた次、同じような事態に直面すれば、俺は同じ決断をするぞ」

「次の次も？」

「何度でも」

「素敵ですねえ！」

シェーラが意外なことを言い、レオナートは思わずその笑顔を凝視する。

「口さがない者は言うでしょうね。『ホラ見ろ、やっぱりあいつは吸血皇子《ノスフェラトゥ》なんだよ』って。鬼の首を獲《と》ったように。私としては頭の痛い事態です。けれども、救われたラインの皆さんは、レオ様にとても感謝していらっしゃいましたよ。だから、次もまたこんな風にできれば、レオ様はやっぱり感謝されるでしょう。その次も……そのまた次も……って繰り返していったら、この国はレオ様に感謝する人でいっぱいになっちゃいますよ。素敵です」

まるであどけない少女の笑顔に、レオナートは見惚《みと》れずにいられなかった。

「そもそも人心を取り戻すための英雄伝説《フォークロア》なのですから。レオ様はさすがコツをつかんでくださってますね。やりますねっ」

この、この、と無邪気につついてくる。

「おまえは前向きだな」タフだと言ってもいい。華奢な体に似合わず。

「私の取り柄ですから」

「伯母上《おば》はおまえを特別、目にかけていたが。理由がわかる気がする」

ただ頭がいいだけの者ならたくさんいる。ロザリアならそれこそいくらでも見知っているだろう。でもシェーラには知恵者特有の達観したところがない。物事の先を見通せるがゆえの、端《はな》から諦めきったような、頽廃《たいはい》的なところがない。

星空の下、この娘の笑顔を見、声を聴き、間近に接していると、未来は明るいもので満ち満ちているのだと信じてしまいそうになる。人柄だ。

「だから他にも凄い人はいっぱいいたんですってば！」

当の本人は褒められ慣れてないようで、真っ赤になって慌てふためいたが。照れ隠しでレオナートの左腕をバシバシ叩いてくれたが。

「傷口はよせ」

「すっ、すみません」

シェーラはあわわと叩くのをやめ、代わりにレオナートの左腕へ口づけをした。

柔らかな唇の感触がじゃれつくように、レオナートの地肌を撫でる。

「痛いの飛んでいきました？」

レオナートは嘘でも首肯するしかなかった。まさか、丹田《たんでん》の下辺りがもぞりとしただけだなどと、真実を暴露するわけにもいかない。

そしてその時、後ろから気まずそうな声がした。

「あー……イチャついてるところ、悪いんだけどー……」

ティキだ。声と裏腹に瞳は好物を見つけた猫のように爛々《らんらん》としている。

隣にはガライがいて、こちらは本当にばつの悪そうな顔。

「べ、別にイチャついてなんかないですよう」

なぜシェーラはこんなに幸せそうな顔なのだ!?

レオナートは咳払いをした。「どうした？」ラインの民と一緒には行かず、町を焼く作業を手伝うと言って聞かなかった二人に訊ねる。

ガライとティキも表情を引き締める。

「昼間の話を、詳しく聞かせて欲しいんだ。殿下」

「なんか、やりたいことがあるんでしょう？　悲願がどうとか」

「構わんが……。興味があるのか？」

「興味というより……」ガライがそこで口篭《くちご》もった。

ティキと目配せをし合い、どちらが言い出すか押し付け合った後、結局二人で、

「殿下に恩返しがしたい」

「アタシたちにも手伝わせて！」

「やった！」シェーラが思わずといった様子で右拳を握りしめる。

でも、びっくりしたガライとティキの視線に気づくと、

「ま、まあ、わたくしったらはしたない。をほ。をほほほ」

その手を口元に当てて誤魔化《ごまか》す。

小声になって「百人力ですわね、レオ様っ」とウインクしてくる。

レオナートは返事をする代わりに、敢えて左で握手を求めた。

矢傷を負い、包帯の巻かれた左腕をガライに差し伸べた。

それが何より雄弁に、彼の剛弓の凄まじさを認め、彼を歓迎していた。

第七章

アレクシス侯レオナート

The Alexis Empire chronicle

その記念すべき日は五月の末日だった。

(俺《おれ》は帰って参りました、伯母上《おばうえ》……)

レオナートは万感胸に迫る想いで、アレクシスの地を再び踏む。

森ばかりの懐かしい景色。

そして、緑濃密な清々《すがすが》しい空気。

ザンザスの背から下り、自分の足で感触を確かめるように歩く。

前方には、森の奥深くに埋もれたような村が見える。

世間の目には完全に隠れているが、中に踏み込めば驚くほどのにぎやかさ。活気。笑顔。

鼻歌交じりに畑を耕す男たちが見える。

立ち昇る、温かい炊事の煙も。

遠くからは、練兵に精を出す掛け声が聞こえる。

「よくぞ二年でここまで……」

レオナートは讃嘆を覚えずにいられない。

「そりゃ皆、がんばってくれたよぅ」

村まで案内してくれた大兵肥満《だいひょう》の騎士、フランクがしみじみと答えた。

「がんばらなきゃ生きていけませんでしたし～」

その隣、可愛らしい容貌《ようぼう》と大柄な体軀《たいく》がアンバランスな、侍女《じじょ》のフラウも遠い目をした。

「その分だけ報われるってなら、人間、がんばれるもんさぁ」

「だからこその、この活気です～」

フランクとフラウが明るい声を揃《そろ》えた。

かってロザリアに仕えていた兄妹であり、今は指導者としてこの村を監督している。

いや、村はこの一つきりではない。

地図の上ではカラッツ州境に近いこの一帯に、覆い被さるほど放埒《ほうらつ》に広がるエンズ大森林の一端。その中に、ここと同じような隠れ村が点在しているのだ。

レオナートは村の入り口で、後ろを振り返った。

およそ五百人ほどが、ぞろぞろと列をなしていた。

皆が瞳を輝かせて、目の前の村に未来を見出していた。

シェーラがいて、バウマンたちアレクシス騎士がいて、ガライたちラインの男衆がいた――

遡《さかのぼ》ること五月九日。見事ライン銀山を奪還したレオナートは、帝宮へ参内《さんだい》した。

先に早馬を飛ばしていたが、改めて事の報告をするためである。

謁見《えつけん》の間には、いるべき廷臣がろくに揃っていなかった。文武百官どころか三十官くらいだ。

奪還を命じた張本人である宰相《さいしょう》モーレン公や、大将軍グレンキース公すらいない。

左右に並ぶ文武の廷臣たちが鉛を呑んだような緊張を湛《たた》え、レオナートを遠巻きにしていた。

その目には、はっきりと恐懼《きょうく》の色。

先にレオナートが出した虚偽の報告——ラインの民は、老人や女子どもの最後の一人に至るまで抵抗をやめなかったため、町ごと焼き払うしかなかった——を信じきっているのだ。

モーレン公らこの場にいない者どもは、何より我が身を大切にし、そんな虐殺を平然と行った若者と相対することを怖れたのだろう。

まあ、レオナートもそんな連中に用事はない。

「第八皇子レオナート。勅命《ちょくめい》を果たし、ラインより帰還いたしました」

玉座の皇帝に向かって拝跪《はいき》すると、飾り気のない挨拶をする。

「よくぞ無事で帰った」皇帝は自分の首すら重たそうな動作で、わずかにうなずいてみせた。

それきり謁見の間は静まり返る。レオナートが跪《ひざまず》いたまま一言も発さず、他の者たちがよくやるような、己の武功を喧伝、吹聴したりをしなかったからだ。

廷臣たちも猛獣でも見るような怯《おび》えた目をレオナートへ向けたまま、黙り込んでいる。

息苦しいほどの沈黙が広間を支配し、皇帝が仕方なさそうに、弱り果てたように口を開いた。

「褒美をやらねばならんな。レオナートよ、何を望む？」

「まずは騎士や兵たちに、その働きに相応しい褒賞を」

「それは無論のことだ。おまえ自身は何が欲しい？」

「領地を」レオナートは即答した。

アレクシスを取り戻すために、遠からず必須なのだから当然である。

「……よいのか？」ただし皇帝はびっくりとして、訊《たず》ね返してきた。

廷臣たちも同様で、にわかに驚嘆の声で場が満ちる。

彼らにとっては当然のことではないのだ。クロードの政治制度において、帝族が領地を得るということは、かつての二百家同様に立場を捨て、一貴族になるという意味を指す。現人神《あらひとがみ》の末裔《まつえい》から臣下に堕《だ》すということだ。そのことをちゃんと理解しているのかと、大嫌いな父親がさも心配げな顔つきをする。

「まさか、殿下」廷臣のうち一人が、業突く張りを睨む目付きで言い出した。「ライン銀山を領地に欲しいと、そう仰るのではありませんな？」

「そんな大それたことは言わん」

レオナートは憮然《ぶぜん》となって否定する。

「……ならば他の適切な地を、余の直轄《ちょっかつ》領から見繕うとしよう」

「それにも及びませぬ、陛下」

「……ふむ。ならばいずこを望む？」

「アレクシス州を」

レオナートが迷いなく要求した途端、廷臣たちが開いた口を塞《ふさ》げなくなった。

彼らの表情が「この皇子はどこまで馬鹿《ばか》なのだろうか」と言っている。それはそうだろう。

アドモフに奪われたままのかの地を自領になどと言い出せば、そう思われても仕方ない。

果たして皇帝一人、思案深げに黙考した後、

「……余はそれでも構わぬが……後悔はせぬか、レオナート？」

「はい。誓って」

「……あい、わかった。ならばおまえは今日この日より、アレクシス侯爵《こうしやく》である」

「感謝の至り」

レオナートは武骨な所作で一礼した。

廷臣からも異議は出ない。目障りな〝雑種〟が一臣下に落ちぶれ、しかも敵地を領土に欲しがったところで、歓迎しこそすれ不満はないのだろう。

レオナートはもうこの場に用なく、毅然《きぜん》と御前を辞すが、

「……憶えていておくれ」最後に皇帝が言った。「おまえがどうなろうと、余とおまえが血の繋がった親子であることは変わらぬのだ。レオナート」

レオナートは背を向けたままそれを聞き、何も答えず立ち去った。

（何をおためごかしを）鼻白《はなじろ》むだけだった。

ともあれそれで、レオナートはついに領地を得た。

レオナート自身の思い入れを別とし、客観的に見て、アレクシス州は最高の領地ではないが、周りが思っているほど悪くない。

シェーラと二年前の最初から、話、し、合、っ、て、い、た、こ、と、だ。

元侯爵領《こうしゃくりょう》であるアレクシス州は、とてつもなく広い。

面積にして実に、六千五百万里もある（現代日本で例えれば関東地方くらいである）。

侵略者であるアドモフは、二年経った現在でもまだその大半を掌握できていない。ロザリアとの戦《いくさ》で大きく兵を減らしてしまったことや、アレクシスが主要地を除けば森林地帯で覆われているのが邪魔をしている。差し当たっては州都や街道など経済活動の要所を支配し、交易商から多額の税収を得ることでよしとしている。極めて正しい判断だ。

いずれはアドモフ本土から大勢の民を疎開させて、アレクシス州全土の支配にとりかかるだろうが、それは十年先までかかる大事業。

つまりは、アレクシスでも僻地《へきち》の方に行けば、アドモフの目の届いていない土地がいくらでも余っているという話になる。かつてのロザリアの避難令により、打ち捨てられた村々があちこちに残っているということである。

「その村々へ、ラインの民には移住してもらう」

レオナートはガライとティキにそう説明した。

帝都のアレクシス州上屋敷でのことだった。

虐殺《ぎゃくさつ》したことになっている三万人の民をそっくりアレクシスに移して、そのままレオナートの領民になってもらうという話し合いは、鉱山町を焼く前についていた。

「いきなり全員で移住というわけにはいきません」シェーラも横から説明に加わる。「三万人で移動してたらさすがにアドモフに見つかっちゃいます。着いても、ご老人や体の弱い方が住めるところもありませんしね。働き盛りの男衆に五百人ずつ来てもらって、廃村を一個一個復興させていきましょう」

それまで残りの民は、アランがエイドニアで面倒を見てくれる約束になっている。

「一度放棄された村や畑を元通りにするのは大変なことです。ゼロから始めるよりはマシだって程度で。ましてラインの皆さんは畑いじりをしたことないわけで」

「だが、人間らしい生活が営めることを、俺《おれ》は領主として約束する」

レオナートは真摯《しんし》に言った。

「それが何よりです、殿下」

ガライもまた真剣な目で首肯《しゅこう》した。

彼とティキはわかっている。ラインの民には他に道がないことを。贅沢《ぜいたく》など言ってられないことを。いや、一度は反旗を翻《ひるがえ》しておいてなお全員の命があり、奴隷のような鉱山生活から解放されること自体が既に贅沢であることを。

話が完全についたところで、シェーラがガライに口を挟む。

「ちなみにレオ様はもう殿下じゃなくて閣下《かっか》ですよ」

「そうでしたか……すみません。貴族様の慣習には疎《うと》くて」

「構わん。おいおい憶えていけばいい」

「は……？　オレが憶えるんですか？　殿下……じゃなくて閣下」

「当たり前だ」レオナートはガライの胸を叩いた。「領主は一人では何もできん」

「はあ……」

言葉少なすぎる、レオナート独特の物言いに慣れていないガライが、困り顔になる。

だからシェーラが横から補足した。いたずらっぽい口調で、

「レオ様はガライさんたちを、千金を以って臣下に加えるって仰《おっしゃ》ってるんです。領主の直臣《じきしん》ともなれば、貴族文化にも詳しくならないとですよ？」

「オレたちを直臣に!?」「アタシたちに千金を!?」

ガライとティキが目を白黒させた。かと思うと、ガライが背を屈めて、ティキが背を伸ばして、互いの頰を抓《つね》り合う。喜んでくれているようでレオナートも何よりなのだが、ばつの悪さ

もあって、「元は卿《けい》らの金だがな」とぶっきらぼうに指摘した。


また遡ること、四月二十五日。

いよいよラインの鉱山町を焼こうという作業前に、ガライがレオナートに声をかけてきた。

「来て、見てもらいたいものがあるんです」

レオナートたちが一泊に使った元代官の館の中を、ガライとティキが先導する。

すると仰天、大仕掛けの隠し扉があって、その奥には大量の銀塊が蓄えられている。

「アタシたちも最近、見つけたんだ！」

「よく発見できたな」レオナートは唸った。

宿代わりに使う前、バウマンが「どこぞに刺客が潜んでいるやもしれませぬ。殿下に危険があっては一大事でござる」と人を使って入念に調べさせていたというのに。

「この子が教えてくれたんだよ」

と、ティキが掌に載せて見せてくれたのは一匹の鼠《ねずみ》だった。

「ネズミさんとお話できるんですか⁉」

「ふふん、他の動物ともたいがいできるよ」

シェーラが目を丸くし、ティキが薄い胸を突き出すようにして威張る。

「ちょっ……ちょっと待っててくださいっ」

かと思うと、シェーラが見たことないほど猛然とした勢いで、外に駆け出していった。

ティキとガライがぽかんとなって見送ったが、レオナートは呆然《ぼうぜん》自失としていられない。

「前の代官が貯め込んでいたものなら、卿らの血税だろう」

好きに持っていくべきだと許可する。

「そうしたいのはやまやまですが、正直、扱いに困るところがありまして……」

「アタシらみたいな庶民が銀塊なんて売りに行こうもんなら、『どこで盗んで来たんだ?』って衛兵さんにしょっぴかれちゃうよ」

「長老たちはアンジュという商人と懇意にしていたんですが……どうもオレは胡散《うさん》臭く感じてまして。結局、皆にも内緒にして迷っている間に、今日が来てしまったんです」

「だからもういっそ、殿下の悲願に役立てちゃってよ!」

ガライとティキはどうぞどうぞと笑顔で勧めてくる。

確かに、アレクシス全てを取り戻すため、いずれは己が軍勢をと望むレオナートにとって、金はいくらあっても腐ることはないが。

「卿ら、どれだけ根が善良なのだ……?」レオナートは呆れ返らずにいられなかった。

ところがすると、ガライとティキは顔を見合わせ、

「根が善良と仰るなら。殿下……」

「殿下こそ『この大金で私腹を肥やそー』とか考えないお人好しじゃん」

レオナートト以上に呆れ返った様子になった。

二の句が継げずに参っていると、シェーラがまた猛然と帰ってくる。

腕の中には、ふてぶてしい野良猫が一匹。

見知らぬ人間に勝手に連れてこられて、迷惑顔を浮かべている。

「わ、私っ、昔からっ、ネコさんとおしゃべりするのが夢だったんですっ」

さあ通訳してくださいとばかり、ティキに向かって猫を突き出すシェーラ。

ティキも参り顔になったあげく――答えた。

「『離せよ、人間』って言ってる」

ティキじゃなくとも、レオナートだってわかった。

「ですよねー」とシェーラは半泣きになって蹲《うずくま》り、未練たらたら野良猫を離してやる。

その姿が笑いを誘い、レオナートたちは噴き出してしまった。


そういう経緯があって、レオナートは当座の資金を確保できていたのである。

クロード歴二二一年、五月三十日。

レオナートは新しい侯爵としてアレクシスに帰還した。

伴はシェーラの他にガライやティキ。

さらにラインの男衆たちおよそ五百人を、バウマンら騎士五十人が護送してきた。彼らがラインからの入植第一陣で、二日置きに同程度の人々がやってくる手筈だ。

そして、出迎えのために現れた騎士フランクと、侍女フラウの兄妹。

二人に案内され、大森林の中の隠れ村へ一同が足を踏み入れる。

働く男たちの活気で満ちた、集落風景を目の当《ま》たりにする。

何も事情を知らない、ガライたちは仰天した。

「もう人がいるっ……？」

「てゆっか、廃村じゃないじゃん！」

そう、全ての種明かしをすれば——

レオナートは領主の地位を勝ちとる前から、とっくにこの地で復興を始めていたのである。

それもシェーラの〝構想〟の一環である。

もちろん、無断であり、秘密であり、規模も細々としたものだ。

レオナートはこの二年間、各地で匪賊討伐《ひぞく》をした。彼らの多くは領主の専横に喘《あえ》ぎ、他に道をなくして匪賊へ身をやつした者たちだ。行き過ぎた凶行は躊躇《ちゅうちょ》した、根は純朴な者たちだ。

それら情状酌量《しゃくりょう》の余地がある者たちをレオナートは全て助命し、この地に入植させ、刑に服す代わりに廃村を復興させた。やがては罪を許して、一領民に戻すことを約束した。

更生の道を示され、彼らは涙ながらに感謝し、望んで良民となった。

その数は最終的に四千人にも上った。

ロザリア麾下《きか》でも武官として優れたフランクと、文官としての能力に長けたフラウを残し、彼らに指導と監督を任せ、廃村を一つ、また一つと復興していった。

そして、現在がある。

「これで楽ができると思わないでくださいね」シェーラがガライたちに向かい、意地悪げに言った。「この近辺に廃村はい〜っぱいありますから！　皆さんにはここの人たちと協力して、バンバン復興してもらいますから」

「無論、今日からは俺も手伝う」

レオナートは断言した。

晴れてアレクシス侯爵と認められて、大手を振ってできるようになったのだ。

「俺の伯母上が生前に、酔うたび言っていた」

政治の道具として、帝都から百五十里（約六百キロメートル）も離れたこの僻地へ嫁《とつ》がされた。だけどその時、ロザリアはこう誓ったという。

〝貧乏くじだなんて絶対に思ってやるもんか〟

「俺も同じ想いだ。皆もそうだとうれしい」

そして、この地に、第二の故郷に、魂のふるさとに今度こそ根ざしたい。

ロザリアの遺志を継ぎ、帝都よりも豊かな地にしてやりたい。

それができたならば、レオナートにとって〝幸せ〟以外の何物でもない。

未だ州全土を取り返したわけではないし、州都リントはアドモフに奪われたまま。

道は遥《はる》か、遥か、長い。

「だが、どれだけ時間がかかろうと、どれだけ苦労があろうと」

どれだけ時間がかかろうとも――

すっかり矢傷の癒えた左腕を胸に当て、レオナートは天を仰いで、見つめて、誓いを立てた。


宣言通りにレオナートはその日から、率先して復興作業を行った。

強靭《きょうじん》な肉体は日に他の男の三倍を耕し、また熟練の樵《きこり》が閉口する堅木を易々切り倒す。狩りに出ればあのガライに迫る猟果を挙げる。

屈強揃いの男衆が唖然《あぜん》となるほどの成果を、毎日、黙々と叩き出し続ける。

それでいて、日々の武術鍛錬《たんれん》も怠らない。

威張り散らして貫録を取り繕ったりしなくても、周囲の畏敬《いけい》を自然と勝ち取っていった。

ある日はガライが見事な大鹿を狩ってきて、レオナートとシェーラに振る舞ってくれた。

焚火《たきび》で焙《あぶ》ってかぶりつくというシンプルな調理法だが、ティキの腕がよくて火加減が絶妙。

肉の断面がなんとも言えない桃色をしていた。

噛むと香ばしい肉汁が口中に滴る。牛や豚と違い、どこまでも脂の甘みが軽い。野趣で誤魔化《ごまか》されるのではなく、家畜よりもむしろ上品な味わいがあるくらいなのが、鹿肉の不思議なところだとレオナートは思う。

食べきれない分は燻製《くんせい》にして他の者にも分け与え、期せぬ馳走《ちそう》に舌鼓《したつづみ》を打つことができた。


またある日は、女性陣みんなで泉へ水浴びに行った。

といっても女の数はそもそも少ない。フラウたちロザリアに仕えていた侍女が十数人いて、役人の代わりとして村々で辣腕《らつわん》を振るっていた。そこへシェーラとティキが加わって全部だ。

「ティキさんがあんなに料理がお上手だったなんて！」

シェーラは鹿肉の味を思い出しながら、体を恍惚《こうこつ》と震わせた。

全身ほっそいのに、そこだけ反則的に豊かな両の乳房が、弾力を主張するようにはずむ。

「今度、教えてあげようか？」

ティキがふふんと胸を反らした。衣服を脱ぎ捨て解放され、さらに姿勢で強調されてようやく目につくふくらみの、先端が得意げにツンと張っていた。

「わ、わたしにも是非～っ」

横で聞いていたフラウが食いついた。

顔は可愛いのに身長は一間（約一八〇センチ）近い大柄な二十歳で、胸の双丘は誰にも負けない量感を誇っている。一方、シェーラとティキの前ではさりげなくお腹を隠している。男だったら気にしない程度の贅肉《ぜいにく》も、同性の厳しい目には晒《さら》したくないという乙女心だ。

「代わりにアタシにもいろいろ教えてよ」ティキが仰向けで水面に浮きながら言う。「アタシなんかにもできたら、だけどさ」

かつてのロザリアの侍女たちが、幕僚や官僚としていつでも働けるよう仕込まれていた、そのことを指しているのか。あるいは貴族の前に出ても恥ずかしくない礼儀作法のことか。他にもシェーラたちは歌舞音曲《かぶおんぎょく》だとか学問だとか山と習っていたので、「ま、まさか、今から全部……？」と意気込みは認めつつも戦慄する。

ティキは真剣な顔で続けた。「読み書きはできなきゃって痛感するんだよ」

シェーラとフラウはあからさまにホッとした。

それから二人とも優しい目になって、「もちろん教えて差し上げますよ」と声を揃えた。

あんなに上手な料理を教えてもらえるなら安いものだ。

「これでレオ様に、美味《おい》しい手料理を振る舞ってさしあげられます♪」

「ですね～♪」

フラウの口から不穏な言葉が聞こえた気がして、シェーラは「むむっ」と眉をひそめた。

ティキが水面を漂いながら、にわかに口元をニヤけさせていた。

またある日は、アランがエイドニアの葡萄酒《ぶどうしゅ》を送ってくれて、皆で宴を開いた。

侍女たちが思い思いの楽器を披露してくれて、曲に合わせて皆が歌い、踊る。

ほとんど男ばかりだが、それはそれで宴は盛り上がった。

でも酔っ払ったティキがガライを無理矢理引《ひ》っ張《ぱ》って踊り出すと、皆が嫉妬《しっと》交じりに囃《はや》し立てる。体格差がありすぎて、子犬がじゃれているようにしか見えないのが、また笑いを誘う。

レオナートも彼らに交ざって眺めていた。

下戸なので水杯だったし、相変わらずの仏頂面だったが、本人はとても楽しんでいた。

「ここに来てから、いいことばかりですね」

シェーラだけがそれに気づいてくれて、隣に腰を下ろして言う。

「ああ。いつまでも続くといい」

レオナートはそっと答える。

シェーラがぎゅっと手を握ってきた。

二人ともわかっているからだ。

それは、まさに、ただの願望であり、南には内憂《ないゆう》が蔓延《はびこ》り、北には外患がとぐろ巻くこのクロード帝国で、楽しいばかりの日々が決して続くわけがないことを。

そして、事実わずか一か月しか続かなかった。

七月三日。今年の暑さを思わせる初夏の風とともに、帝都から急使が来た。

「皇帝陛下の勅《ちょく》である！」鍬《くわ》を振っていたレオナートに対し、馬上から居丈高に告げる。「アレクシス侯爵レオナートに告げる。過日、帝国に対し反旗を翻した、第二皇子シャルト並びにディンクウッド公爵を討つべし！」

さすがのレオナートも予想外のことだった。

ディンクウッド公爵は年齢を証す真っ白な髪を除けば、なんの特徴もない中肉中背の老人だ。

だいたいいつも好々爺《こうこうや》然とした、温和な笑《え》みを浮かべている。

そうと知らねば誰も、このご老体が帝国最大の権力を持つ四公の一人だと気づかないだろう。

だが、その腹の中身は闇夜よりももっと深い。

彼の臣下たちは誰もがそれを知っている。

ディンクウッド州・州都レーム。

その中心には荒々しく聳《そび》え立つ領主の居城があり、百年の歴史が分厚くわだかまるような重苦しい謁見《えっけん》の間に、主だった臣下たちが集められていた。

彼らは一様に跪《ひざまず》き、まるで押さえつけられているかのように頭《こうべ》を垂れていた。

〝不可捕の狐《テウメッソス》〟トラーメも例外ではなかった。

彼らの主、ディンクウッド公は決して狭量な男ではない。むしろ多少の無礼などニコニコと笑い飛ばしてしまう。しかし、それが怖いのだ。彼の器量に甘えていると、だんだんと心に緩みが出てくる。職務へ臨む気持ちに怠《なま》けが出てくる。

ディンクウッド公は、職務上での失態は絶対に許さない。

ニコニコしたまま斬首に処す。

だからトラーメたちは自発的に、彼の前で己を厳しく律するのだ。

さらには、である。

エイドニアの一件の後、第二皇子シャルトはほとぼりを冷ますようにこの地へ逗留《とうりゅう》していた。

彼は上座をディンクウッド公に譲り、自らは脇へ侍《はべ》るように立っていた。

あの気位の高いシャルトをしてそうさせる——二人の力関係を物語っているではないか。

そして、こんな程度はディンクウッド公の裡《うち》に潜む闇でもなんでもない。

老公の御前で、一人だけ面を上げている者がいた。

まるで美少女然とした年齢不詳の男で、アンジュと名乗っている。

公の子飼いの密偵であり、クロード各地で暗躍している。

その報告を、ディンクウッド公は笑顔で聞いている。

「——という状況でありまして、ライン銀山の蜂起《ほうき》はわずか二か月をもって、レオナート軍に鎮圧されてしまいました。思ったよりも戦上手な皇子なのかもしれません。あの吸血皇子《ノスフェラトウ》が来なければ〝計画〟通り、反乱はもっと長期化できたと思われます。帝国経済に打撃を与え、且つ近隣の農民反乱を誘発し、糾合《きゅうごう》し、一大反乱となるまで成長させることも、決して不可能ではなかったと私は見ます。ですから余計にも口惜しく……」

その報告を、トラーメは寒々しい気持ちで聞いた。

そう──近年、ラインを始めとした帝国各地で頻発している民衆反乱や匪賊の跋扈《ばっこ》は、その大半が裏でディンクウッド公が画策したものなのだ。アンジュを使って扇動させていたのだ。

全ては〝計画〟のため。

帝国の現体制を弱体化させ、転覆させ、帝位を簒奪《さんだつ》するためだ。

「〝計画〟に支障を来《きた》してしまいましたこの失態、如何様《いかよう》なる罰も受ける所存です」

アンジュは報告を終え、最後にまるで首を差し出すようにうなだれた。

「かまわないさ」老公は鷹揚《おうよう》に言った。「おまえに与えた任務は武装蜂起を扇動するまで。後は〝可能な限り長引かせろ〟と私は言っただけ」

忘れてはいないよとコロコロ笑う。

それから、ディンクウッド公はしばし瞑目《めいもく》して考え込み、

「頃合いかねえ」

ボソリと呟《つぶや》いた。

ただそれだけで臣下一同の背筋に衝撃が走る。

トラーメを始めとした有能な彼らは、主の言葉の真意を聞き誤らない。

〝計画〟よりも大分早いが、いよいよ反旗を翻す時が来たのだと悟った。

「ラッフル将軍」

「ははッ」

「兵はすぐ動かせるかねえ？」

「無論、お望みとあらば明日にでも一万、揃えてみせますッ」

「最初はそんなに要らないよ。とりあえず騎兵を五百ほど出して、ラインを占拠させなさい」

またも臣下一同の背筋に衝撃が走る。

レオナートが鉱山町を焼き討ちしたため、確かに今あそこは空白地帯のはず。ゆえに帝国最大級の銀山を労せずして手に入れることができる。レオナートが鎮圧してしまったのを〝計画〟の「支障」ではなく「これ幸い」に転じてしまうその発想力。まさに頃合いではないか。

トラーメなどもう舌を巻く思いだ。

「ロザリアの婆さんが睨みを利かせていたら、こうはいかなかっただろうけどねえ」

「侯爵夫人が亡くなっていて僥倖《ぎょうこう》ですな、御祖父殿」

ディンクウッド公が独白し、シャルトが同意する。

シャルトは平然と薄笑いを浮かべていた。

老公は同じ帝国北方の大貴族だった彼女を懐かしむように、好々爺然と目を細めていた。

彼ら二人こそが、ロザリア謀殺の音頭をとった主犯だろうに。

出る杭を打とうと他三公爵家を抱き込み、ロザリアがアドモフとの戦で敗死するようあらゆる手を打ったが、その実、〝計画〟最大の障害になることが目に見えていたから殺したわけだ。

「あの婆さんは出来物だった。私の臣下として生まれてくれていたら、一番に重用することもできたのに。いや、残念だ。運命とは残酷だ」

老公はそう言って悪びれなかった。

トラーメらは拝跪《はいき》したまま一様に、老人の姿をした怪物でも見るような目で彼を盗み見た。

帝位簒奪へ向けた壮大な〝計画〟を練る入念さ、問題が出ればすぐに修正できる柔軟さ、機と見れば〝計画〟を一気に前倒しすることを怖れない大胆さ、そして何より、今日いきなり蜂起することになっても整然と実行できる周到さ——

狡猾《こうかつ》、とは正しくこのことを言うのだ。

そして五日後にはもう、ディンクウッド公は速やかに軍を発していた。

トラーメは帝都へ続く街道を、長蛇の列となって南下する自軍を振り返り、その長さ人の多さに目が眩《くら》みそうになる。

その数、一万五千。

本拠ディンクウッド州の守備軍や輜重《しちょう》等の後方部隊を抜いた、正味の帝都攻撃員としてこれほどの兵数を連ねている。しかもまだ増える気配がある。以前から彼やシャルト皇子の息がかかった貴族、あるいは機を見るに敏な者たちが兵を連れて次々と参陣し、膨れ上がっている。

やはり銀山を確保した宣伝効果が抜群なのだ。

〝計画〟を数年前倒しにしても、今、反旗を翻すのが正解だったのだ。

未曽有《みぞう》！　これほどの大叛乱《はんらん》劇、クロード二百年の歴史を見ても他にない。

トラーメは軍勢の先頭をまた振り返る。

そこを威風堂々と行く将軍。

老公の懐刀《ふところがたな》で、ラッフルという。全身から才気煥発さを溢《あふ》れ出した男である。齢三十六の壮年、帝都の軍学校の名物教授だったほどの兵法家。しかも実戦経験豊富で剣の腕も立つ。

今が脂が乗っている。知勇兼備と名高いこの男をディンクウッド公は副将と据えていた。

ラッフルだけはない。名だたる指揮官、幕僚、騎士、豪傑が綺羅星《きらぼし》の如《ごと》く轡《くつわ》を並べていた。

無能を絶対に許さないディンクウッド公の下だからこそ、これほどの傑物が集まる。

これほどの水際立った軍を構成できる。

トラーメは護衛騎士として近く侍りながら、老公へ振り返った。

六頭立ての馬車に乗り、上機嫌に笑っていた。

話し相手はこの軍の大将。

すなわち第二皇子シャルトであった。

ディンクウッド公の孫である彼は「生ける大義名分」。皇太子と同じ日に生まれたシャルトが、本当は先に産まれていたにもかかわらず、モーレン公と前宰相が謀《たばか》って記録改竄《かいざん》した――という建前で罪を捏造《ねつぞう》し、糾弾《きゅうだん》し、現体制の中枢を処刑し、シャルトを正統の皇帝に押し戴《いただ》く。

後嗣《こうし》の乱れを正す。

その御旗《みはた》を掲げて、ディンクウッド公の大軍は粛々と帝都を目指しているのである。

「お喜びくだされ、殿下。一つ、御身のために帝国をとって差し上げますぞ」

馬車の外へ漏れ聞こえるほど老公の声は弾んでいた。

対してシャルトは答える。

「ありがとう、御祖父殿。この国を我ら二人で分かち合いましょう」

内心でどう思っていても、そう答えるしかない。

答えなければシャルトですらどうなるかわからない。

(はてさて羨むべき境遇か、憐れむべき境遇か)

窓を通してシャルトを眺めながら、トラーメにも答えは出せない。

――同時に。もう一つ、答えの出せない疑問を想った。

レオナートは、もう一人の皇子はこの乱に対し、どう動くだろうか？　と。

長蛇の列の中に、クリメリア州の旗は並んでいない。エイドニアでの敗戦の責を一州でとらされたのだから当然だ。あからさまに敵対するほどの勇気は持っていなかったようだが、シャルトやディンクウッド公には内心恨み骨髄だろう。クリメリア伯やその親しい貴族たちもこの軍に加わっていれば、もう三千人は積めたはず。シャルトがエイドニアで負けなかったら――レオナートが勝利しなかったら、それは現実のものとなっていたのだ。

それらのことが魚の小骨のように、トラーメに刺さっている。


ディンクウッド公の叛乱と現在の状況。

それら詳細をレオナートたちは、勅書に目を通して理解した。勅使は「これを討つべく、北方に領地を持つ貴族全員、ドラヴィ州へ集結せよ」と横柄に命じて帰っていった。

またそれに続いて、アランから親書が届いた。

お節介焼きのあの青年は、現体制側の周辺情報を調べて送ってくれたのだ。

それによれば、叛乱軍の大軍に対して、迎撃のための兵はろくにドラヴィ州へ集まっていないという。勅命《ちょくめい》を受けたはずの貴族らは皆、日和見《ひよりみ》を決め込んでいるのだ。

かくいう廷臣だとて、近衛《このえ》兵団をたった二千しか派遣していない。

まず一当てするならそれで充分、北方貴族たちの参陣と献身に期待しよう、もしそれで勝てずに帝都決戦までもつれ込んだ時のため、残りの近衛兵団はとっておこう――そういう肚《はら》なのだろうが、考えが浅い。だったら北方貴族たちも、崖っぷちになって初めて参戦すればいいと思ってしまう。ちゃんと体制寄りの考えを持つ貴族たちですら、ドラヴィ州へノコノコ出かけていって、集まったのが自分だけだったら勇み足じゃないかと躊躇してしまう。

そもそも、ディンクウッド公に名指しで標的にされたモーレン公（とその孫である皇太子）こそが率先して音頭をとるべきなのに、まだ何も動きを見せていないらしい。

他の貴族たちを叛乱軍にぶつけて、互いに消耗し合わせ、漁夫《ぎょふ》の利を得ようという肚だともっぱらの噂《うわさ》だとか。この期に及んでまだそんな悠長なことを考えているのだから、近視眼的というか、浅ましいというか。

四公家の一角が乱を起こす国家存亡の危機だというのに、このぐだぐだっぷり。

暁《クロード》の帝国の未来は本当に暗い。

唯一の明るい話題は、中央《パリディーダ》帝国国境に配備されていた辺境軍が、第四皇子率いる四千人とともにドラヴィ州へ向かっているというが……。

「どうします、レオ様？　悩ましいところですが、まずは様子見するという手も」

「いや行く」

そこはレオナートの中で揺るぎない。

問題は、叛乱軍が一万五千もの大軍なのに対する、こちらの寡兵《かへい》さだ。

「うちでものになりそうな兵は千人くらいだよぉ」

大兵肥満の騎士フランクが報告した。匪賊からアレクシスの領民になった男たちを、半農半兵で鍛え続けていた彼の見立てだ。信頼に値する。

これに騎士隊が五百。アランも千は出してくれるだろう。そして、近衛兵団が二千か。

他の貴族の参陣を期待するのは見積もりが甘い。

辺境軍四千は素直に頼もしい。率いる第四皇子とレオナートの仲は、よくも悪くもない。互いに不干渉というべきか。だからといって、彼のことを軽く見ているわけではない。むしろ一目《いちもく》置いているくらいだ。常に冷静で、それでいて必要ならば苛烈になれる性分《しょうぶん》。実母の第五皇妃が最北の帝国《ツアーラント》帝家から嫁いできた外様《とざま》であるため、レオナートほどではないが帝宮内で辛く当たられていた。結果、彼は早々に帝宮を捨て、ツァーラントの後援を受けて一軍を結成し、クロード辺境で護国に精励している。心胆《しんたん》が武張《ぶば》っている。

とはいえ、それ全て合わせて一万にも遠く満たない。

またもおよそ倍の敵と相対する、苦しい戦いが待っている。

「せめてもう少し兵が欲しいですね……」さしものシェーラも弱り顔だ。

しかし、振れば兵隊が出てくる魔法の壺などないことだし、ここはもう肚をくくるか――

二人の間をそんな空気が満たしかけた、その時である。

「話があります、閣下」

「シェーラも一緒にちょっとこっち来てよ！」

ガライとティキがやってきて、手招きした。

断る理由もなく村の外れまで行くと、なんとそこに集まっているではないか。

ラインの男衆たちが。二千人ほども。

命知らずの、逞《たくま》しい元鉱夫たちが。弓を携えた狩人《かりうど》たちが。

「オレらも戦わせてくだせえ！」

「閣下に救われた命だ。閣下にになら預けられるぜ！」

「それに、勝てばお上からオレらにも、金をたんまりといただけるもんなんでしょう？」

「ハハ。そりゃいい。出稼ぎみたいなもんだ、ハハハハ」

口々にそう言い、自《おの》ずと協力を申し出てくれた。

「本当は男衆全員で閣下と一緒に行きたかったんですが、畑を放置するわけにはいかないんで」

「充分だ。助かる」

申し訳なさそうにするガライに、レオナートは声を奮わせて答えた。

一同をゆっくりと見渡す。時間が許せば、一人一人の顔をちゃんと見たい気分だ。

全員に向かって話しかける。

「この戦が長引けば、クロードがどれほど荒れるかわかったものではない」

最悪、アドモフに抗するだけの力を失う。アレクシス全てを取り戻すというレオナートの願いは水泡と帰す。冗談じゃない。ゆえにディンクウッド公らを討たねばならぬのは自明の理。

「だが、俺がこの戦に征《い》くのはそれだけが理由ではない」

レオナートは一瞬——ほんのわずか一瞬だけ躊躇《ためら》い、告げた。

「俺の伯母上は、四公家どもの裏切りに遭って死んだ」

声のトーンは自然と低く、激しくなった。

煮え滾《たぎ》る腹の底から、噴き出るように。

男衆たちも息を呑んで傾聴してくれる。

「その時の怒りを、恨みを、俺は忘れたことなどない」

隣でシェーラもうなずいた。彼女もまた暗い瞳をしていた。

「シャルト兄上もディンクウッド公も、四公家という穴に巣食った貉《むじな》どもだ。伯母上の仇《あだ》だ。奴らに報いを受けさせるこの機を俺は……俺は絶対に見過ごしてはおけん。正直に言う。俺にとっては同時に、これはただの私闘でもある。私怨《しえん》を晴らすための戦でもある」

レオナートはもう一度、一同の顔を見渡した。

「それでも、ついてきてくれるだろうか？」

シェーラのような達者さには遠い、ひたすら率直なだけの言葉。

拙《つたな》いそれが彼らに届くか、口下手の彼は不安しかなかった。

果たして――レオナートはいきなりの衝撃に打たれた。

音の津波だ。二千人の男たちの喊声《かんせい》が、稲妻の如くレオナートの全身を劈《つんざ》いたのだ。

何も不安に思うことはなかった。赤心《せきしん》を晒《さら》したからこそ、男たちも赤心で応えてくれたのだ
と、レオナートは知る。こんな気持ちのいい返答が他にあるだろうか？

彼らの気炎が、レオナートの胸の内をさらに燃え立たせるようだった。

「ありがとう」その言葉は彼らの絶叫にかき消される。

でも、きっと届いていた。

レオナートと彼らが、心底から通じ合った瞬間だった。


クロード歴二一一年七月五日。アレクシス軍、決起す――

第八章
ナラブモノナシ
The Alexis Empire chronicle

彼はいつも暗い部屋の中にいた。灯りを点けず、窓は閉めきったまま。

調度品の類はほとんどない、虚《うつ》ろな室内を満たすのは彼の鼻歌。

明るい調子で口ずさむ、しかしそれは葬送曲であった。

もし聴く者がいれば、遅れて正体に気づいてゾっとするだろう。

あまりに不気味なこの部屋に、彼に、誰も近寄ろうとはしない。

彼も不用意に入ってくるなと家人に命じてある。

だから今、出入り口のドアが叩かれたのは、よほどの用事に違いない。

「失礼します、エイナム様」顔を見せたのは彼の副官だった。よく働いてくれる有能な騎士だが、廊下に立ったまま、一歩も入ってこようとしないのが二人の関係を物語っている。

部屋に明かりが差した。ソファに寝そべる彼の姿が闇の半ばに浮かび上がる。

歳は二十九。豪奢《ごうしゃ》な金髪は全く手入れされておらず伸ばし放題、まるで獅子《しし》の鬣《たてがみ》のようになってしまっている。背こそ高いが痩《や》せぎす。肌の色は病的に青白い。目の下のクマは分厚い。

彼——エイナム・クルサンドは鼻歌を続けながら、顎《あご》をしゃくって話を促す。

「シャルト殿下とディンクウッド公が、挙兵いたしました」

(ついにか……！)

エイナムは葬送曲のトーンを思わず一つ上げた。

「当家にも参陣するよう要請が来ており、侯爵《こうしやく》様はエイナム様に名代《みようだい》として出陣するようにと」

「わかった。二千連れていく。急げ」

「ははッ」副官は一礼するとただちに準備へと向かった。

扉が閉められ、部屋の中が再び暗闇に包まれる。

エイナムは葬送曲を口ずさみながら、幽鬼のようにゆらりと立ち上がった。

灯りもなく、慣れた足取りで壁際まで赴《おもむ》く。

そこには一枚の絵が掛けられている。

二人の天使が地上を見下ろす、宗教画だ。

エイナムは鼻歌をやめ、両手を壁につくと——舌を出して、その絵を舐めた。

一度や二度ではない。執拗《しつよう》に、一心不乱に舐《ねぶ》り続ける。

もしいま家人《けにん》が入ってきたら腰を抜かすだろう奇行。

(待っていてくれ……)

エイナムは心を遠く、まだ見ぬ戦場へと馳せる。

その脳裏に浮かんでいるのは、修羅《しゆら》の如《ごと》く戦うレオナートの姿であった。

ドラヴィ州は帝都とディンクウッド州の、およそ中間地点に位置する。

廷臣たちがここを官軍の集結地と指定したのは、「集結までなるべく時間を稼ぎたい」「しかし帝都にはなるべく叛乱《はんらん》軍を近づけたくない」という対立する二つの命題の狭間《はざま》で、一番短絡的な答えを出した——その程度の判断でしかないだろう。

領主であるドラヴィ伯はさっさと旗印を決め、叛乱軍へと駆け込んでいたから、ここを戦場にしても（仮に領地がメチャクチャになっても）なんら遠慮はないという計算もまたあるか。

ともあれ、帝都からディンクウッド州の間は平野部が多く、どこが戦場になろうと大して変わらない。大軍を展開できる方が圧倒的に有利で、逆に地の利を活かした戦い方は難しい。

一般的にはそう考えられている。

七月十六日。

レオナート率いるアレクシス軍三千五百は、叛乱軍にやや先んじてドラヴィ州に到着した。

近衛《このえ》兵団二千と第四皇子率いる辺境軍四千及び、アラン率いるエイドニア兵一千は、さらに数日前に到着している。

計一万五百の兵たち（兵站《へいたん》を除く戦闘員の実数）が、街道上の野営地で一堂に会した。

一万五千の叛乱軍にはまだ及んでいないが、ラインの男衆のおかげで二倍の敵を相手する計算から一・五倍まで下がったので、この変化はとてつもなく大きい。

野営地の真ん中に張った大天幕に、レオナート、アラン、バウマン、近衛兵隊長とその副官、そして第四皇子とその幕僚《ばくりょう》長の、七名が集合した。

「お久しゅうございます、兄上」レオナートは真っ先に頭を下げた。

好きでも嫌いでもない相手なら、長幼《ちょうよう》の礼を欠けば非は全てこちら。

第四皇子キルクスは、無言の首肯《しゅこう》で応えた。

高くないその背を、上座の椅子に預けている。黒髪黒瞳《こくどう》、秀麗《しゅうれい》な顔つきには武張《ぶば》ったところはかけらもない。しかし、今年で二十一のこの皇子は厳格な指揮官として知られ、鎮座するその冷ややかな物腰は白刃の如く他を圧していた。

付いた異名は〝冷血皇子《ボレアス》〟。

平気でいられるのは、お付きの幕僚長とレオナートくらいのものだ。

「兄上は面識ございましたでしょうか？　エイドニア伯アランと、我が副官のバウマンです」

緊張を隠せない様子の二人を、レオナートが紹介する。

キルクスはまた無言の首肯で応えた。違いは二回、首を縦にしたことだ。

(この兄上は相変わらずだな)内心苦笑させられる。

キルクスはレオナートが兜《かぶと》を脱ぐほどの、極度に無口な男なのだ。

どんな声をしていたか誰も知らない。思い出せないと帝宮ではもっぱら言われていた。

従って、彼の考えは全て隣に立つ幕僚長が代弁する。

「皆様の紹介が終わったところで、そろそろ軍議に参りましょう」

年経た男の錆《さ》びた声。歯切れと人当たりのよい口調。

こちらは如何《いか》にも武人然とした、立派な体軀《たいく》の持ち主だった。とても五十過ぎには見えない。

服の右袖には中身がなく、そよいでいる。彼の歴戦の証だった。

実際、彼は最初ツァーラントの騎士として功名《こうみょう》を成し、やがて若き将としても勝利をほしいままにした。戦《いくさ》で右腕を失ったことで、惜しまれつつも三十前に一線を退くと、クロードへ輿入《こしい》れした姫君（現第五皇妃。キルクスの母）の相談役としてこの国にやってきた。

母国とのパイプ役を果たし、キルクスが長じてからは後見人となり、辺境へ赴《おもむ》く彼のために軍を立ち上げた。幕僚長として軍役に戻り、キルクスを補佐し、辺境の治安正常化や中央帝国《バリディーダ》との間で頻発する小競り合いに勝利し続けて、現在でも睨みを利かせている。

その凄まじいまでの経歴には、レオナートも敬意を抱かずにいられない。

領地こそ持っていないが、クロードは彼に辺境伯の名誉爵位を与えざるを得なかった。

名をオーゲンス。人は彼を〝隻腕の軍神《ヌアザ》〟と呼ぶ。

その宿将に向かい、レオナートは待ったをかけた。

「軍議の前にもう一つよろしいか？」

「なんでしょう、レオナート閣下《かっか》？」

親しさと他人行儀の合間にある、絶妙な態度でオーゲンスは言った。

また、ついうっかり殿下と呼ぶような粗忽《そこつ》さをこの男は持ち合わせていない。

「指揮系統をはっきりさせておきたい」

「なるほど、それは大切ですな」

オーゲンスは微笑《ほほえ》みを絶やさず、眼光だけ炯々《けいけい》とさせた。

レオナートが総大将の地位を要求するなら、ただでは済ませないという顔だ。

「誤解しないで欲しい」レオナートもすぐに言う。「俺《おれ》は兄上を総大将と思っている」

年長の皇子だし、実力も経験も申し分ない。

この戦に並々ならぬ想いで臨むレオナートとしては、序列争いで仲間割れしている暇はない。

隣のアランが勇気を振り絞って意見した。「ただ、戦法においてはアレクシス侯の提案を聞き容れて欲しいのです」損して得取れの論法だ。

「ふうむ」オーゲンスは胡乱《うろん》げな態度を敢えて表に出した。「聞けば、レオナート閣下はエイドニアでもラインでも、面白い奇策を用いて劣勢を覆したとか？」

シェーラが吟遊詩人たちを雇っていようと、それら直近の風聞が辺境まで届いているとは思えない。つまり、よく調べてある。さすがだ。

「ご自信があるのは当然のこと。ですが、キルクス殿下も私も正攻法をこそ好みます」

歯に衣《きぬ》着せぬことを、無礼とまではならない態度で言ってのける、老功さもさすが。

帝宮にたくさん飼われている豚どもとは、格が違うということだ。

指揮権も実質的主導権も決して渡す気はないと、巌《いわお》の如く立ちはだかるオーゲンス。

しかし——

ずっと押し黙っていたキルクスが、机を軽く叩いた。手の甲を使って。窘《たしな》めるように。

たちまちオーゲンスは一歩下がると、深々と腰を折る。

「聞く前より意見を封殺するが如き愚考、失礼をいたしました、歳はとりたくないものです」

オーゲンスの謝罪に、キルクスは無言の首肯で応える。

この老練な宿将をしてただの忠犬の如く従える、第四皇子の風格だった。

(やはり、この兄は別格だ)

レオナートは内心で唸る。それもどこか小気味良さを覚える感心である。

同時に後ろのバウマンへ目配せした。すると彼が畏《かしこ》まったまま、大事に包んで持ってきていたいくつもの薄板をテーブルの上に並べる。

「なんでしょうかな、これは?」オーゲンスがしげしげと眺め見る。近衛兵隊長たちも怪訝《けげん》顔。

事情を知っているレオナートらを除いたら、平然としているのはキルクスだけ。

皆、この板がいったい何というものかは知っている。

ただ、今ここで並べる意味はわかっていない。

バウマンが並べたそれらは、世間一般では風景画と呼ばれるものだった。


七月十八日。名目上はシャルトが率い、ラッフル将軍が補佐する、「ディンクウッド公の叛乱軍」一万五千はドラヴィ州に到着した（彼らは〝帝国正統軍〟を自称し、対するレオナートらを〝私兵連合〟と呼称したが、この時代の人々の大方の認識でも後の世の表記でも、ディンクウッド公らが〝叛乱軍〟でありレオナートらが〝官軍〟である）。

叛乱軍はその夜、州北部にある平原地帯で野営を行った。

細い河川が無数に入り組んで走る地形をしていたが、大軍を休ませるには充分広い。

この先、ドラヴィ中央部には小さな林が点在するだけのもっと広大な平原があるのだが、そこには官軍が待ち構えているという情報が入っていた。いま無理してそこを目指したところで、兵がクタクタの状態で敵軍と遭遇するのが目に見えていた。

そんな間抜けを見落とすシャルトではないということだ。

明日にも決戦と意気込む、叛乱軍の野営地は活気に満ちていた。

兵が士気高いだけではない。首脳陣に至っては毎夜、大天幕の中で宴を開いている。

行軍中にそんな贅沢《ぜいたく》ができるのは、ディンクウッド公の絶大な裕福さに加え、既に十家門を超える貴族たちが兵に糧秣《りょうまつ》、軍資金を抱えて馳せ参じていたからだ。

また彼らが叛乱軍の勝利を信じて疑わないことも、乱痴気騒《らんちき》ぎに拍車をかける。兵の数の多さ。そして将兵の優秀さ。

叛乱軍には両方が備わっていた。ディンクウッド公には一つ、誰にも誹《そし》ることのできない美点がある。それが彼の人材収集欲であり――馬鹿《ばか》げた話――帝宮の廷臣たちよりも彼の幕下の方が、よほど綺羅星《きらぼし》の如く逸材《いつざい》が揃《そろ》っている。

ディンクウッド公がシャルトを溺愛《できあい》しているのも、ただ孫だからという理由ではない。皇子たちの中で図抜けた英才と誉れ高き、シャルトの能力を愛しているのだ。

出自の怪しげな〝不可捕の狐《テウメッソス》〟トラーメを、騎士として取り立てて重用してくれたのも、ディンクウッド公にその美点があったからだ。

ゆえにトラーメは、この先、彼以上に気前のいい主とは出会えぬと信じている。

ゆえにトラーメは、不興を買う覚悟で進言せねばならぬと決めた。

――酒臭い空気が漂う大天幕の中。

トラーメはシャルトとディンクウッド公の姿を探す。

苦もなく見つかる。参陣した貴族どもが酔いで醜態と心根の卑しさを晒《さら》し、唯一彼らの高貴さを証明してくれる絹服すらだらしなく着崩している中で、シャルトの凛《りん》とした佇《たたず》まいは際立って見えた。隣にいるディンクウッド公の飄々《ひょうひょう》とした存在感も異彩を放っていた。

二人は杯こそ持っているが、ろくに口をつけていないのがわかる。

「よろしいでしょうか、殿下」トラーメはシャルトの傍《そば》で跪《ひざまず》くと、揉《も》み手になって話しかけた。「部下を飛ばしたところ、やはり敵陣にレオナートがいるのは間違いないようで」

「……それで?」シャルトは不機嫌さを隠そうともせず、むっとなった。

「あの男は危険です」トラーメは端的に言う。エイドニアでの戦の光景が瞼《まぶた》の裏に焼き付いている。燃え盛る野営陣の黒煙の中、黒衣の騎士が鬼火のような光を瞳に湛《たた》え、悪鬼の如く殺戮《さつりく》を行う――レオナートの姿を思い出しただけで〝不可捕の狐《テウメッソス》〟の肌が粟立《あわだ》つ。

「この際、殿下のお味方につけるのが最上の策かと存じまする」

「私にあの雑種と同じ天を戴《いただ》けと言うのか……?」

「ご不快はごもっとも! しかし、覇業のためには時に泥を啜《すす》る覚悟も必要と、古来――」

「お待ちあれ、トラーメ卿《きょう》」

いきなり横から説得を邪魔され、トラーメは鼻白《はなじろ》んだ。

それがディンクウッド公なら構わない。しかし彼は好々爺《こうこうや》然と、トラーメとシャルトの会話へ耳を傾けているだけ。割って入った邪魔者は別にいた。

少女と見紛《みまご》うほどの美貌に、さもあどけない微笑を湛えていたのはアンジュだ。

「殿下が志すは武を以って世を平らげる覇者ではなく、徳を以って世を安んじる王者ですよ? 古来、王者は決して塵芥《ちりあくた》を纏《まと》ってはならぬと申すでしょう?」

とくとくと物の道理を説いてみせる。

そのお綺麗な顔をトラーメは憎々しく睨んだ。

「アンジュの申す通りだ」シャルトもまたトラーメの言を突っぱねた。「レオナートの武勇は凄まじい。それは私も認めよう。だが、所詮は匹夫《ひっぷ》の勇。私の臣下に欲しいものではない」

「第一ですよ、トラーメ卿？　勇者と仰るなら、公爵様だって二人も召し抱えておられます。そう！　グラオレ、バグンの二枚看板ですよ！」

アンジュが芝居がかった仕種《しぐさ》で、皇子と公爵の傍に侍《はべ》る護衛二人を指し示した。

大槍使いの騎士グラオレと、大剣使いの騎士バグンだ。

二人とも見上げるような偉丈夫《いじょうふ》で、立っているだけで周囲に威風を放っている。

トラーメがこの二人のどちらかでも戦えと言われれば即、尻尾を巻いて逃げるだろう。

「しかもしかも、我が軍の兵力は敵軍を圧倒しております！　これほどの陣容であるにもかかわらず、たかだがアレクシス侯一人を怖れるなど、臆病風にも過ぎはしませんか？」

自分の手柄でもないだろうに、アンジュが得意げに語り続ける。

しかもトラーメにとっては間の悪いことに、その時、伝令が駆けつけた。

「エイナム卿がクルサンド兵二千を率いて、一両日中に馳せ参じるとのことです！」

報せを聞いて、泥酔していた貴族たちまでもが歓声を上げた。

「かの戦上手が！」「二千もの兵を！」

喜びの声が天幕の中に満ちる。

シャルトもまた我が意を得たりとばかり、珍しく興奮気味にほくそ笑《え》んだ。

「これでもまだご心配ですか？」と挑発してくるアンジュ。

「不安だ。たとえ臆病と誹《そし》られようと」トラーメは臆さず言い返した。「どうか、ご一考ください、殿下。私とて、ただただ勝利を求めるが一心で申しておるのです」

「もうよいわ、トラーメ卿」シャルトは鬱陶《うっとう》しげに手で払った。「そんなにレオナートが怖いのならば、卿《けい》は最後方で予備隊を指揮していろ」

こちらを見るその目が、失望したと言っていた。

「聞きわけなさい」ディンクウッド公もにっこりと、端的に言った。彼が白と言えば黒いものも白だ。聞きわけなければトラーメの首が飛ぶ。

「……承知仕りました。……が、最後にもう一つだけ、お訊《たず》ねしてよろしいでしょうか？」

「まだ何かあるのか」

「殿下は、レオナートを嫌っておいででしょうか？」

その質問をぶつけた途端、シャルトの不機嫌さは最高潮に達した。

「私は好き嫌いで人や物事を判断しない！　王者たるを志しているのだから、当然のことだっ」

「無礼ですよ、トラーメ卿！」

尻馬に乗ったアンジュにまで叩きつけられるように言われ、トラーメは平伏した。

「重ねて命じる。もうよい。下がれ、トラーメ卿」

「ははーっ」

「ちなみにな、古来、戦においてこういう。名将たる者ほど、予備の兵は温存したまま勝利を得るのだ。私の軍の予備隊に出番などないからな？」

手柄を立てる機会はなくなったと思え――シャルトはそう言っているのだ。

体《てい》よく遠ざけられた格好のトラーメへ、貴族どもから「狐《きつね》に相応《ふさわ》しい処遇よ」「いやはや、矢面に立たずに済んで羨《うらや》ましい」「さすが殿下は寛大でらっしゃる」と嘲笑《ちょうしょう》がぶつけられる。

トラーメは面を伏せたまま、一言も発さず天幕を辞した。

外へ出ると、すかさず従者の一人がやってくる。

「どうでしたかい、団長？」

「団長はよせ。最悪だ」

トラーメは苦虫を噛み潰したような顔になる。「頼みの綱はエイナム卿だな」

「へえ。どちら様で？」

「知らんのなら教えてやる」

その男は二年前のある日、ふらりとクルサンド州に現れたという。

瘦身《そうしん》ながら身の毛もよだつほどの武芸の冴《さ》えを見せ、すぐさま騎士として取り立てられた。

しかもエイナムは個人の勇だけでなく、兵を扱うのにも長《た》けていた。

クルサンド州ではいくつもの大盗賊団が跳梁跋扈《ちょうりょうばっこ》し、長年に亘《わた》って苦しめられていた。

それをエイナムは兵を率い、わずか半年足らずで一掃した。

クルサンド侯爵はこれに大層感激して、エイナムを養子に迎えるほどだったのだ。

「アレクシス侯レオナートとエイナム・クルサンド。勝つのは果たしていずれか、見物だよ」

トラーメは独白した。まるで他人事のように。

その時、爽《さわ》やかな風が彼の首筋を撫《な》でた。

トラーメは足を止め、景色を眺め、「野営地には絶好だな」と従者に言う。

熱暑がいよいよ耐え難くなっていく時期だが、この辺りは平野部なので風が籠もらないし、水路のように張り巡らされた河川のおかげで涼気を孕《はら》んでいる。

「へえ。さっきドラヴィの兵に聞いたんですが、ボロロロスという土地だそうで」

「面白い名だな」

「曰《いわ》くはもっと面白いですぜ」男が不敵な含み笑いをした。「この辺の古い言葉で〝屍ケ原《しかばねがはら》〟という意味だそうで」

トラーメは細い目をしばたたかせ、もう一度景色を眺める。

見渡す限りの原っぱ。いくつもの小川のせせらぎ。涼風そよぐ、のどかな土地。

「わからんなあ。その感性」

トラーメは口ではそう言いつつ、本能のどこかが納得していた。

「〝屍ヶ原〟や〝血の河〟。〝髑髏山《どくろ》〟。こういった不吉な名前を持つ土地には、そう名付けられるに至る理由があるものなのです」

指を一本立てたジェーテがレオナートへ解説した。時は遡って七月十二日。アレクシス軍がドラヴィ州へ行軍する途中、ポルフェ男爵《だんしゃく》領唯一の町に一泊した時の話である。

「言ってしまえば古戦場です。たくさんの人がそこで死に、土地の人がそう呼び始め、やがて記憶が風化してその地名だけが残る。大陸全土で見られる類型です」

「それも伝説伝承《フォークロア》か」

「はい、伝説伝承《フォークロア》です」

その情報を元にさらに思考を推し進める。

理想の上では、戦に際するあらゆる事柄は理知に基づいて決定されなくてはいけない。大軍同士で戦うというのならなおさらだ。合戦場一つとっても適当に選ぶなどあってはならない。

人がたくさん死んだというのならば、その土地で戦をする何か合理的理由があったはず。

例えば――両軍に、あるいはいずれかにとって、そこが戦い易い地形であったとか。

「なので私たちは、〝屍ヶ原《ボロロロス》〟で決戦を挑むべきなのです」

そこに地の利があるのだからと、シェーラはいたずらっぽく笑った。

彼女が既に用意していた地図を見るが、しかしレオナートにはピンと来ない。

河川は多いが開けていて、単純に兵力差で勝る方が有利な地形に見える。

「これだけではわかりませんよね。そこで、ご紹介したい逸材がおります」シェーラの案内で、レオナートは町はずれの屋敷に向かう。「と言っても個人ではなく、とある集団ですが」

その屋敷の中では、大勢の職人が働いていた。

筆や絵の具、支持体になる板——すなわち画材をせっせと加工し、作り出していた。

「ここはある絵師一派の本拠地です。以前はロザリア様の庇護《ひご》を受けていました」

「伯母上《おばうえ》が……！」

「ええ。でも、あの戦でアレクシスを脱した後は、パトロンを失って各地を彷徨《ほうろう》し、お人の好いポルフェ男爵の理解をようやく得ることができて、この地に屋敷を構えたそうで」

「しかし、絵師か」芸術を軽く見る気はないが、それがいま必要な逸材なのかと腑《ふ》に落ちない。

「こちらにいらっしゃればわかります」

シェーラに導かれ、レオナートは奥の広い部屋に通された。

床に所狭しと板絵が並んでいる。全て風景画だ。

確かに腑に落ちた。そこにあるのは皆、ボロロロスの景色だったのだ。野原の間を走る河川とその様子が、まるで実物を見ているかのような写実的な筆致で描かれている。

感嘆していると、部屋の奥からボソボソと声が聞こえる。

「……あたしたちは大昔から、大陸中を旅して、その素晴らしい景色を隅々まで描くことを喜びとし、生涯を捧げているのです。新しいアレクシス侯爵様」

背は低いが体格のよい、三十路《みそじ》手前ほどの女がいた。旅をしてというだけあり、なるほど、普通の絵師のように生《なま》っ白《ちろ》くはない。ただ人見知りなのか、ひどく似合わぬしゃべり方をする。

エイミィ、とボソボソ名乗る。一派の現頭領だとも。

レオナートはうなずきながら板絵を一つとった。つい頭で考えた。これがあればボロロロスの地形を隅々まで把握できる。把握できれば地の利を容易《たやす》く利用できる。

――と、そこまで思考を進めてハッとなった。

「はい。ロザリア様は彼女らの絵を軍事転用することを考えつき、庇護していたのです」

「……それでおまえたちはよいのか？」

レオナートはうめいたが、エイミィは平然と（だがボソボソと）、

「……描くことが喜びなのです。その後は貶《けな》されようが、どう使われようが、あたしらは気にしません。好きなだけ絵と旅に没頭させてくれた、ロザリア様には感謝しかありません」

人見知りだが芯《しん》は強い女だと、感じさせる言葉だった。

レオナートはボロロロスが描かれた板絵を全て借り受ける。

手ずから運び出しながら、いま自分が抱えているのはまさしく〝地の利〟なのだと実感した。

エイミィは翌朝の、出発まで見送りしてくれた。

ふと一言、絵師らしいことを漏らす。「……旗はないのですか？」と。

失念していたが確かに、軍には軍旗があるべきだ。

一夜遇してくれたポルフェ男爵――戦に出られる歳ではないものの、忠臣として知られる――が、クロードの軍が一般的に使う、帝国紋章入りの旗なら提供してくれると言った。

しかし、あの「漆黒の大海蛇《だいかいじゃ》」の意匠が、レオナートは好きではなかった。

「……でしたら、あたしが少しアレンジしましょうか？」エイミィは筆を執《と》って、提供された旗に素早く描き込んだ。「……風景画以外は、得意ではないです……けど」

そう言って漆黒の大海蛇に、真っ黒な蝙蝠《こうもり》の羽を付け足した。

「あー！　吸血皇子《ノスフェラトウ》の旗だからコウモリ！　シャレが利いてんね」

ケタケタ笑ったのはティキだ。

なんのおふざけかとレオナートは憮然《ぶぜん》となったが、エイミィの好意を無下にはできない。

「でもこれ、何か別の生き物に見えませんか？」

じっと見入っていたシェーラが、ぽつりと言った。

それでレオナートやガライ、ティキ、バウマン、フランクも思い至り、異口同音になって、

「「竜……」」

後世、アレクシスの軍旗が「黄金の火を吐《は》く竜」であることは、よく知られるところだ。

しかしそれをデザインしたのが、〝地母神《キュベレイ》〟の異名を持ってレオナートに生涯仕えた、放浪の絵師エイミィであったことはあまり知られていない。


七月十六日。アレクシス軍は間に合わせの「黒竜」軍旗を掲げ、第四皇子の辺境軍と合流。

レオナートは軍議の場で借り受けた風景画を並べた。

決戦の地はボロロロスと提唱した。

そうして〝冷血皇子《ボレアス》〟キルクスと〝隻腕の軍神《ヌアザ》〟オーゲンスに、とある作戦を提案する。

無論、シェーラが立案し、持たせた策であることは言うまでもない。

「またも夜襲ですか。ほとほとお好きなようですな」

「レオは吸血皇子《ノスフェラトウ》。月下を馳せることこそ真骨頂だよ」

不満げなオーゲンスに、居合わせたアランが冗談めかす。

ともあれ老将は、彼が仕える第四皇子の意見を伺った。

キルクスは無言の首肯で応えた。その策や良し、ということだ。

こうなるとオーゲンスも反対はしない。居並んだ近衛兵隊長如きではなおさらだ。

作戦を実現するために、全軍へ徹底させる必要がある。前準備も。

まごまごしている時間はなく、レオナートらは大天幕を後にする。

残ったのはキルクスとオーゲンスの二人のみ。

キルクスは言った。瞳の色を凄々と藍青に染めて。

「俺の覇業に立ちはだかるのは、あいつかもしれんな」

隻腕の宿将は不服を覚えたものの、顔色に出さない老獪《ろうかい》さを持ち合わせていた。


そして、時間は再び七月十八日に戻る。

決戦前夜と意気込む叛乱軍の野営陣は、昼間の如く明々としていた。

エイドニアの敗戦から学び、レオナートの夜襲を警戒し、炬火《きょか》をふんだんに灯させたのだ。

さらには全軍の一割に当たる、千五百もの兵に不寝番を命じた。

この数字には根拠がある。シャルトは軍学校で戦史を学んだ。神話色、伝記色を排した信頼できる直近二百年の史書を紐解《ひもと》けば、二千人以上の兵で夜襲をかけた事例が存在しないことがわかる。それも当然、大軍での奇襲など簡単に露見してしまうからだ。

ゆえに不寝番を千五百立てておけば、夜襲を受けてもまず彼らが余裕を持って当たり、その間に寝こけている者も迎撃準備が整えられるという計算だった。

レオナートが懲りずに夜襲をしかけてくれれば、手痛いしっぺ返しを食わせる必殺の構え。

後世、あらゆる史家が「第二皇子シャルトは無能とは程遠い人物だった」と記す所以《ゆえん》である。


日付を跨《また》いで十九日、深夜。

野営陣の右翼で不寝番をするディンクウッド兵の二人が、川岸で連れ小便をしていた。

ディンクウッド州は真実、精兵《せいへい》揃い。退屈な番も真面目にやっていたし、決戦を前にしてもなんら臆することはなく、川のどこまで遠くへ放尿できるか競い合って遊ぶ余裕すらあった。

また、故郷で抱いた妓《おんな》の自慢話にも興じる。

その方の道に自信があるのか、饒舌《じょうぜつ》だった片割れが――突然――黙り込んだ。

代わりに、バスン、と野太い音がした。

もう片割れがなんだと首を横にしてみれば、相棒の頭を長い矢が貫通している。

血と脳漿《のうしょう》と小便を撒《ま》き散らしながら、後ろへ倒れる。

「て、敵襲《てきしゅ》――！」

彼は最後まで叫ぶことができなかった。バスン、と彼の頭も長矢が貫いたからだ。

物言わぬ静寂《せいじゃく》に満ちた川辺に、上流から無数の筏《いかだ》が静かに、静かにやってくる。

筏の上には、ラインの狩人《かりうど》たち千人が分乗していた。

川岸にいたディンクウッド兵をきっちり二矢で黙らせたのは、彼らを率いるガライだった。

六尺（約一八〇センチ）超えの大弓に、新たな矢を番《つが》える。

狙いは二町（約二百メートル）先にある叛乱軍野営陣右翼。

焚火《たきび》を囲んで談笑する不寝番の一人へ、ひょうと放つ。

それがまさにこの大戦《おおいくさ》の嚆矢《こうし》。

ラインの狩人たちが続き、一斉に矢の雨を降らした。

不寝番たちの絶叫が立て続けに上がり、それが敵襲の報せ代わりになった。

「放て、放て！」先頭で上陸しながらガライが号令する。「あいつらは露払いだ！　さっさと始末しないと、後から後から敵が起きてくるぞ！」叫びながら自分も矢を番える。

実際、不寝番をする敵兵の反応は早かった。野営陣の奥からたちまち騎士たちが駆けつけ、馬上から指示を飛ばし、迎撃態勢を整えようとする。

その騎士たちを、ガライは片端から射抜いた。

二町の距離も兜《かぶと》の防護も、ものともしない。

馬上で目立つ騎士たちなど〝単眼巨人《サイクロプス》〟の餌食《えじき》でしかないとばかり、一矢で一殺、鴨撃《かも》ちだ。

右目をぎょろりとひん剝《む》いて、左目を眇《すが》める独自の目付。逃れられる者などいはしない。

命令を発すべき騎士たちを次々と射殺された敵兵は、指揮系統を寸断され、迎撃体制の構築を致命的に遅らせていく。

その間にラインの狩人たちが矢を嵐と浴びせ、混乱と殺戮《さつりく》を拡大させていく。

せっかくの不寝番も役立たず。阿鼻叫喚《あびきょうかん》。逃げ惑うだけの雑兵《ぞうひょう》と化す。

そこへ突撃したのは、また別の川を筏で下ったアレクシス兵千人だ。間に合わせの「黒竜」軍旗を翻す、元匪賊《ひぞく》たちだ。

彼らは練度でディンクウッド兵に敵《かな》わず、装備の質で劣っていた。それでも不意打ちに成功し、ガライらの矢嵐の威勢を借りれば、面白いほど敵兵を衝き崩せる。

加えて彼らを指揮する大兵肥満の騎士フランクは、ありていに言って豪傑の部類だった。鉄槌《メイス》を一振りするたびに、人の形をしていたものが木端微塵に粉砕される。

かつてアレクシス騎士隊でレオナートに次ぐ三傑と賞賛され、怪力だけならレオナートにも匹敵する、その突破力は余人の及ぶものではなかった。

彼らは余勢を駆って天幕の立ち並ぶ方にまで蹂躙《じゅうりん》し、寝惚《ねぼ》け眼の連中や必死に鎧《よろい》を装着中の者どもを、ろくに抵抗もさせぬうちにしとめていった。

ガライ、フランクらとタイミングを合わせ、叛乱軍左翼の野営陣へ攻撃をしかけるのは、ティキ率いるラインの元鉱夫たち千人の役目だった。

伐採《ばっさい》用の斧《おの》と、間に合わせの革鎧で武装する獰猛《どうもう》な命知らずども。

やはり間に合わせの「黒竜」軍旗を翻し、彼らの心を一つに纏《まと》める。

筏に乗って静かに進軍。聞こえるのは棹差《さおさ》す水音と、私語をする彼らのヒソヒソ声のみ。

数千人単位の夜襲という不可能を可能とするのが、ボロロロスを水路のように走る河川と、彼らを運ぶ筏だった。筏は全軍で突貫して作った。おかげで足音を立てぬのも、松明《たいまつ》なしに迷わず進むのも、足並みを揃えて脱落者を出さぬのも、夜襲について回る難問の全てが解決。

ただし、河と河に挟まれ、その支流がメチャクチャに入り乱れるこの地の、川の流れを読むのは簡単なことではない。どっちが上流でどっちが下流か、その勢いはどれほどか、実際に目にしなければまずわからない。広範囲を把握するのはさらに至難。この時代の精度の低い地図では頼りにもならない。

エイミィが貸し出してくれた膨大で写実的な風景画がなければ、こんな真似はできなかった。

叛乱軍は大軍を野営させるため、土地を広く使っている。

ゆえにその間には川が走り、陣は始めからやんわりと分断されている。

特に左翼の野営陣の辺りが地形的に顕著だった。

ここを使えば、ティキは野営陣のただ中へするりと侵入し、小単位にわかれて天幕を張っているそこへ、いきなり奇襲をしかけられる。

ラインの男衆たちが喊声《かんせい》を上げ、斧を両手に突撃する。

天幕を切り開いて、中にいる者へ容赦なく振り下ろす。

また炬火を蹴倒して火を点けて回り、集めて置かれた物資も焼き払う。

敵左翼で野営する兵たちは、抵抗も反応もすこぶる鈍かった。

叛乱軍に駆けつけた、各州兵しかいなかったからだ。シャルトは彼ら弱兵を、ディンクウッドの精兵たちと混在させるような愚を避け、左翼にひとまとめに配置していたのだ。

各州兵はただでさえ細かな河川で分断されているのに、州ごとひとまとまりで散発的に襲ってくるだけで、せっかくの不寝番がまるで機能していない。

「うぬ！　夜襲とは卑怯《ひきょう》なり！　率いる者は誰ぞ⁉」

少数の敵兵を引きつれた、妙に横柄なチョビ髭のオッサンが馬上で叫んだ。

「アタシだよ！」とティキが叫び返した。

「うぬ！　女とは呆《あき》れたり！　しかし、まあ、よい。勇者の誉れ高きこのトットグレンブラケット男爵と、いざ尋常に勝負せい！」

「聞いたことないよ！」

ティキはトット某《なにがし》に狼の群れをけしかけた。

乗騎の前脚に牙を立て、馬が激痛で棹立《さおだ》ちになる。

トット某は狼狽《ろうばい》して落馬し、頸《くび》の骨を折って絶命する。

「うわあああ、男爵様がやられたあああっ」「狼だ！　狼が出たぞお！」「こっち来んなっっ」

恐慌《きょうこう》状態に陥《おちい》る敵兵たちに、さらに狼が襲いかかる。跳びついて喉笛を噛みちぎり、また足を噛んで倒すと、覆いかぶさって食らいつく。

「しばらく肉をあげてなくてごめんね。今夜はご馳走だよ。がんばり屋さんは食べ放題だ！」

狼の群れを顎《あご》で操るティキを見て、侮《あなど》る敵兵はもう一人もいなかった。

夜闇の中、仄暗《ほのぐら》い炬火に照らし出されるその姿は、彼らの目には魔女の如く映し出された。

最も守りが厚い、叛乱軍野営陣中央へ奇襲をかけるのは二部隊だった。

二つの河をそれぞれ筏で下り、別方向から攻め立てる。

南西方向から襲撃するのは、オーゲンス率いる辺境軍選《え》りすぐりの千人。

両手に槍、腰に剣、敢えて鎧は着用しない軽装で、粛々《しゅくしゅく》と突撃する。

密集体形はとらずに足を使って戦う。闇の中でそれができるのは、辺境で日夜戦う彼らの練度が極めて優れているからだ。そして何より、オーゲンスの熟れた指揮統率能力が、もはや芸術の域にまで達しているからだ。

辺境軍の奇襲部隊はわざと大声を上げ、喇叭《らっぱ》を吹き鳴らし、敵兵の恐怖とパニックを煽《あお》る。効果的な殺傷よりも撹乱《かくらん》を第一とし、手際よく遂行する。

一方、南東方向から攻めたのが、アラン率いるエイドニア兵の千人だ。

アランは彼ら全員に、長槍《パイク》と盾で武装させていた。

このドラヴィ州がエイドニア州から近かったため、携帯の難を緩和できたのが大きい。

そろそろと筏から上陸すると、岸辺で整然と陣を組ませる。

攻撃力を重視した、横に長い方形の陣。

長さ三間（約五・四メートル）を超えるパイクの穂先を、揃えて並べる。二列目、三列目にいる者は、前の者の間から槍を突き出す。まさに槍衾《やりぶすま》。ハリネズミの如き様相。

そのまま足を揃えて進軍する。

敵の不寝番たちが気づいて迎撃態勢をとろうとする最中へ、ゆっくりと足を踏み入れた。

長い長いパイクが、相手に何もさせず串刺しにする。

一対一の戦いならば、簡単にかわされて、懐に入られて、パイク兵の負けだ。

しかし彼らが方陣を組み、槍をかわす隙間もなく並べれば、ただ歩くだけで敵を突き殺せる。

動く槍衾が通った後には死体しか残らない。

南西からオーゲンスが敵を攪乱し、浮き足立ったその敵を掬いとるように南東からアランの方陣が撃滅していく。にわか連携が上手くいっているのは、隻腕《せきわん》の宿将が見事に合わせてくれているからだ。アランは舌を巻くしかない。

パイク兵の行進を止められる者は、どこにもいないと思われた。


以上、五千の兵が叛乱軍の野営地に夜襲をかけていた。

常識では考えられない大軍による奇襲を成功させていた。

実際、シャルトの想定より三倍近く多い。

見積もりが甘かったわけでは決して、決してない。

ただシェーラの構想力がずば抜けていただけだ。

それはあたかも夜の女神《ニュクス》が天上から、戦場に死の絵図を引いたかのようだった。

シャルトは別格だったが、シェーラは破格だった。

シェーラは前線におらずして、戦場の半ばを掌握していた。

並の軍隊ならばこの時点で完全に掌握されている。決着がついている。

だが、ディンクウッド公の組織した軍団は、並ではなかった。

野営地の本陣（最中央部）に並ぶ天幕の一つで眠っていたラッフル将軍は、騒ぎを聞いてすぐに目を醒ますと、誰より早く行動を起こした。

ディンクウッド騎士たちを叩き起こして回り、鎧も着せずに軍馬へ跨《また》がらせると、とにかく動ける五百人の騎士隊をにわか編成した。

闇と混乱と絶叫が支配する野営陣のただ中で、ラッフルは優れた戦術眼を発揮し、状況を即時理解し、あまつさえ官軍の急所を見破った。

戦は勢いがある方が圧倒的に有利。いつまでも敵軍に好きにさせていたら、取り返しがつかなくなる。まず一発逆撃を加えることで敵軍にも動揺を与え、勢いを殺《そ》がせるべし。

ラッフルは五百の騎士隊を率いて――アランたちの方へと急行した。


その騎士隊の接近に気づき、アランの背筋に緊張が走った。

（こいつはまずい……）

ラッフルたちが騎兵の機動力を以って、こちらの陣後方へ迂回《うかい》することは明白だった。

前面に対しては無敵の防御力と殺傷制圧能力を誇るパイク方陣だが、側背面に回り込まれるとたちまち弱点を露呈する。長い槍をがっちり組み合わせた陣形だから、向きを転回することすら容易じゃない。このままでは部隊を壊滅させられてしまう。

完全に想定外。それくらいラッフルの迎撃はあまりに速く、的確だった。

方陣の右側面を、敵騎士隊がこれ見よがしに悠然と迂回していく。

こちらの恐怖を煽《あお》り、士気をズタズタにする戦上手らしいやり方だ。

アランは冷や汗を拭《ぬぐ》い、ひたすら敵騎士隊を睨み据えた。善後策を模索した。こちとら諦めの悪い性格だ。伊達《だて》に二年前、レオナートとあの地獄《じごく》を潜《くぐ》り抜けたわけではないのだ。

（……………あいつら、鎧を着てないな。……そうか！　装備を整える暇を惜しんだんだっ）

そうとわかれば応手《おうしゅ》はある。パイクを捨て、腰の剣を抜いて乱戦に持ち込むのだ。相手が完全武装の騎兵でなく、数も少ないこの状況なら、こちらの勝機もゼロではない。指をくわえたまま壊滅させられるより万倍マシだ。

アランは決断し、号令を下すために大きく息を吸った。

その時だ――――ラッフル隊の迎撃よりも、遥《はる》かに想定外の事態に見舞われたのは。

「あっ……アラン様……っ。後背よりも敵が迫っております！」

「そんな馬鹿な!?　どこに隠れてたって言うんだよ!?」

「あの軍旗はクルサンド侯の兵ですっ」

「ここにきて増援だって⁉」

こんな夜更けに強行軍で駆けつけるなど、どれほどの執念に満ちた部隊だというのか！

信じがたい事態に、さしものアランも肝を潰した。

これでは壊滅じゃすまない。全滅させられる。


対照的に、ラッフルら騎士隊は沸き上がっていた。

「エイナム・クルサンドが夜を徹して駆けつけてくれたぞ！」

ラッフルは大声を出して、味方の戦意を高揚させる。

運が回ってきた。官軍にこうも見事な夜襲を決められたのは最悪だったが、クルサンド兵二千の増援は官軍にとっても青天の霹靂《へきれき》だろう。これなら最悪の劣勢も巻き返してお釣りが来る。

喊声《かんせい》とともにやってくるクルサンド兵は、大盗賊団の駆逐に活躍したという触れ込みだけあって、士気も練度もなかなかだ。

ラッフルの目には頼もしく映った。

そのクルサンド兵たちが槍をしごいて突きかかる。

ラッフル麾下の騎馬隊に向かって。

「「は……？」」

奇《く》しくも別々の場所で全く同時に、アランとラッフルがぽかんとなる。

見間違えなどではない。

クルサンド兵はラッフルの騎士隊へ、勇猛果敢に襲いかかっていた。

予想だにしない裏切りに騎士たちもたじろいで、たちまち乱戦にされてしまう。

「エイナム卿！　どこにいる、エイナム卿！」

ラッフルが絶叫すると、混戦の中から、一騎が、ゆらり、亡霊の如く現れた。

兜は着けず、ざんばらの金髪を獅子の鬣のように靡《なび》かせる。

右手には戦斧《せんぷ》。左手には松明。

夜目にもわかるほどの顔色の悪さ。分厚い目のクマ。

「エイナム卿！　貴様、何を考えておるか⁉」

「無論」エイナムはこともなげに言った。「復讐《ふくしゅう》だよ」

二年前、エイナムは侯爵夫人ロザリアに仕える、アレクシスの騎士だった。

レオナートに次ぎ、フランクとともに三傑とまで並び称されたほどの武人だった。

州都リントに居を構え、妻子と幸せに暮らしていた。

しかし、リントは戦火に巻き込まれ、また四公家の策謀で援助を断たれ、兵も民も飢えた。

ずっと戦にかかりきりだったエイナムは、ロザリアの決断によってリントの放棄が決まった日、久方ぶりに帰宅した。先に逃げろと妻子へ伝えなければならなかった。

そして、エイナムが辿り着いたのは、無人の自宅だった。

妻も子も、とっくに餓死していたのだ。

気が強くて正義感にも溢れた彼女らは、「私たちは世界一立派な騎士の、妻と娘だから」と、弱き者たちに食料を分け与え続け、最期《さいご》は抱き合って眠るように、息を引き取っていたという。


エイナムが正気を保っていられたのは、殺すべき蛆虫《うじむし》がまだ山ほどのさばっていたからだ。


アレクシス州陥落《かんらく》後、エイナムはクルサンド侯爵の下に身を寄せた。

彼の妻は、実は侯爵の娘だった。民へ圧政を敷く父が許せず、家を飛び出ていたのだ。

そのことを後悔し、改心していたクルサンド侯は、娘の死を知って号泣した。

エイナムとともに四公家へ復讐する時を、虎視眈々《こしたんたん》と窺った。

今――ついにその時を得て、エイナムはラッフルに答える。

「オレの妻子はアレクシスにいたんだ。わかるだろう？」

「わけがわからぬ！」

ラッフルのそれが暴言とは、エイナムは思わなかった。むしろ半ば予想がついていた。

やられた方は一生忘れないが、やった方はけろりと忘れるものだ。特にこいつら、腐敗貴族という蛆虫どもは自分が他人を踏みにじって当然だと思ってやがる。

「そうか。じゃあ、死ね」

エイナムは馬腹を蹴って、ラッフルに突進させた。すれ違い様に斬り合う。

ラッフルの剣はかすりもしなかった。

エイナムの斧は頸動脈《けいどうみやく》を断ち切った。

見た者に怖気《おぞけ》を走らせるほどの、武芸の冴えであった。

血塗《まみ》れの戦斧を振るい、哀悼《あいとう》の如く松明を掲げる様はまさに、神話にいう〝復讐の魔神《アリオッチ》〟もかくやであった。

エイナムはラッフルを振り返りもせず、鼻歌交じりで次の獲物へ突っ込む。

葬送曲を明るく口ずさみながら、敵を屠《ほふ》りまくった。

指揮官と士気を失った騎士たちの首を刎《は》ね、頭蓋《ずがい》を砕いた。

楽しい。本当に楽しい。

一人殺すごとに、妻子の待つ天国への階段を一歩、上っている実感がある。

エイナムは鮮血を浴びながら独白した。

「どこにおわすか、レオナート殿下？　大変お待たせして申し訳ない」

かつても今もアレクシス騎士隊を率いる、黒衣の若武者に想いを馳せた。

「今宵《こよい》これより、我が復讐を全て――御身《おんみ》に捧げましょう」

叛乱軍の大天幕は、混乱の坩堝《るつぼ》と化していた。

「何がどうなっておるか!? 誰か答えよ! 誰か!」

シャルトがヒステリックにわめき散らし続ける。

甲冑《かっちゅう》を着るのを手伝わせている侍女《じじょ》が、そのたびに怯《おび》えて目をつむる。

「答えられる者はおらぬのか!? ラッフル将軍はどこへ行った!?」

シャルトがどれだけ怒鳴っても、幕僚たちは右往左往するだけ。あるいは、より下の者へ怒鳴りつける連鎖が続くだけで、末端から情報が上がってくる様子がない。

あれだけ戦意を煽《あお》り立ててくれたアンジュの姿もなぜかない。まるで、もう任務は済んだかとばかりに、ドロンと。

(私はまたレオナート如きに敗れるのか? まさか……まさか……っ)

シャルトが貧乏揺すりをしながら待っていると、

「ご報告いたします、殿下!」

「おう! 待っていたぞ!」

「エイナム・クルサンドが到着し、我が軍を攻撃しております!」

「!?」シャルトは何度も耳を疑った。「……あべこべではないのか?」

本当に今、何が起きているのだ？　倒れるように片膝をつき、しばし瘧《おこり》のように震える。

そこへ不意に、肩にぽんと手が置かれた。

ディンクウッド公の節くれだった手だった。

この祖父は軍人ではない。だから戦のことは全てシャルトとラッフルに任せてくれている。

だが、政治家、策略家としては人後に落ちない怪物なのだ。

シャルトはそのことを思い出さされた。

祖父が好々爺然と言ってのけたのだ。「まだ今なら逃げ延びられましょう、殿下」

シャルトは愕然《がくぜん》となった。その耳へ祖父が毒のように言葉を注ぎ続ける。「どうやら今夜は負けのようです。しかし落ち延びさえすれば、再起など簡単です。御身に帝位が転がり込んでくるよう、また舞台を整えて差し上げましょう。この祖父を信じることです」

「まだ負けてなどいない！　あの雑種に二度も負けるなどと、私の誇りが許さない！」

シャルトは立ち上がって祖父を見下ろし、叩きつけるように怒鳴った。

信じて欲しかった。有能の士を愛し、人を見る目に長けたこの祖父に言って欲しかった。

シャルトならばきっとこの劣勢だって覆し、レオナートも討ち果たせると。

「……やれやれ。殿下はご乱心のようだ。誰ぞ、落ち着かせて差し上げなさい」

立ち上がり、こちらを見る祖父の目には、失望の色がありありと浮かんでいた。

斬首を言い渡されなかったのは、シャルトが〝生ける大義名分〟だからだ。

もはやそれしか価値のない男だと、こちらを見る祖父の目が雄弁に語っていた。

警護の者たちもにじり寄ってきて――シャルトは自分にもう後がないことを悟る。だから、

「そんな目で私を見るな！」

猛り、吠え、捕縛の手が届くより早く、祖父を抜き打ちに斬り捨てた。

刹那《せつな》の静寂。

警護の者たちが固まり、幕僚たちが息を呑み、皆がそこに斃《たお》れた老人の姿を凝視する。

シャルトは祖父を殺した剣を振って、返り血を払い捨てる。

「あっけないものだ」引きつったような笑い声がどこからか聞こえた。「謀略で実力者を殺しまくった男が、わずか一太刀《ひとたち》で死ぬ」自分の笑い声だと遅れて気づいた。「謀略などよりも暴力の方が強いということだ！　そして私は暴力の申し子だ！　帝都の軍学校を首席で卒業した、古今比ぶ者なき名将となる男だ！」

シャルトは周りの者、一人一人の顔を睨みながらわめいた。

主を失った彼らは、主を殺したシャルトに対してどうすべきか、あからさまに迷っていた。

だから教えてやる。

「私は皇子だ。次の皇帝だ。私と道を違《たが》えれば、貴様らは本当にただの反逆者だぞ？」

自暴自棄のように、生ける大義名分の価値を存分に知らしめてやる。

大天幕の中にいる全員が、不承不承《ふしょうぶしょう》ながら膝を折った。さすが馬鹿は一人もいなかった。

シャルトは満足し、彼らの〝主〟として命令を下す。

「予備隊はどうしておる!?　このような不測の事態にこそ、奴らの出番であろうが！　あの狐目を叩き起こせ！」

シャルトの怒気に打たれたように、伝令兵は大天幕を飛び出していった。


実のところ、夜襲の気配を最も早く察知していたのは、今回もトラーメだった。

ただし、彼は静観を決め込んでいたので、一番早く動いたのはラッフルだったということ。

トラーメはあくびをしながら従者たちを起こし、予備隊の兵を起こして整列させろと命じた。急がなくていいとも付け加えた。

そうしてのろのろと兵を待機させると、川の対岸にあるシャルトの野営陣を――炎と黒煙に彩られ、死と絶叫が手を取り合って踊る地獄《じごく》を、あくび交じりに見物した。

そこへ、馬で浅瀬を渡ってきた伝令兵が口頭で、

「予備隊はただちに救援に駆けつけるよう、シャルト殿下のご指示であります！」

「あい、わかった」

トラーメはしかつめらしく首肯し、伝令を返した。

でも、兵に何も命令を出すことはなかった。

〝不可捕の狐《テウメッソス》〟の本能が言っているのだ。シャルトもディンクウッド公ももう終わりだと。

(レオナートを仲間に入れときゃ、ホントに王様になれただろうにねえ)

トラーメはあくびを噛み殺す。

でも、彼がシャルトを見限った決定打は他にある。

昼間こう訊ねた。「レオナートを嫌っておいででしょうか?」と。

シャルトは否定した。王者たるもの、好き嫌いで判断しないと言った。

(見栄っ張りというか、世間知らずというか。王様なんて、好き嫌いで判断していいのに)

それがはっきりしていればしているほど、同じ価値観の者が集い、強い味方になってくれる。

逆にシャルトのように、本当は好き嫌いでレオナートを拒絶したのにさももっともらしい論法をでっちあげて、取り繕うのは論外だ。そんな男、誰も信用できない。信用できない王に、まともな人間はついてこない。それで叛乱だなどとお笑い草だ。

「天下の名将は予備隊を軽々しく動かさぬそうだからな。俺も殿下の意を汲《く》み取らねば」

などと、トラーメはさも忠義面で独白してみせる。

それからしばし、藪蚊《やぶか》を追い払うのに悪戦苦闘していると、

「伝令、伝令! 大至急、応援に来るよう重ねて命令が下っております!」

「わかった、わかった」

しかしトラーメは動かなかった。

「伝令、伝令! なぜ動かぬのかと、シャルト殿下は大変ご立腹しておられます!」

「もうすぐ行くさ。殿下には大船に乗った気でお待ちいただけ」

トラーメは動かなかった。

「伝令、伝令！　ただちに動かねば斬首に処すと、シャルト殿下の最後通告です！」

「ははは、恐いな。それは急がねばな」

不動《うごかず》……！


レオナートとキルクスは夜襲に五千を出した一方、残る五千は戦場のかなり遠くに配置した。

近すぎれば夜襲部隊より先にこちらが察知されるからであり、少し多いが予備隊と思えば悪くない運用だ。夜襲が失敗したら、逃げ帰ってくる味方を迎える安全圏になるし、成功したらゆるりと攻め上がって、最終局面での敵軍掃討に使えばいい。

そういう判断の下、野営陣に火の手が上がるのを確認してから、キルクスの合図で五千の兵が進軍を開始した。夜襲が始まればもう、気取《けど》られるのを恐れて遠巻きにさせる理由がない。

特にレオナートとアレクシスの騎士隊五百は、一足先行させてもらう。

馬に速歩で行かせ、野営陣に近づいたところで一旦休ませる。

レオナートとバウマンが並んで、戦況をつぶさに見守る。

二人の背後には、胸甲だけではなく全身を覆う甲冑を纏った、アレクシス騎士隊がいる。

この時代において最強の打撃力を誇る、重装騎兵部隊である。

その投入時さえ間違えなければ、一撃で決着をつけることもできる戦場の華だ。

レオナートとバウマンは投入時を見極めるために、細心の注意を払っていた。

兆《きざ》しを感じたのは（レオナートは正体を知らなかったが）クルサンド兵が到着し、なぜかこちらを味方してくれ、叛乱軍をさらに劣勢を追い込むという戦局に至った時だ。

「妙だな」

「はい、閣下。叛乱軍もさすがに予備隊を全投入すべき局面でござろうに……」

「兄上はなぜ動かさん？」

「わかりませぬ。その我慢強さは、無意味だと思うのですが……」

（まさか、下らない見栄が邪魔をしているのか？）

レオナートはそう考え、すぐに首を左右にして頭から追い出した。

「考えてもわからないことを、戦場でいつまでも論ずるは愚者」

「ロザリア様のお言葉でしたかな」

あちらがまごついたまま応手を打たない——それ即ち、こちらにとって絶好の好機。

「征《い》くぞ」

「総員、突撃用意！」

レオナートの合図で、バウマンが声を張り上げて号令する。

レオナートを先頭に、完全武装の騎士五百人が進軍を開始する。

逸《はや》る心を抑え、敵軍にもっと近づくまでは馬足も抑える。

重装騎兵が全力突撃をできるのは、一刻、一撃のみ。

それ以上は騎馬の体力が保《も》たない。

ぎりぎりまで敵に近づき、後は一気呵成《いっきかせい》に中央突破、シャルトらがいる敵本陣を叩いて潰す。

どこまで近づき、どこで全力疾走させるか、その見極めにレオナートは全身全霊を懸ける。

当初、この辺りまで野営陣が張られていただろう場所を、踏み越える五百騎。

迎撃の敵兵は現れなかった。既に、散々に蹴散らされていた。不寝番たちもそうでない者たちも、殺されるか、逃げ散るかしていた。アランとオーゲンスの露払いが効いていた。

レオナートたちは燃え盛る幕舎の間を悠々と進む。

炎上していない天幕は一つもなかった。周囲一帯が熱気、熱気、熱気に包まれている。

血臭と黒煙を、レオナートは鼻腔《びこう》から肺一杯に吸う。

屍が地面の其処彼処《そこかしこ》に横たわり、踏み越えて征く。

蹄《ひづめ》が骨を踏み砕く感触が、鞍《くら》から伝わる。

そうしてレオナートたちの征く手に、敵本陣が見えてきた。

アランやオーゲンスだけではない。ガライが、ティキが、あらゆる味方の将兵たちが野営陣の各地で奮戦してくれているおかげで、レオナートらはここまで難なく辿り着くことができた。

敵本陣には、およそ二千人ほどの兵がいて、徹底抗戦していた。

味方の犠牲を盾に自分たちはしっかりと準備を整えた、最後の――最精鋭の二千人だ。

馬上で指揮する騎士たちも、その命令を十全に実行する兵たちも、掛け値なしに優秀。

且つ、窮鼠《きゅうそ》の如き気迫を見せ、死力を振り絞る二千人だ。

さすがのアランやオーゲンスも攻めあぐねている。ここまでの戦いで息が切れている。

だが、この二千人を駆逐《くちく》できればレオナートらの勝ちだ。

シャルトやディンクウッド公を始めとした、四公家の中枢に連なる者どもを殺し尽くすための、花道がそこにできていた。


「…………………」

瞼《まぶた》を閉じればいつでもレオナートは、彼女の声を思い起こすことができる。


〝最後に一口、マシューのシチューを食べたいねえ〟

〝これから死のうってのに、私も浅ましい女だよ、畜生め……〟


今わの際《きわ》、国を守るために全てを振り絞った彼女が求めたのは、そんな些細《ささい》なものだった。

握り締めた、彼女の枯れ木の如く細い腕の感触は、一生忘れられないだろう。

そんな彼女が、なぜ死なねばならなかった？

そんな彼女が、なぜ殺されねばならなかった？

レオナートの腹の底で、憤怒《ふんぬ》がふつふつと煮え滾《たぎ》っていく。

そんな彼女を殺しておいて、なぜおまえたちはのうのう驕奢《きょうしゃ》と惰眠《だみん》を貪《むさぼ》っている？

レオナートは刮目《かつもく》した。敵本陣をカッと見据えた。


その双眼に、真紅の光が烈火の如く灯った。


「おおおおおおおおおおおおおおおおおおおおおおおおおおおおおおおお――」

天を、地を震わせる、レオナートの獅子吼《ししく》が轟《とどろ》く。

敵本陣で死闘を繰り広げていた精兵たちが、それ一打で及び腰となった。

「総員、突撃！　閣下に続けぇッ！」

バウマンの号令一下、麾下《きか》の五百騎が一丸となり、最大戦速で突進した。

敵兵たちは悲鳴を上げた。軍馬と甲冑の塊が、怒涛《どとう》のように押し寄せてくるのだ。

どんなに鍛え抜かれた兵士だろうが、本能的な恐怖を揺さぶられ、逃げようにも仲間たちが邪魔して渋滞して逃げられず、その場でたたらを踏むしかない。

そこへレオナートは突っ込んだ！

右手にあるは一丈一尺四十斤《きん》の、鋼から削り出した大薙刀《おおなぎなた》。

ただ一閃《いっせん》で、三人が絶命した。

一人目が首から上を、二人目が胸から上を、三人目が腰から上を、斜めに輪切りにされる。返す一閃で五人の首がまとめて飛ぶ。

槍を突いて反撃する者がいれば、その槍ごと胴体をレオナートに斬って落とされる。

「悪夢だ……」どこかの誰かが呆然と零《こぼ》す。

それがどこの誰であろうが、レオナート麾下《きか》の五百騎が一切合財《いっさいがっさい》蹴散らした。

槍をしごき、馬蹄《ばてい》で踏み潰す。蹂躙《じゅうりん》だ。徹底的な蹂躙だ。

騎馬の脚が止まるその刻限までは、彼ら髑髏騎士たちの独壇場《どくだんじょう》。

そも「羊に率いられたる獅子の群れ」と「獅子に率いられたる羊の群れ」、果たして真に強きはいずれであろうや？　——そのような言葉遊びを、彼ら五百騎は嘲笑《あざわら》うかのように敵を殺して殺して殺しまくる。

最強の勇者に率いられたる、最強の我らこそ地上に敵なし！　と。

〝百騎夜行《ナイトウオーカーズ》〟。〝宵闇騎士団《ナイツ・オブ・ナイト》〟。〝髑髏戦団《スケルトンウオーリアーズ》〟。末代まで恐怖の代名詞として語り継がれることになる、彼ら五百騎を阻む方法はたった一つしかなかった。

その先陣を切る、夜の支配者《ノスフェラトウ》を討つことだ。

無論、それこそが最も困難なのであるが。

レオナートが右腕を振るうごとに、叛乱軍の兵たちが纏めて薙《な》ぎ払われる。

たまたま人の形をとっているだけの、嵐のようなものだ。

天災のようなものだ。

人の手では到底阻むことができず、叛乱軍の本陣が、最後の防波堤が突き崩されていく。

シャルトらがいるだろう、大天幕までもういくらも間もない。

ザンザスは当然、他の騎士たちの馬足も充分残っている。

充分、あそこまで蹂躙できる。

レオナートの大薙刀はさらに猛々《たけだけ》しさを増し、血みどろの切っ先は新たな供物を要求するように唸りを上げる。敵兵の頭蓋を木端微塵に砕き、また突き出される槍より速く突き殺し、また甲冑もろともに縦一文字、両断する。騎士が襲いかかってくれば、その乗騎の首ごと胴体を真っ二つにする。骸《むくろ》をザンザスが踏み越える。


〝この帝国にあんたの味方はもう一人もいない〟

〝だからあんたは、自分の身くらい自分で守れるようにならなくちゃいけない〟


レオナートの武勇に恐れをなした敵兵が、もう武器を捨てて逃げ惑う。

逃げ惑うことができるほど、もう後ろがすかすかということだ。

レオナートたちは本陣を中央突破したということだ。

しかし、油断なきその双眼は、征く手に毅然《きぜん》と整列した最終防衛線を捉えている。

数十人はおろう幕僚らしき男たちが横一列に並んで、弩《いしゆみ》を構えていた。

既に専用の矢が装塡《そうてん》されていた。

レオナートはすかさず左手を挙げる。

「閣下をお守りいたせ！」間断なくバウマンが号令し、騎士隊が流れるような連携で動き、後列にいた馬上盾も装備した騎士たちが最前線まで駆け上がる。

先頭のレオナートも追い抜いて、こちらも横一列に馬上盾を並べる。

敵の弩が放たれるが、その壁を以って食い止める。

矢が盾をすり抜けて傷を負った者、少数。

当たりどころが悪く、絶命して落馬する者、微数。

彼らを下がらせ、再びレオナートらは敵弩兵《どへい》部隊に突っ込んだ。


〝どんなに強くたって、一個人の武勇でできることなんて、たかが知れてるだろう？〟

〝あんたはまず兵法を覚えな。軍を動かして、味方を活かす術を識るんだ〟


弩は扱いが簡単だし、板金鎧を貫くほどの威力もあるが、再装塡に時間がかかりすぎる。

彼らもそれは先刻承知だろう。

腰に佩《は》いた剣を抜くかと思った。

しかし、幕僚たちは蜘蛛《くも》の子を散らすように逃げ出した。

なんと忠義薄き者たちであろうか。

レオナートは呆れ、もう彼らを無視した。彼らが突撃に巻き込まれ、騎馬にはね飛ばされ、踏み潰されようが、気にも留めなかった。

そして――

そして、ついに、本営の前に立ち尽くす、シャルトの姿を肉眼で捉える。

もう彼らの周囲に兵はほとんどいない。その少数も完全に逃げ腰だ。

否。剛の者がまだ二人残っていた。馬格優れる騎馬に跨り、強《こわ》い髭面を悪鬼の如く歪《ゆが》め、一人が大槍を、一人が大剣を振りかざして躍りかかってくる。

「バグン、ここにあり！　いざ尋常に勝負せよ、雑種！　我が大剣の油に塗ってくれるわ！」

「ディンクウッド一の槍使い、グラオレとはこのことよ！　覚悟せい!!」

「応！」とレオナートは、ザンザスを飛ばす。

麾下《きか》を置き去りにし、無造作に大薙刀を振るう。

髭面のそっ首が、二つ飛んだ。

大剣と大槍は纏めて両断されていた。

〝その時こそあんたは晴れて、天下無双となるだろう〟

　この瞬間、レオナートとシャルトはわずかの距離を隔てるだけで、何者にも邪魔されることなく、一対一で対峙《たいじ》していた。

「言っておくぞ、レオナート！」馬上でシャルトが剣を抜いた。「私は決して貴様に負けたわけではない！　ただ運がなかっただけだ！　ただ臣下に恵まれなかっただけだ！　私も貴様のように……いやっ、今よりほんの少しだけでいいっ、天が私を見放さなければ……！　臣下が無能でなければ……！　貴様如き雑種が勝つなどありえなかった！　それを末代まで覚えおけ、レオナァアアアアアアアアアアアト！」

　半狂乱で突撃してくるシャルトへ、レオナートは沈毅《ちんき》に答えた。

「哀《い》れ」

　すれ違い様に斬り捨てた。

　シャルトの遺体は乗騎からずり落ちると、騎士隊の馬群の中へ呑み込まれていき、跡形もなく馬蹄《ばてい》ですり潰された。


　ここに二人の皇子の——英才と謳《うた》われた兄と、雑種と蔑《さげす》まれた弟の、勝敗が決した。

　時にクロード歴二一一年七月十九日。

「ボロロロスは真夏の夜を迎えたかのようだった」と、史書には記されている。

エピローグ

Epilogue

The Alexis Empire chronicle

叛乱軍《はんらん》の掃討は、キルクス率いる予備部隊に任せることができた。

レオナートは後方のアレクシス軍野営地まで下がり、まず負傷者の手当てを命じ、次いで持ち帰ることができた遺体の埋葬、それから死者の冥福《めいふく》を祈り、最後に休息を許可した。

さすがに精も魂《こん》も尽き果て、皆が幕舎で泥のように眠った。

そして、翌朝のことだ。

追いついた輜重《しちょう》部隊に混ざって、シェーラがやってきた。

レオナートは幕舎に一人、敷物の上でごろりと寝ていた。心地よいまどろみに浸っていた。

なにしろ昨夜は、憎き仇《かたき》を討ち取り、この国の基幹を揺るがしかねない大反乱を鎮圧できた。

どんな疲労も報われるような心地だった。これでいい夢が見られないわけがない。

そんなレオナートの幕舎の中へ、シェーラはこっそりと入ってきた。

だが、甘やかな雰囲気はどこにもない。むしろ、彼女の顔色ははっきりよくなかった。

揺り起こされ、その憂《うれ》いを目《ま》の当たりにし、レオナートは冷水を浴びたように目を醒ました。

「……悪い話か？」

レオナートの問いにシェーラはきっぱりとうなずく。

やや強張《こわば》った声で報告する。

「帝都の南で叛乱です。今度はグレンキース公が……」

「馬鹿《ばか》な！」レオナートは上体を跳ね起こして叫んだ。「まるできりがないではないか！」

天に向かって咆《ほ》えずにいられない。

「何を考えているのだ、奴らは⁉」

地面に拳を叩きつけずにいられない。

「次から次へとっ……これでどうやってアドモフと戦うのだ⁉　いつ俺《おれ》はアレクシスを……っ」

そこまでわめき散らして――

レオナートは息を呑み込み、口元を引き結んだ。

叩きつけた拳の痛みがじんわりと教えてくれた。それは子どもじみた八つ当たりだと。おかげで冷静さを取り戻すことができた。

シェーラがこちらを見ている。笑いもせず、憐みもせず、ただじっと。

レオナートはばつが悪くなって、その青い瞳から逃れるように体ごとそっぽを向いた。

逃がしてはくれなかった。シェーラが回り込んでくる。今度はいたずらっ子の顔で。

レオナートは取り繕うような咳《せき》払いをして訊《たず》ねた。

「俺たちは取り戻せるのか？」

こんなことで。クロードがこんな体たらくで。アドモフをどうやって打ち払うのか。その核心を。端的に求めた。

「できます」シェーラは確信を込めて言った。「そもそも、このクロード帝国はこんなものです。あくまで現体制のことを指すならば、実質的に滅びているも同然なのです。あとはただ、現皇帝が弑逆《しいぎゃく》されるか禅譲《ぜんじょう》するかを待つばかり……。そして、それはあと三年も保《も》ちません」

「それではおまえが言った話と違わないか？」

「違いません。アドモフを撃退するために、まずこの国を救う必要があると申し上げました。しかし、現体制を救えとは言っておりません。失われていく人心を取り戻さねばならないと申し上げました。その方針は変わってません」

「む……」レオナートは可能な限り記憶を掘り返す。「確かに」

ただ、それが確認できたところで、アレクシスを取り戻すための過程が急に遠のいたというか、見えなくなったことには変わりない。

説明を求める目を向ける。

「ロザリア様はとびきりに優秀なお方でした」彼女が突拍子もないことを言い出した。「それでも、アドモフには敗れました」

「卑劣《ひれつ》な裏切りがあったからだ」レオナートはむっとする。

「そうです。でもそれが、ロザリア様の限界だったのです」

シェーラはその言葉を口にするのにひどく努力していた。辛そうだった。レオナートがもう口を挟めなくなるほど。でもだからこそ、眦《まなじり》を決して言った。

「レオ様はロザリア様を越えねばなりません」

「何を。どうやって」

「ロザリア様はアレクシスを愛しておりました。その目は、アレクシス一州のみに向けられておりました。それがロザリア様の限界です。それではアレクシス一州も守れないのです」

「つまり……」レオナートは生唾を呑み込んだ。

アレクシスを奪われぬためには、一州を守る力があればよいというわけではなく、もっと強い力を持たねばならなかったのだと、そういうことか。

そりゃあ正論だろう。正論すぎて空論に片足を突っ込んでいる。暴論と言ってもいい。

なのにシェーラは躊躇《ためら》わなかった。

レオナートの手をとり、両手で包むように握り締め、挑みかかるような瞳をレオナートの瞳に突き刺し、懇願《こんがん》した。彼女の〝構想〟のとっておきをついに口にした。

「皇帝になってください、レオ様」

レオナートといえど、たじろがずにいられなかった。

あまりにも途方がなく思えた。

偶像としての英雄にもなろう。

牙を隠すための道化《どうけ》にもなろう。

詐欺師《さぎし》に等しい魔王にもなろう。

「だが……裸の皇帝になってどうする？」

レオナートはこの世全ての苦みを噛みしめるように言った。

「裸の皇帝？」

シェーラは挑戦的な表情のまま首を傾げた。

レオナートの手を離さなかった。それどころか、立ち上がって引《ひ》っ張《ぱ》った。

天幕の外へ誘った。

夏の朝の陽ざしが目を刺し、レオナートは瞼《まぶた》を眇《すが》める。

しばし、視界が回復していく。

啞然《あぜん》とさせられた。

呆然とさせられた。

それから、「おまえの仕業《しわざ》か」とシェーラを睨まずにいられなかった。

「私の仕業です」

シェーラは悪びれずもせず言った。

右手はレオナートの手をつかんだまま、左手で恭《うやうや》しく指し示す。

「これでもレオ様は裸でしょうか？」

レオナートはにわかに反論できなかった。

天幕の外に、男たちが整列していたのだ。

咳《しわぶ》きも立てずに、レオナートが出てくるのを待っていたのだ。

その数、およそ六千。

バウマンら、アレクシス騎士隊がいる。

アランら、エイドニア兵がいる。

ガライとティキを先頭に、元ラインの男衆たちがいる。

フランクの後ろには、元匪賊《ひぞく》の兵たちがいる。

そしてなぜか、懐かしい顔がある。いつの間に馳《は》せ参じていたのか、かつての同僚だった騎士エイナム。彼はクルサンド兵を率いて、並ばせていた。

そして、バウマンが一歩前に出る。

「我ら一同、クロード帝国の在り方にはほとほと愛想《あいそ》が尽きておりまする！」

いつも号令をかける時の、よく通る声で訴《うった》えた。

「願わくば、レオナート陛下の旗の下、新たなる帝国のために戦いたし！」

六千人の男たちが一斉にうなずいた。

「……おまえたちもか？」

レオナートはアランに目を向ける。

「僕は公爵、僕の兵は全員近衛《このえ》ってことで手を打ってやるぜ？」

アランは爽《さわ》やかに笑った。

欲のないことだとレオナートは思った。

それから、エイナムに目を向ける。

「久しいな」

「ええ。二年もの間、お待たせいたしました。今日より末席にお加えください。オレに生きる希望を与えてください」

エイナムはこれ以上ないほど真摯《しんし》な、暗い情熱を込めて言った。

事情はわからないなりに、無下《むげ》にはできぬとレオナートは思った。

最後に、隣へ目を向ける。

「一つだけ聞きたい」

「なんなりと♪」

「俺に伯母《おば》上を超えることができると思うか？」

「レオ様以外の何者にもそれはできません。あなたこそが私の理想の人なんです」

シェーラは大真面目に答えた。

「私からも一つよろしいですか？」

「なんだ？」

「レオ様に悩む姿なんて似合いませんよ。果断の人じゃないと。ロザリア様に笑われます」

「……そうか。……そうかもな」

レオナートはゆっくりとうなずいた。

生まれてから今日までの中で、一番重い首肯《しゅこう》だった。

そして宣言した。力強く。

「なってやるさ」

何を、とは言わずともシェーラに伝わる。

今度は満面にあどけない歓喜を浮かべて、レオナートの小指に小指をからめて、彼女も言う。

「さあ、あなた様の帝国を創りましょう」

クロード歴二一一年七月十九日。

寡黙《かもく》な彼が、その日、初めて、野心というものを口にした。

彼と彼女の大建国譚《たん》が、こうして幕を開ける――

あとがき

皆様、はじめまして。あるいはお久しぶりです、あわむら赤光《あかみつ》と申します。
新シリーズ「我が驍勇《ぎょうゆう》にふるえよ天地　―アレクシス帝国興隆記―」を手にとってくださって、ありがとうございます。

メチャクチャ強い主人公が、それに相応しいスケールで大暴れするお話を書きたい。

老若男女がそれぞれの個性と能力を発揮して、華を競うようなお話を書きたい。

この二つの「書きたいものへの想い」がまず先にありまして、じゃあどんな設定だったらそれが書けるかなってのを延々考えまして、そこで思いついたのが――
「天下無双の主人公が多士済々な配下を集めつつ、戦って自分の帝国を勝ちとるお話」という、この作品の根幹をなす設定です。
それを元に書き上げたこの第一巻、皆様にも楽しんでいただけましたなら幸いです。

　というわけで、謝辞のコーナーに参ります。

　まずはイラストレーターの卵の黄身様。最高にカッコイイ三白眼《レオナート》と最高にイカした馬《ザンザス》で、表紙を描いてくださいとお願いしたら、最高に可愛いヒロイン《シエーラ》まで美々しく搭載してくださって、ありがとうございます。

　担当編集のまいぞーさん。地獄のスケジュールが始まりました（というかもう始まってる）。ずっと助け続けてくださるまいぞーさんがこれからも頼みの綱です。ぶら下がらせてください。編集部と営業部の皆様には、今シリーズも応援してくださいますよう、伏してよろしくお願いいたします。

　そして、勿論、この本を手にとってくださった、読者の皆様、一人一人に。

　広島から最大級の愛を込めて。

　ありがとうございます！

　あわむらは現在、六月から始まって十月まで、五か月連続刊行にチャレンジしております。僕のもう一つのシリーズ「聖剣使いの禁呪詠唱《ワールドブレイク》」とこのシリーズで毎月、交互に刊行していく予定です。そう、この第一巻の続編が再来月の九月に刊行予定となっております！

　グレンキース公の叛乱劇を舞台に、さらなる英雄女傑たちがレオナートと敵対したり味方になったり、波乱万丈の第二巻もぜひご期待くださいませ。

ファンレター、作品の
ご感想をお待ちしています

〈あて先〉

〒106－0032
東京都港区六本木2－4－5
ＳＢクリエイティブ（株）
GA文庫編集部 気付

「あわむら赤光先生」係
「卵の黄身先生」係

本書に関するご意見・ご感想は
右の QR コードよりお寄せください。

※回答の際、特殊なフォーマットや文字コードなどを使用すると、読み取る事ができない場合がございます。
※中学生以下の方は保護者の了承を得てから回答してください。
※アクセスの際や登録時に発生する通信費等はご負担ください。

http://ga.sbcr.jp/

我《わ》が驍勇《ぎょうゆう》にふるえよ天地《てんち》
～アレクシス帝国興隆記《ていこくこうりゅうき》～

発　行　　2016年7月31日　初版第一刷発行
著　者　　あわむら赤光
発行人　　小川　淳

発行所　　SBクリエイティブ株式会社
〒106－0032
東京都港区六本木2－4－5
電話　03－5549－1201
03－5549－1167（編集）

装　丁　　AFTERGLOW（山崎　剛／西野英樹）

印刷・製本　中央精版印刷株式会社

ISBN978-4-7973-8739-1
Printed in Japan　　GA文庫